从 零 开始

中文版

Flash CS4

基础培训教程

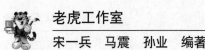
老虎工作室
宋一兵　马震　孙业　编著

人民邮电出版社

北　京

图书在版编目（CIP）数据

Flash CS4中文版基础培训教程 / 宋一兵，马震，孙业编著. -- 北京：人民邮电出版社，2010.7
（从零开始）
ISBN 978-7-115-22753-9

Ⅰ. ①F… Ⅱ. ①宋… ②马… ③孙… Ⅲ. ①动画—设计—图形软件，Flash CS4—技术培训—教材 Ⅳ. ①TP391.41

中国版本图书馆CIP数据核字(2010)第086919号

内 容 提 要

Flash 是目前非常流行的矢量动画制作软件，其思想先进、功能强大，在网页制作、多媒体、影视等领域都有着广泛应用。

本书系统地介绍了 Flash CS4 的功能和用法，以实例为引导，循序渐进地讲解了如何在 Flash CS4 中创建基本动画元素、引入素材、建立和使用元件，如何制作补间动画、特殊动画、图层动画等，说明了绘图工具、3D 工具、骨骼工具的基本用法，分析了面向对象设计的编程思想、ActionScript 3.0 的基本概念和语法规则，并利用几个典型实例说明了如何设计复杂效果的动画和交互式动画，最后还详细介绍了组件、音视频等在动画中的具体应用。在每章后面都配有针对性的习题，可以加深读者对学习内容的理解和掌握。

本书按照职业培训的教学特点来组织内容，图文并茂，活泼生动，并且配备了多媒体教学光盘，适合作为 Flash CS4 动画制作的培训教程，也可以作为个人用户和高等院校相关专业学生的自学教材和参考书。

从零开始——Flash CS4 中文版基础培训教程

◆ 编　著　老虎工作室　宋一兵　马　震　孙　业
　　责任编辑　李永涛
◆ 人民邮电出版社出版发行　　北京市崇文区夕照寺街 14 号
　　邮编　100061　电子函件　315@ptpress.com.cn
　　网址　http://www.ptpress.com.cn
　　北京昌平百善印刷厂印刷
◆ 开本：787×1092　1/16
　　印张：14.75
　　字数：354 千字　　　　　　2010 年 7 月第 1 版
　　印数：1 - 4 000 册　　　　2010 年 7 月北京第 1 次印刷
　　　　　　ISBN 978-7-115-22753-9

定价：29.00 元（附光盘）

读者服务热线：(010)67132692　印装质量热线：(010)67129223
反盗版热线：(010)67171154

老虎工作室

主　编：　沈精虎

编　委：　许曰滨　黄业清　姜　勇　宋一兵　高长铎
　　　　　田博文　谭雪松　向先波　毕丽蕴　郭万军
　　　　　宋雪岩　詹　翔　周　锦　冯　辉　王海英
　　　　　蔡汉明　李　仲　赵治国　赵　晶　张　伟
　　　　　朱　凯　臧乐善　郭英文　计晓明　孙　业
　　　　　滕　玲　张艳花　董彩霞　郝庆文　田晓芳

关于本书

Flash 是 Adobe 公司出品的交互式动画制作软件，由于其思想先进、功能强大，在全世界受到了广泛的欢迎。利用其制作的矢量动画，文件数据量小，可以任意缩放，并可以以"流"的形式在网上传输，这对于多媒体作品的网络应用是十分有利的。但是，Flash 的应用并不仅仅在网络领域，利用 Flash 能够制作出高质量的矢量动画，因此 Flash 在多媒体、影视、教育等领域也发挥着重要的作用。

内容和特点

本书面向初级用户，深入浅出地讲述了 Adobe Flash CS4 Professional（为叙述方便，本书简称为 Flash CS4）的主要功能和用法。按照初学者一般性的认知规律，从基础入手，循序渐进地讲解了如何在 Flash CS4 中创建基本动画元素、引入素材、建立和使用元件，如何制作补间动画、特殊动画、图层动画等，说明了绘图工具、3D 工具、骨骼工具的基本用法，分析了面向对象设计的编程思想、ActionScript 3.0 的基本概念和语法规则，并利用几个典型实例说明了如何设计复杂效果的动画和交互式动画，最后还详细介绍了组件、音视频等在动画中的具体应用。通过这些知识，能够帮助读者对 Flash CS4 有一个完整、清晰的认识，基本掌握常用动画作品的设计方法。

为了使读者能够迅速掌握 Flash CS4，书中对于每个知识点都通过实例来解析，用详细的操作步骤引导读者跟随练习，进而熟悉软件中各个绘图和编辑工具的使用方法，掌握各种类型动画的设计方法，并理解动作脚本在复杂动画和交互式动画设计中的重要作用。在每章后面都配有针对性的习题，可以加深读者对学习内容的理解和掌握。

本书根据作者多年使用 Flash 进行动画设计的实践经验，按照案例式教学的写作模式，深入浅出、图文并茂，全面剖析了 Flash CS4 的基本功能及其典型应用。

读者对象

本书以介绍 Flash CS4 的基本操作、基础知识为主，主要面向 Flash CS4 的初学者以及在 Flash 应用方面有一定基础并渴望提高的人士，包括学习和创作网页动画、多媒体动画的初级创作人员。

同时，本书也是一本内容全面、操作性强、实例典型的入门教材，特别适合作为各类讲授"Flash CS4 动画制作"课程培训班的基础教程，也可以作为广大家庭用户、中小学教师和高等院校相关专业学生的自学用书和参考书。

附盘内容及用法

为了方便读者的学习，本书配套提供了多媒体教学光盘，其中收录书中各章实例和习题的全部源文件（.fla）、素材及 PPT。同时，实训及课后作业的制作过程都被采集成视频文件（.avi），以便于读者对照练习。配套光盘全部内容总计约 600MB，相信会为大家的学习和设计带来有益的帮助。下面是本书配套光盘内容的详细说明。

1. 素材及结果文件

在制作部分动画实例中，需要根据书中提示打开光盘中相应位置的源文件（".fla"）或导入素材文件，然后进行下一步操作。这些素材文件分别保存在与案例对应的案例文件夹中，读者可以使用 Flash CS4 打开所需的素材文件，然后进行后续操作。

注意： 光盘上的文件都是"只读"的，读者可以先将这些文件复制到硬盘上，去掉文件的"只读"属性，然后再使用。

2. 视频文件

播放与章节相对应的文件夹中的视频（".avi"）文件，可以观看各实训及课后作业的创建过程。一般情况下，用 Windows 自带的"Windows Media Player"即可正常播放视频。

注意： 播放文件前要安装光盘根目录下的"tscc.exe"插件。

3. PPT 文件

本书提供了 PPT 课件，以供教师上课使用。

感谢您选择了本书，也欢迎您把对本书的意见和建议告诉我们。

老虎工作室网站 http://www.laohu.net，电子函件 postmaster@laohu.net。

老虎工作室

2010 年 5 月

目　录

第 10 讲　脚本应用基础 123

第 11 讲　交互式动画 147

Flash CS4 概述

    Flash 动画是目前主流的网络动画，它具有绚丽的画面效果、丰富的网络功能和强大的交互能力。目前，世界上几乎所有的网站都使用 Flash 动画来表现内容，几乎所有的浏览器都安装了能够播放 Flash 动画的插件，这也为 Flash 动画的应用和普及奠定了坚实的基础，使其成为网络动画行业事实上的工业标准。对于动画设计人员来说，Flash 是其进行网络动画设计的必备工具；对于广大的网络爱好者而言，Flash 是其展现自我的有力手段。本讲课时为 2 小时。

① 学习目标

- ◆ 认识Flash CS4操作界面。
- ◆ 了解Flash的基本操作。
- ◆ 掌握作品测试的方法。
- ◆ 掌握Flash作品导出与发布的方法。

1.1 动画设计基础

    虽然许多人是看着动画片长大的，但是对于"什么是动画"这一问题，能够回答正确的人不多。动画究竟是什么呢？动画是一门在某种介质上记录一系列单个画面，并通过一定的速率回放所记录的画面而产生运动视觉的技术。动画中包含了大量的多媒体信息，融合了图、文、声、像等多种媒体形式。

1.1.1 动画基本原理

    19 世纪 20 年代，英国科学家发现了人眼的"视觉暂留"现象。人体的视觉器官，在看到的物象消失后，仍可暂时保留视觉的印象。经科学家研究证实，视觉印象在人的眼中大约可保持 0.1s 之久。如果两个视觉印象之间的时间间隔不超过 0.1s，那么前一个视觉印象尚未消失，而后一个视觉印象已经产生，并与前一个视觉印象融合在一起，就形成视觉残（暂）留现象。电影就是利用人们眼睛的这个特点，将画面内容以一定的速度连续播放，从而造成景物活动的感觉。

    一般我们看到的电影，主要包括两种类型：一种是用摄像机拍摄的真实景物，称为视频影片；另一种是依靠人工或计算机绘制的虚拟景物，称为动画影片。虽然二者表现的内容、对象有所区别，但它们的基本原理是一致的。

在传统动画制作过程中，往往每幅画都要人工绘制，工作量大、技术要求高、效率低。而计算机动画软件的使用，大大改变了这一切，它方便快捷，简化了工作程序，提高了工作效率，并且还能够实现过去无法实现的效果，强化了视觉冲击力。通过对 Flash CS4 的学习，读者会深刻感受到这一点。

在计算机动画制作中，构成动画的一系列画面叫做帧。因此，帧也就是动画在最小时间单位里出现的画面。Flash CS4 动画是以时间轴为基础的帧动画，每一个 Flash CS4 动画作品都以时间为顺序，由先后排列的一系列帧组成。每一秒中包含多少帧数，叫做帧频率或者帧率。通过帧率，还可以计算动画的时间长度。比如 Flash CS4 的默认帧率是 24fps（帧/秒），这意味着动画的每一秒要显示 12 帧画面，如果动画共有 24 帧，整个动画就有 2s。如果帧率是 24 帧/秒，那么 24 帧动画就会持续 1s。一般来讲，电影采用了每秒 24 幅画面的速度拍摄和播放，电视采用了每秒 25 幅（PAL 制）或 30 幅（NSTC 制）画面的速度拍摄和播放。如果以每秒低于 24 幅画面的速度拍摄和播放，就会出现停顿现象。由于网络传输速度的限制，特别是拨号上网速度的限制，网络动画的帧率一般都设置得比较低，因此会经常看到画面的停顿现象。

制作动画的重点在于研究物体怎样运动，其意义远大于单帧画面的绘制。所以相对每一帧画面，制作者更应该关心前后两帧画面之间的变化，以及由此产生的运动效果。这也是动画和漫画的重要差别。

1.1.2 图像基本知识

一、图形与图像

计算机屏幕上显示出来的画面与文字通常有两种描述方法：一种称为矢量图形或几何图形，简称图形（Graphics）；另一种称为点阵图像或位图图像，简称图像（Image）。

矢量图形是用一个指令集合来描述的。这些指令描述构成一幅图形的所有图元（直线、圆形、矩形、曲线等）的属性（位置、大小、形状、颜色）。显示时，需要相应的软件读取这些指令，并将其转变为计算机屏幕上所能够显示的形状和颜色。矢量图形的优点是可以方便地实现图形的移动、缩放和旋转等变换。绝大多数 CAD 软件和动画软件都是使用矢量图形作为基本图形存储格式的。

位图图像是由描述图像中各个像素点的亮度与颜色的数值集合组成的。它适合表现比较细致，层次和色彩比较丰富，包含大量细节的图像。因为位图必须指明屏幕上显示的每个像素点的信息，所以所需的存储空间较大。显示一幅图像所需的 CPU 计算量要远小于显示一幅图形的 CPU 计算量，这是因为显示图像一般只需把图像写入到显示缓冲区中，而显示一幅图形则需要 CPU 计算组成每个图元（如点、线等）的像素点的位置与颜色，这需要较强的 CPU 计算能力。

二、亮度、色调和饱和度

只要是色彩都可用亮度、色调和饱和度来描述，人眼中看到的任一色彩都是这 3 个特征的综合效果。那么亮度、色调和饱和度分别指的是什么呢？

- 亮度：是光作用于人眼时所引起的明亮程度的感觉，它与被观察物体的发光强度有关。
- 色调：是当人眼看到一种或多种波长的光时所产生的彩色感觉，它反映颜色的种类，是决定颜色的基本特性，如红色、棕色就是指色调。

- 饱和度：指的是颜色的纯度，即掺入白光的程度，或者说是指颜色的深浅程度，对于同一色调的彩色光线，饱和度越深颜色越鲜明或说越纯。

通常把色调和饱和度统称为色度。一般说来，亮度是用来表示某彩色光的明亮程度，而色度则表示颜色的类别与深浅程度。除此之外，自然界常见的各种颜色光，都可由红（R）、绿（G）、蓝（B）3 种颜色光按不同比例相配而成，同样绝大多数颜色光也可以分解成红、绿、蓝 3 种色光，这就形成了色度学中最基本的原理——三原色原理（RGB）。

三、分辨率

分辨率是影响位图质量的重要因素，分为屏幕分辨率、图像分辨率、显示器分辨率和像素分辨率。在处理位图图像时要理解这 4 者之间的区别。

- 屏幕分辨率：指在某一种显示方式下，以水平像素点数和垂直像素点数来表示计算机屏幕上最大的显示区域。例如，VGA 方式的屏幕分辨率为 640×480，SVGA 方式为 1 024×768。
- 图像分辨率：指数字化图像的大小，以水平和垂直的像素点表示。当图像分辨率大于屏幕分辨率时，屏幕上只能显示图像的一部分。
- 显示器分辨率：指显示器本身所能支持各种显示方式下最大的屏幕分辨率，通常用像素点之间的距离来表示，即点距。点距越小，同样的屏幕尺寸可显示的像素点就越多，自然分辨率就越高。例如，点距为 0.28mm 的 14 英寸显示器，它的分辨率即为 1 024×768。
- 像素分辨率：指一个像素的宽和长的比例（也称为像素的长度比）。在像素分辨率不同的计算机上显示同一幅图像，会得到不同的显示效果。

四、图像色彩深度

图像色彩深度是指图像中可能出现的不同颜色的最大数目，它取决于组成该图像的所有像素的位数之和，即位图中每个像素所占的位数。例如，图像深度为 24，则位图中每个像素有 24 个颜色值，可以包含 16 772 216 种不同的颜色，称为真彩色。

生成一幅图像的位图时要对图像中的色调进行采样，调色板随之产生。调色板是包含不同颜色的颜色表，其颜色数依图像深度而定。

五、图像文件的大小

图像文件的大小是指在磁盘上存储整幅图像所占的字节数，可按下面的公式进行计算。

文件字节数＝图像分辨率（高×宽）×图像深度÷8

例如，一幅 1 024×768 大小的真彩色图片所需的存储空间为：

1 024×768×24÷8=2359 296Byte=2 304KB。

显然图像文件所需的存储空间很大，因此存储图像时必须采用相应的压缩技术。

六、图像类型

数字图像最常见的有 3 种：图形、静态图像和动态图像。

- 图形一般是指利用绘图软件绘制的简单几何图案的组合，如直线、椭圆、矩形、曲线或折线等。
- 静态图像一般是指利用图像输入设备得到的真实场景的反映，如照片、印刷图像等。
- 动态图像是由一系列静止画面按一定的顺序排列而成的，这些静止画面被称为动态图像的"帧"。每一帧与其相邻帧的内容略有不同，当帧画面以一定的速度连续播放时，由于视觉的暂留现象而造成了连续的动态效果。动态图像一般包括视频和动画两种类型：对现实场景的记录被称为视频，利用动画软件制作的二维或三维动态画面被称为动画。为了使画面流畅而没有跳跃感，视频的播放速度一般应达到每秒24~30帧，动画的播放速度要达到每秒20帧以上。

七、常见图像格式

静态图像存储格式主要有 BMP、GIF（Graphics Interchange Format）、JPEG（Joint Photographic Experts Group）、TIFF（Tag Image File Format）、PCX、TGA（Tagged Graphics）、WMF（Windows Metafile）、EMF（Enhanced Metafile）和 PNG（Portable Network Graphics）等。

常用的视频文件格式主要有 AVI（*.avi）、QuickTime（*.mov/*.qt）、MPEG（*.mpeg/*.mpg/*.dat）和 Real Video（*.rm）等。

1.1.3 Flash 动画的特点

Flash 动画是一种矢量动画格式，具有体积小、兼容性好、直观动感、互动性强大、支持 MP3 音乐等诸多优点，是当今最流行的网络动画格式。

一般来说，Flash 动画具有如下一些突出的特点。

- 文件的数据量小。Flash 特别适用于创建通过 Internet 提供的内容，因为它的文件非常小。与位图图形相比，矢量图形需要的内存和存储空间小很多，因为它们是以数学公式而不是大型数据集来表示的。位图的数据量之所以更大，是因为图像中的每个像素都需要一组单独的数据来表示。

- 图像质量高。由于矢量图像可以做到真正的无级放大，因此图像不仅始终可以完全显示，而且不会降低图像质量。而一般的位图，当用户放大它们的时候，就会看到一个个锯齿状的色块。

- 交互式动画。一般的动画制作软件，如 3ds Max 等，只能制作标准的顺序动画，即动画只能连续播放。借助 ActionScript 的强大功能，Flash 不仅可以制作出各种精彩眩目的顺序动画，也能制作出复杂的交互式动画，使用户可以对动画进行控制。这是 Flash 一个非常重要的特点，它有效地扩展了动画的应用领域。

- 流媒体播放技术。Flash 动画采用了边下载边播放的"流式（Streaming）"技术，在用户观看动画时，不是等到动画文件全部下载到本地后才能观看，而是"即时"观看。虽然后面的内容还没有完全下载，但是前面的内容同样可以播放。这实现了动画的快速显示，减少了用户的等待时间。

- 丰富的视觉效果。Flash 动画有崭新的视觉效果，比传统的动画更加新颖与灵巧，更加炫目精彩。不可否认，它已经成为一种新时代的艺术表现形式。

- 成本低廉。Flash 动画制作的成本非常低，使用 Flash 制作的动画能够大大地减少人力、物力资源的消耗。同时，在制作时间上也会大大减少。

- 自我保护。Flash 动画在制作完成后，可以把生成的文件设置成带保护的格式，这样维护了设计者的版权利益。

正是由于 Flash 动画具有这些突出的优点，使它除了制作网页动画之外，还被应用于交互式软件的开发、展示和教学方面。由于 Flash 可以制作出高质量的二维动画，而且可以任意缩放，因此在多媒体制作领域得到了广泛应用，常用的多媒体制作工具 Authorware 和 Director 都可以直接引用 Flash 格式的动画。完全使用 Flash 制作的多媒体教学软件也已经出现，并取得了很好的效果。另外，Flash 在影视制作中也同样能够一展身手。

1.2 功能讲解

1996 年 8 月，乔纳森·盖伊和他的 6 人小组研制开发图像软件 Future Splash Animator，能够在较小的网络带宽下实现较好的动画和互动效果。当时，互联网刚刚兴起，大部分网站连 JPG 与 GIF 图片都很少使用。因此这个软件很快吸引了微软（Microsoft）和迪士尼（Disney）两大客户。1996 年 11 月，Macromedia 公司收购了 Future Splash Animator，并将该软件更名为 Macromedia Flash 1.0。随着网络应用的普及，Flash 得到了飞速发展。2005 年，Adobe 公司收购 Macromedia 公司后， Flash 也从一款专业的动画创作工具发展成为一种功能强大的网络多媒体创作工具，能够设计包含交互式动画、视频、网站和复杂演示文稿在内的各种网络作品。

1.2.1 Flash CS4 界面

运行 Flash CS4，首先出现 Flash CS4 的版权页，然后会自动出现其初始用户界面，如图 1-1 所示。

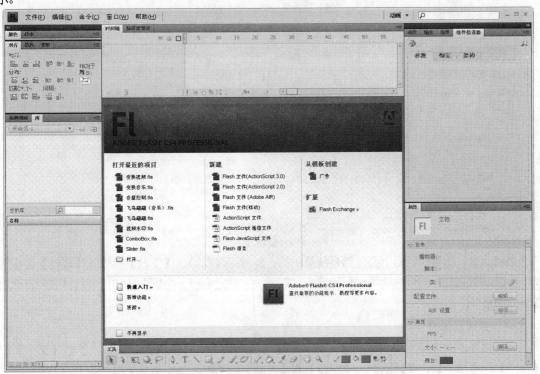

图1-1 Flash CS4 初始用户界面

选择【文件】/【新建】命令，会出现【新建文档】对话框，这是 Flash CS4 为用户提供的非常便利的向导工具。利用该向导能够创建某种类型的文档，也可以借助模板来创建某种样式的文稿，如图 1-2 所示。

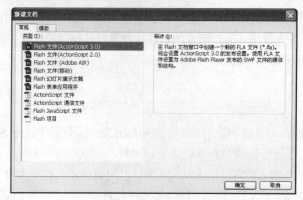

图1-2　Flash CS4 新文档向导

　　一般情况下，用户可以选择【Flash 文件（ActionScript 3.0）】选项。单击 确定 按钮后，就可以进入 Flash CS4 的操作界面，如图 1-3 所示。界面采用了一系列浮动的可组合面板，用户可以按照自己的需要来调整其状态，使用更加简便。

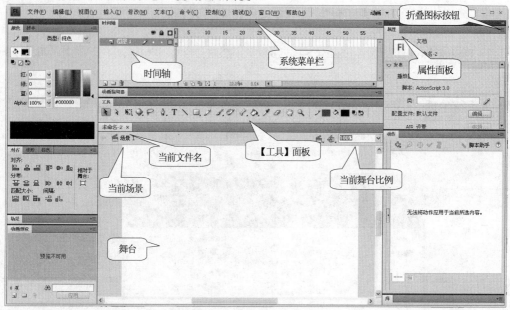

图1-3　Flash CS4 操作界面

　　Flash CS4 的操作界面主要包括系统菜单栏、舞台、时间轴、【工具】面板及【属性】面板等功能面板，下面对各部分的功能进行简要介绍，使大家对它们有一个感性认识。其具体应用方法将在后面的章节中详细介绍。

一、系统菜单栏

　　系统菜单栏中主要包括【文件】、【编辑】、【视图】、【插入】、【修改】、【文本】、【命令】、【控制】、【调试】、【窗口】和【帮助】等菜单，每个菜单又都包含了若干菜单项，它们提供了包括文件操作、编辑、视窗选择、动画帧添加、动画调整、字体设置、动画调试和打开浮动面板等一系列命令。

二、场景和舞台

　　在当前编辑的动画窗口中，我们把动画内容编辑的整个区域叫做场景。在电影或话剧中，经常要更换场景。通常，在 Flash 动画中，为了设计的需要，也可以更换不同的场景，每个场景都有不同的名称。可以在整个场景内进行图形的绘制和编辑工作，但是最终动画仅显示场景中白色（也可能会是其他颜色，这是由动画属性设置的）区域内的内容，我们就把这个区域称为舞台。而舞台之外的灰色区域的内容是不显示的，我们把这个区域称为后台区，如图1-4 所示。

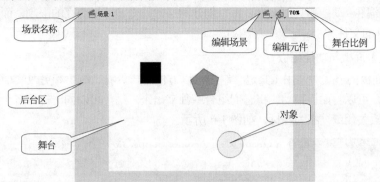

图1-4　场景与舞台

舞台是绘制和编辑动画内容的矩形区域，动画内容包括矢量图形、文本框、按钮、导入的位图图像或视频剪辑等。动画在播放时仅显示舞台上的内容，对于舞台之外的内容是不显示的。

在设计动画时往往要利用后台区做一些辅助性的工作，但主要的内容都要在舞台中实现。这就如同演出一样，在舞台之外（后台）可能要做许多准备工作，但真正呈现给观众的就只是舞台上的表演。

工作区是指整个用户界面，包括界面的大小、各个面板的位置形式等。用户可以自定义工作区：首先按照自己的使用需要和个人爱好对界面进行调整，然后选择【窗口】/【工作区】/【新建工作区】命令，就可以将当前的工作区风格保存下来。

三、时间轴

时间轴用于组织和控制文档内容在一定时间内播放的层数和帧数，就像剧本决定了各个场景的切换以及演员的出场、表演的时间顺序一样。

【时间轴】面板有时又被称为【时间轴】窗口，其主要组件是层、帧和播放头，还包括一些信息指示器，如图 1-5 所示。【时间轴】窗口可以伸缩，一般位于动画文档窗口内，可以通过鼠标拖动使它独立出来。按其功能来看，【时间轴】窗口可以分为左右两个部分：层控制区和帧控制区。时间轴显示文档中哪些地方有动画，包括逐帧动画、补间动画和运动路径，可以在时间轴中插入、删除、选择和移动帧，也可以将帧拖到同一层中的不同位置，或是拖到不同的层中。

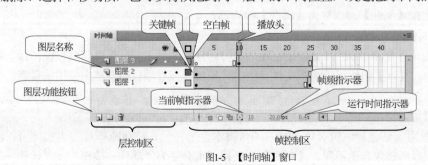

图1-5　【时间轴】窗口

帧是进行动画创作的基本时间单元，关键帧是对内容进行了编辑的帧，或包含修改文档的

"帧动作"的帧。Flash 可以在关键帧之间补间或填充帧，从而生成流畅的动画。

层就像透明的投影片一样，一层层地向上叠加。用户可以利用层组织文档中的插图，也可以在层上绘制和编辑对象，而不会影响其他层上的对象。如果一个层上没有内容，那么就可以透过它看到下面的层。当创建了一个新的 Flash 文档之后，它就包含一个层。用户可以添加更多的层，以便在文档中组织插图、动画和其他元素。可以创建的层数只受计算机内存的限制，而且层不会增加发布的 SWF 文件的文件大小。

四、【工具】面板与功能面板

Flash 利用面板的方式对常用工具进行组织，以方便用户查看、组织和更改文档中的元素。利用面板的标题栏，可以将面板拖动，将它们组合或独立出来。用户可以同时打开多个面板，也可以将暂时不用的面板关闭或缩小为图标，如图 1-6 所示。

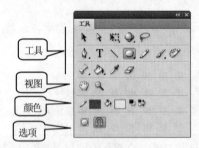
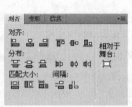

图1-6 【工具】面板和功能面板

(1) 【工具】面板。

【工具】面板提供了各种工具，可以绘图、上色、选择和修改插图，并可以更改舞台的视图。面板分为如下 4 个部分。

- 【工具】区域：包含绘图、编辑、着色、擦除、骨骼等设计工具。
- 【视图】区域：包含在应用程序窗口内进行缩放和移动的工具。
- 【颜色】区域：包含用于笔触颜色和填充颜色的功能键。
- 【选项】区域：显示当前所选工具的功能和属性。

工具面板可以通过【窗口】/【工具】菜单命令来选择是否显示。

(2) 【属性】面板。

使用【属性】面板可以很方便地查看舞台或时间轴上当前选定的文档、文本、元件、位图、帧或工具等的信息和设置。当选定了两个或多个不同类型的对象时，它会显示选定对象的总数。【属性】面板会根据用户选择对象的不同而变化，以反映当前对象的各种属性。

通常，我们也把【属性】面板称为【属性】检查器。

(3) 【库】面板。

【库】面板用于存储和组织在 Flash 中创建的各种元件以及导入的文件，包括位图图像、声音文件和视频剪辑等。【库】面板可以组织文件夹中的库项目，查看项目在文档中使用的频率，并按类型对项目排序。

(4) 【动作】面板。

【动作】面板用于创建和编辑对象或帧的动作脚本。选择帧、按钮或影片剪辑实例可以激活【动作】面板。根据所选内容的不同，【动作】面板标题也会变为"动作－按钮"、"动作－影片剪辑"或"动作－帧"。

(5) 【历史记录】面板。

【历史记录】面板显示自文档创建或打开某个文档以来在该活动文档中执行的操作，按步骤的执行顺序来记录操作步骤。可以使用【历史记录】面板撤消或重做多个操作步骤。

Flash CS4 中还有许多其他面板，这些面板都可以通过【窗口】菜单中的子菜单来打开和关闭。面板可以根据用户的需要进行拖动和组合，一般拖动到另一个面板的临近位置，它们就会自动停靠在一起；若拖动到靠近右侧边界，面板就会折叠为相应的图标。

1.2.2　文档基本操作

文档编辑完成后，就应当进行保存。另外，即使是在编辑的过程中，也应当及时保存文档，以免由于某种意外情况而导致文档的丢失和破坏。

文档未被保存以前，在文档标题栏显示的是默认的文件名，且在文件名后有一个"*****"号，如 未命名-2*。

🔑 **文档的保存与打开**

1. 选择【文件】/【保存】菜单命令，打开如图 1-7 所示的【另存为】对话框，在其中输入文件的保存位置和文件名。

> **要点提示** Flash CS4 支持中文文件名。因此，为了使文件便于理解和使用，最好要使用中文文件名。

2. 选择文件的保存位置，如文件夹 "01"，再定义一个文件名，然后单击 保存(S) 按钮，则当前文件被保存。

> **要点提示** 文档被保存后，在文档标题栏显示的就是保存时定义的文件名，且在文件名后没有了 "*****" 号。

3. 选择【文件】/【关闭】菜单命令，可以关闭当前文件。

4. 选择【文件】/【打开】菜单命令，打开【打开】对话框，选择需要打开的文件夹，如图 1-9 所示，其中罗列了当前文件夹下的文件。

图1-7　【另存为】对话框

图1-8　【打开】对话框

5. 在该对话框中选择需要打开的文件，然后单击 打开(O) 按钮，则该文件被调入 Flash CS4 中并打开，能够对其进行编辑。

1.2.3　动画的测试

最简单的动画测试方法是直接使用编辑环境下的播放控制器。从系统菜单栏中选择【窗口】/【工具栏】/【控制器】命令，会出现【控制器】面板，如图 1-9 所示。利用其中的按钮可以实现动画的播放、暂停、逐帧前进或倒退等操作。

图1-9　独立的控制器

对于简单的动画来说，如补间动画、逐帧动画等，都可以利用播放控制器进行测试。当作品中含有影片剪辑元件实例、多个场景或动作脚本时，直接使用编辑界面内的播放控制按钮就不能完全正常地显示动画效果了，这时就需要利用【测试影片】命令对动画进行专门的测试。

选择【控制】/【测试影片】命令，进入动画测试环境，如图 1-10 所示。其中【视图】菜单主要提供了用于设置带宽和显示数据传输情况的命令，如图 1-11 所示。

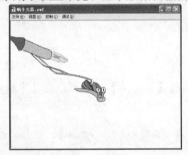

图1-10　动画测试环境

图1-11　【视图】菜单

【视图】菜单中比较重要的几个命令说明如下。

- 【缩放比率】：按照百分比或完全显示的方式显示舞台中的内容。
- 【带宽设置】：显示带宽特性窗口，用以表现数据流的情况。
- 【数据流图表】：以条形图的形式模拟下载方式，显示每一帧的数据量大小。
- 【帧数图表】：以条形图的形式显示每一帧数据量的大小。
- 【模拟下载】：模拟在设定传输条件下，以数据流方式下载动画时的播放情况。其中播放进度标尺上的绿色进度块表示下载情况，当它始终领先于播放指针的前进速度时，说明动画在下载时播放不会出现停顿。
- 【下载设置】：设置模拟的下载条件，Flash CS4 按照典型的网络环境预先设定了几种常用的传输速率。用户也可以根据自己的实际需要设置网络测试环境，对网络传输速率进行自定义，如图 1-12 所示。

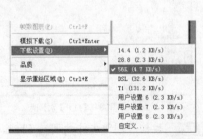

图1-12　下载速率设置

在模拟下载速度的时候，Flash CS4 使用典型 Internet 的性能估计，而不是精确的调制解

调器速度。例如，如果选择模拟 56Kbps 的调制解调器速度，则 Flash 将实际的
速率设置为 4.7KB/s 来反映典型的 Internet 性能。这
种做法有助于以各种准备支持的速度以及在准备支
持的各种计算机上测试影片。这样就可确保影片在
所支持的最慢连接和计算机上不会出现负载过度的
情况。

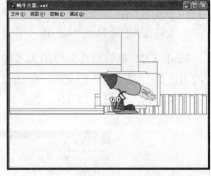

图1-13　显示重绘区域

- 【品质】: 选择显示动画画面的精度，如果采用
  【低】方式，则画面图像比较粗糙，但显示速
  度较快。如果采用【高】方式，画面图像会比
  较光滑精细，但速度会有所降低。
- 【显示重绘区域】: 显示动画中间帧的绘图区
  域，如图 1-13 所示。

1.2.4　作品的导出

利用 Flash CS4 的导出命令，可以将作品导出为影片或图像。例如，可以将整个影片导出为
Flash 影片、一系列位图图像、单一的帧或图像文件以及不同格式的活动、静止图像等，包括
GIF、JPEG、PNG、BMP、PICT、QuickTime 或 AVI 等格式。

下面利用"蜗牛火箭.fla"文件举例说明如何导出动画作品。

作品的导出步骤

1. 打开附盘文件"蜗牛火箭.fla"。
2. 从菜单栏中选择【文件】/【导出】/【导出影片】命令，弹出【导出影片】对话框，如图 1-14
   所示，要求用户选择导出文件的名称、类型及保存位置。
3. 首先选择一种保存类型，如"*.swf"，再输入一个文件名，如图 1-15 所示。

图1-14　【导出影片】对话框

4. 单击 保存(S) 按钮，弹出一个导出进度条，很快作品就被导出为一个独立的 Flash 动画文件
   了。
5. 关闭 Flash CS4 软件。在【我的电脑】中找到刚才导出的文件，双击该文件，即可播放这个动

画。这说明动画文件已经可以脱离 Flash CS4 编辑环境而独立运行了。

 要播放 SWF 文件，用户的计算机中需要安装 Flash Player（播放器）。Flash Player 有多个版本，随 Flash CS4 安装的是 Flash Player 10。

Flash CS4 能够将作品导出为多种不同的格式，其中【导出图像】命令将导出一个只包含当前帧内容的单个或序列图像文件，如图 1-15（a）所示；而【导出影片】命令将作品导出为完整的动画或图像序列，如图 1-15（b）所示。

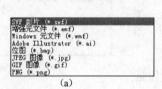
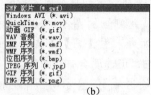

(a)   (b)

图1-15　将作品导出为多种不同的格式

1.2.5　作品的发布

【发布】命令可以创建 SWF 文件，并将其插入浏览器窗口中的 HTML 文档，也可以以其他文件格式（如 GIF、JPEG、PNG 和 QuickTime 格式）发布 FLA 文件。

选择【文件】/【发布设置】命令，弹出【发布设置】对话框，如图 1-16 所示，在其中选择发布文件的名称及类型。

在【格式】选项卡的【类型】栏中，可以选择在发布时要导出的作品格式，被选中的作品格式会在对话框中出现相应的参数设置，可以根据需要选择其中的一种或几种格式。

文件发布的缺省目录是当前文件所在的目录，也可以选择其他的目录。单击 按钮，即可选择不同的目录和名称，当然也可以直接在文本框中输入目录和名称。

设置完毕后，如果单击 确定 按钮，则保存设置，关闭【发布设置】对话框，但并不发布文件。只有单击 发布 按钮，Flash CS4 才按照设定的文件类型发布作品。

Flash CS4 能够发布 8 种格式的文件，当选择要发布的格式后，相应格式文件的参数就会以选项卡的形式出现在【发布设置】对话窗口，如图 1-17 所示。

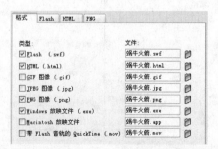

图1-16　【发布设置】对话框　　　　　图1-17　以选项卡的形式设置发布文件的参数

 勾选【Windows 放映文件（.exe）】和【Macintosh 放映文件】选项不会出现新的选项卡。利用此选项可以生成能够直接在 Windows 中播放而不需要 Flash 播放器的动画作品。

对于常用的 Flash 影片，其参数设置如图 1-18 所示。

下面简单介绍其中几个主要的功能选项。

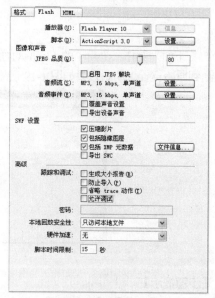

图1-18　Flash 影片的发布设置

- 【播放器】：设置 Flash 作品的播放器版本，可以选择 Flash Player 1～10 的各个版本。如果设置播放器的版本较高，则当前要生成的作品无法使用较低版本的 Flash Player 来播放。

- 【脚本】：选择导出的影片所使用的动作脚本的版本号。ActionScript 不同版本的语法要求不完全相同，因此对于 Flash 8 及以前的作品，应使用 ActionScript 2.0；对于 Flash CS3、Flash CS4，应选择 ActionScript 3.0。

- 【JPEG 品质】：若要控制位图压缩，可以调整 "JPEG 品质" 滑块或输入一个值。图像品质越低（高），生成的文件就越小（大）。可以尝试不同的设置，以便确定在文件大小和图像品质之间的最佳平衡点；值为 100 时图像品质最佳，压缩比最小。

- 【音频流】/【音频事件】：设定作品中音频素材的压缩格式和参数。在 Flash 中对于不同的音频引用可以指定不同的压缩方式。要为影片中的所有音频流或事件声音设置采样率和压缩，可以单击【音频流】或【音频事件】旁边的 设置... 按钮，然后在【声音设置】对话框中选择【压缩】、【比特率】和【品质】选项。注意，只要下载的前几帧有足够的数据，音频流就会开始播放，它与时间轴同步。事件声音必须完全下载完毕才能开始播放，除非明确停止，它将一直连续播放。

- 【压缩影片】：可以压缩 Flash 影片，从而减小文件大小，缩短下载时间。

- 【包含隐藏图层】：导出 Flash 文档中所有隐藏的图层。取消对该选项的选择，将阻止把文档中标记为隐藏的图层（包括嵌套在影片剪辑内的图层）导出。

- 【生成大小报告】：在导出 Flash 作品的同时，将生成一个报告（文本文件），按文件列出最终的 Flash 影片的数据量。该文件与导出的作品文件同名。

- 【防止导入】：可防止其他人导入 Flash 影片并将它转换回 Flash 文档（.fla）。可使用密码来保护 Flash SWF 文件。

- 【允许调试】：激活调试器并允许远程调试 Flash 影片。如果选择该选项，可以选择用密码保护 Flash 影片。

这些选项大都不需要修改，但是如果要将作品发布给普通用户使用，还是建议选择较低的播放器版本，因为很多用户还在使用 Flash Player 8 的版本。

1.3　范例解析

下面通过入门动画作品来说明 Flash CS4 基本的文件操作，以使大家对 Flash CS4 软件有一个感性的认识。

1.3.1　跳动的小球

下面来制作一个简单的 Flash 动画，动画的效果是一个小球从画面的左侧跳动到右侧，最后又回到原始位置。动画效果如图 1-19 所示。

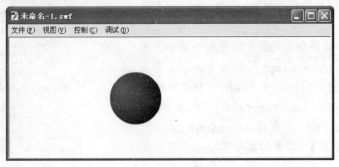

图1-19　跳动的小球

【步骤提示】

1.　选择【文件】/【新建】菜单命令，弹出【新建文档】对话框。

2.　选择 "Flash 文件(ActionScript 3.0)"，单击 确定 按钮，进入文档编辑界面，也就是前面介绍的 Flash CS4 操作界面。

> **要点提示**　在 Flash CS4 软件启动时，也会自动创建一个新的 Flash 文档，其默认的文件名为 "未命名-1"。此后创建新文档时，系统将会自动顺序定义默认文件名为 "未命名-2"、"未命名-3" 等。

3.　在【工具】面板中选择 ⬭ 工具，并设置其绘制选项，如图 1-20 所示。从【颜色】面板中可以看出，这是一个放射状的红黑渐变色彩。

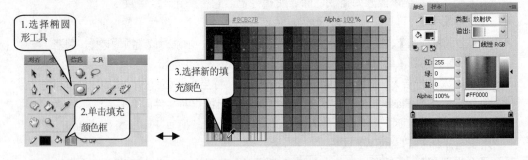

图1-20　选择椭圆形工具

4.　将鼠标光标移动到舞台上，此时光标变为 "＋" 状态；按下鼠标左键，然后拖动鼠标光标，在舞台左侧位置绘制出一个圆形。

5.　从【工具】面板中选择 ⬠ 工具，然后在圆球左上位置单击鼠标，则圆球被填充以高光的模样，更具有圆球的形态了，如图 1-21 所示。

> **要点提示**　按住键盘上的 Ctrl 键，能够在屏幕上画出图形。

6.　选择【工具】面板左上角的 ▶ 工具，在舞台上拖出一个选择框，将圆球全部选中（包括边框和中间的填充颜色），如图 1-22 所示。

图1-21 绘制彩色圆形　　　　　　　　　　　　　　　　图1-22 将圆球全部选中

要点提示 Flash 将图形（包括圆形等）分割为边框和填充颜色，这样能够方便线条、色彩的编辑处理。如果只在圆形中单击一下鼠标，一般只能选中圆形的填充颜色。

7. 在【动画预设】面板中，展开【默认预设】文件夹，选择其中的"波形"效果，如图 1-23 所示。这时，面板中的预览窗口能够显示这种预设动画的效果。

8. 单击 应用 按钮，会弹出一个对话框，如图 1-24 所示，说明要将图形转换为元件。

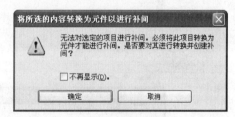

图1-23 【动画预设】面板　　　　　　　　　　　　　　图1-24 提示信息

9. 单击 确定 按钮，则当前选中的动画效果被加载到舞台对象上，如图 1-25 所示。其中绿色的小点就是小球在每一帧的位置，它们连续起来就是一个波动的轨迹。

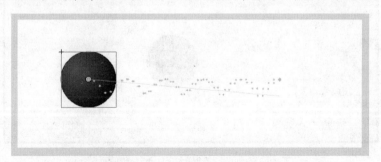

图1-25 动画效果被加载到舞台对象上

10. 选择【控制】/【测试影片】菜单命令，将会出现动画测试窗口，在其中可见小球会不停地从窗口左侧跳动到右侧，然后又跳回到左侧。

11. 保存文档为"跳动的小球.fla"。

1.3.2 发布动画作品

下面继续使用前面制作的"跳动的小球"来说明如何发布一个文档。

【步骤提示】

1. 从菜单栏中选择【文件】/【发布】命令，弹出【正在发布】的进度条。很快，完成文件发布。

零点提示 发布文件默认的保存目录是当前文件所在文件夹，默认的文件名就是与 Flash 文档同样的名称。

2. 在【我的电脑】中，打开"跳动的小球.fla"所在的文件夹，可以看到发布的文件，如图 1-26 所示。

图1-26　发布的文件

3. 双击"跳动的小球.html"文件，就可以利用浏览器观看已发布的包含 Flash 动画的网页了，如图 1-27 所示。

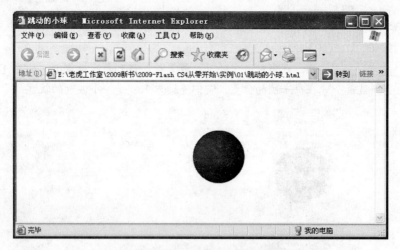

图1-27　利用浏览器观看包含 Flash 动画的网页

1.4　课堂实训

一般来说，制作 Flash 动画作品的基本工作流程如下。

(1) 作品的规划。确定动画要执行哪些基本内容和动作。

(2) 添加媒体元素。创建并导入媒体元素，如图像、视频、声音、文本等。

(3) 排列元素。在舞台上和时间轴中排列这些媒体元素，以定义它们在应用程序中显示的时间和显示方式。

(4) 应用特殊效果。根据需要应用图形滤镜（如模糊、发光和斜角）、混合和其他特殊效果。

(5) 使用 ActionScript 控制行为。编写 ActionScript 代码以控制媒体元素的行为方式，包括这些元素对用户交互的响应方式。

(6) 测试动画。进行测试以验证动画作品是否按预期工作，查找并修复所遇到的错误。在整个创建过程中应不断测试动画作品。

(7) 发布作品。根据应用需要，将作品发布为可在网页中显示并可使用 Flash Player 回放的 SWF 文件。

1.4.1　旋转的圆盘

利用系统提供的预设动画，设计一个旋转的圆盘，动画效果如图 1-28 所示。

图1-28　旋转的圆盘

图 1-29 说明了动画的操作要点。

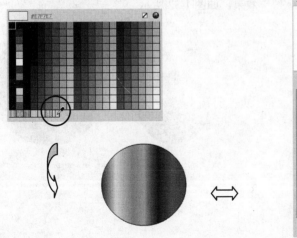

图1-29　操作思路分析

【步骤提示】

1.　选择椭圆形工具，然后设置其填充颜色为水平排列的色带。

2.　在舞台上绘制圆形。

3.　对圆形运用预设动画效果"3D 螺旋"。

1.4.2　发布动画为 EXE 文件

将上面设计的动画，发布成一个 EXE 格式的可执行文件，图 1-30 说明了操作要点。

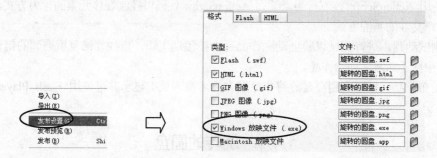

图1-30　操作思路分析

 在 Adobe 公司的官方网站和联机帮助系统中，对于 Flash 作品大都使用"影片"这个名称。考虑到 Flash 作品的特点与我们传统意义上的"动画"具有同样的概念，因此，本书倾向于使用"Flash 动画"这样的名称，而且在使用时对这两者不加区别。

1.5　课后作业

1.　打开附盘中的"蜗牛火箭.fla"文件，将其另存为"蜗牛的理想.fla"文件。
2.　对"蜗牛火箭.fla"文件进行测试、发布，观察各种格式的区别。
3.　绘制一个多边形，用水平色带填充，效果如图 1-31 所示。
4.　设计一个圆球，并应用预设动画"脉搏"效果，如图 1-32 所示。

图1-31　多边形

图1-32　"脉搏"圆球

绘画工具

Flash 提供了丰富的工具便于绘制图形，工具的使用也很简便，便于初学者理解和应用。在对绘制工具的学习过程中，掌握绘制矢量图形的使用方法是设计者进行动画设计的基础，也是原创 Flash 必须要掌握的"武器"。Flash 动画允许发布矢量图形作品，其优势就是对其缩放不产生失真变形，而且文件的容量比较小。本讲课时为 3 小时。

ⓘ 学习目标

◆ 掌握绘图基础知识。

◆ 掌握矢量图形和位图图像。

◆ 掌握【工具】面板基本绘图工具的使用技巧。

2.1 功能讲解

Flash CS4【工具】面板中包含有多个绘图及编辑工具。【工具】面板一般可以划分为 4 个功能区域，大家在使用某个工具时需要注意【选项】区相应工具功能选项的变化，通过这个区的属性调整可以全面发挥工具效能。

2.1.1 【铅笔】工具

在绘画和设计中，线条作为重要的视觉元素一直发挥着举足轻重的作用。弧线、曲线和不规则线条能传达轻盈、生动的情感。直线、粗线和紧密排列的线条能传达刚毅、果敢的情感。只要在 Flash CS4 中有效利用【工具】面板中的工具，充分发挥线条优势，就可以创作出充满生命力的作品。

应用【铅笔】工具的关键是选择铅笔的模式，不同模式的选择直接影响创建线条的效果。只有根据作品的整体创作趋向选择对应的铅笔模式，才能创建出理想的作品。在【工具】面板中选择 🖉 工具，将鼠标光标移至【工具】面板下

图2-1 属性设置选项和铅笔工具属性设置

方的【选项】区，单击 ┓ 按钮会弹出【铅笔】工具的 3 个属性设置选项，如图 2-1 所示。

在使用【铅笔】工具时，预先选择任何一种属性，都会对最终的结果产生直接的影响。这 3 种铅笔工具的属性具体区别如下。

- 【伸直】选项：选择该属性后，可以使绘制的矢量线自行趋向于规整的形态，如直线、方形、圆形和三角形等。在使用过程中，大家要有意识地将线条绘制成接近预想效果的形态，只有这样，【铅笔】工具才能使绘制的图形更加接近于预想的效果，如图 2-2 所示。
- 【平滑】选项：选择该属性后，所绘制的线条将趋向于更加流畅平滑的形态。在画卡通图形时，用户可以很好地利用这个选项。如图 2-3 所示，图中的作品就是直接利用铅笔工具绘制出来的。
- 【墨水】选项：选择该属性后，用户可以绘出接近手写体效果的线条。图 2-4 中所示的藏书签名就是利用这一属性创建的钢笔书法效果。

图2-2　选择【伸直】选项

图2-3　选择【平滑】选项

图2-4　使用【墨水】选项表现钢笔书法效果

2.1.2　【线条】工具

【线条】工具的使用相对其他工具来说是比较简单的，但会用并不等同于能够用好，如果想利用【线条】工具制作出好的作品，就需要简要学习一下平面构成方面的知识，如图 2-5 所示。【线条】工具的使用方法就是在舞台中确认一个起点后按下鼠标左键，然后拖动鼠标光标到结束点松开鼠标就可以了。

创建如图 2-6 所示的图像效果，绘制并调整立体透视图。

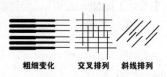

图2-5　直线的排列组合效果

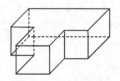

图2-6　立体透视图

1. 新建 Flash 文档，选择【线条】工具 ＼，在舞台中绘制几何图形，如图 2-7 所示。
2. 选择几何图形，按住 Alt+Shift 键向下拖曳鼠标复制一个新图形，如图 2-8 所示。

图2-7　绘制几何图形

图2-8　复制图形

3. 选择【线条】工具 ＼，连接上下两个几何图形的对应顶点，如图 2-9 所示。
4. 根据遮挡关系，选择被遮挡的线条，设置【笔触样式】为虚线。
5. 选择所有线条，设置【笔触高度】为 "3"，设置【笔触颜色】 ／■ 为红色，如图 2-10 所示。此例可参见附盘中的 "立体透视图.fla" 文件。

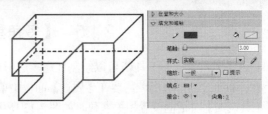

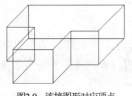

图2-9　连接图形对应顶点　　　　　　　　　　图2-10　设置【笔触样式】

2.1.3　【椭圆】工具

　　【椭圆】工具分为对象绘制模式和图元绘制模式两种。对象绘制模式是非参数化绘制方式，该模式对应【椭圆】工具◯。图元绘制模式是参数化绘制方式，该模式对应【基本椭圆】工具◯，用户可以随时使用【属性】面板中的参数项调整【椭圆】的【开始角度】、【结束角度】和【内径】，如图2-11所示，两个工具的基本属性一致。

　　使用【椭圆】工具从一个角向另一个对角拖动可以绘制光滑精确的椭圆。【椭圆】工具没有特殊的选项，但可以在【属性】面板中设置不同的线条和填充样式。

　　选择【椭圆】工具◯和【基本椭圆】工具◯，在【工具】面板的【颜色】区会出现矢量边线和内部填充色的属性。

　　如果要绘制无外框线的椭圆，可以选择笔画色彩按钮✎■，在【颜色选择器】面板中单击按钮☑，取消外部矢量线色彩。

　　如果只想得到椭圆线框的效果，可以选择填充色彩按钮♦■，在【颜色选择器】面板中单击按钮☑，取消内部色彩填充。

图2-11　【基本椭圆工具】设置区

　　设置好【椭圆】工具的色彩属性后，移动鼠标光标到舞台中，鼠标光标变为"+"形状。按住鼠标左键不放，拖动鼠标，就可以画出所需要的椭圆。

2.1.4　【矩形】工具

　　【矩形】工具分为对象绘制模式和图元绘制模式两种。对象绘制模式是非参数化绘制方式，该模式对应【矩形】工具▢。图元绘制模式是参数化绘制方式，该模式对应【基本矩形】工具▢，两种模式的基本属性一致，用户可以随时使用【属性】面板中的【矩形边角半径】参数项。

　　使用【矩形】工具▢和【基本矩形】工具▢，选择不同类型的边线（实线、虚线、点画线等）和填充色（单色、渐变色、半透明色），可以在舞台中绘制不同的矩形。按住 Shift 键可以绘出正方形。

　　使用【基本矩形】工具▢，在【属性】面板中【矩形边角半径】区可以设置矩形圆角，默认状态下调整一组参数，其余三组参数一起发生变化，如图2-12所示。如果取消中间的锁定按钮，就可以分别调整4组参数。

图2-12　【基本矩形】工具设置区

　　其中，在【矩形边角半径】选项定义了矩形圆角的程度，可以在-100～100的范围内设置，数值越大，圆角就越明显，当参数值为"-100"时矩形趋向于4角星形，当参数值为"100"时可以使矩形趋向于圆形。

2.1.5 【多角星形】工具

利用【多角星形】工具○,可以绘制任意多边形和星形图形,方便用户创建较为复杂的图形。为了更精确地绘制多边形,需要在【属性】面板中单击【选项】按钮,弹出【工具设置】面板,利用【工具设置】对话框设置相关参数,如图2-13所示。

【工具设置】对话框各参数选项的作用如下。

- 【样式】:在该下拉列表中可以选择【多边形】或【星形】选项,确定将要创建的图形形状。
- 【边数】:在该文本框中可以输入一个介于 3~32 之间的数值,确定将要绘制的图形的边数。

图2-13 【工具设置】对话框

- 【星形顶点大小】:在该文本框中可以输入一个介于 0~1 之间的数值,以指定星形顶点的深度。此数字越接近 0,创建的顶点就越深(如针)。如果是绘制多边形,应保持此设置不变(它不会影响多边形的形状)。

2.1.6 【刷子】工具

传统手工绘画中,画笔作为基本的创作工具,相当于美画师手掌的延伸。Flash 提供的【刷子】工具✏和现实生活中的画笔起到异曲同工的作用,相对而言,【刷子】工具✏更为灵活和随意。要创作优秀的绘画作品,首先要选择符合创作需求的色彩,并选择理想的画笔模式,再结合手控鼠标的能力,这样才能使创作变得得心应手。

【刷子】工具✏可以创建多种特殊的填充图形,同时要注意与【铅笔】工具✏的区别。【铅笔】工具✏无论绘制何种图形都是线条;【刷子】工具✏无论绘制何种图形都是填充图形。

【刷子】工具✏面板下方【选项】区,有【对象绘制】○、【刷子模式】⊖、【刷子大小】●、【刷子形状】●和【锁定填充】🔒5 个功能选项,如图 2-14 所示。

单击【刷子模式】按钮⊖,在弹出菜单中将显示出 5 种刷子模式,如图 2-15 所示。

图2-14 【刷子】工具功能选项

图2-15 【刷子模式】选择菜单

各选项的作用如下所示。

- 【标准绘画】模式⊙:在同一图层上绘图时,所绘制的图形会遮挡并覆盖舞台中原有的图形或线条。
- 【颜料填充】模式⊙:对填充区域和空白区域涂色,不影响线条。
- 【后面绘画】模式⊙:在舞台上同一层的空白区域涂色,不影响线条和填充。
- 【颜料选择】模式⊙:可以将新的填充应用到选区中。
- 【内部绘画】模式⊙:仅对刷子起始所处的区域进行涂色。这种模式将舞台上的图形对象看做一个个分散的实体,如同一层层的彩纸一样(虽然各对象仍然处于一个图层中);当刷子从那个彩纸上开始,就只能在这个彩纸上涂色,而不会影响到其他彩纸。

2.1.7 【喷涂刷】工具

【喷涂刷】工具 类似于粒子喷射器，使用它可以一次将形状图案"刷"到舞台上。默认情况下，使用当前选定的填充颜色喷射粒子点，如图 2-16 所示。也可以使用【喷涂刷】工具将影片剪辑或图形元件作为图案应用。

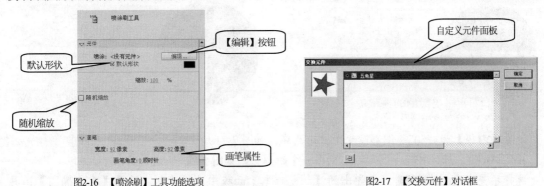

图2-16 【喷涂刷】工具功能选项   图2-17 【交换元件】对话框

【喷涂刷】工具【属性】面板中各选项的作用如下所示。

- 【编辑】按钮：打开【交换元件】对话框，如图 2-17 所示，可以在其中选择影片剪辑或图形元件以用作喷涂刷粒子。选中库中的某个元件时，其名称将显示在编辑按钮的旁边。
- 【颜色选取器】：选择用于默认粒子喷涂的填充颜色。使用库中的元件作为喷涂粒子时，将禁用颜色选取器。
- 【宽度】：缩放用作喷涂粒子的元件的宽度。例如，输入值 10%将使元件宽度缩小10%；输入值 200%将使元件宽度增大 200%。
- 【高度】：缩放用作喷涂粒子的元件的高度。例如，输入值 10%将使元件高度缩小10%；输入值 200%将使元件高度增大 200%。
- 【随机缩放】：指定按随机缩放比例将每个基于元件的喷涂粒子放置在舞台上，并改变每个粒子的大小。使用默认喷涂点时，会禁用此选项。

2.2 范例解析

用户在学习图形、图像处理软件时，首要的任务就是掌握绘图和编辑工具的使用。绘图和编辑工具是创建复杂作品的基础，只有打好这个基础才能随心所欲地应用 Flash，下面将通过范例学习相关工具的使用方法。

2.2.1 彩色联通管

创建如图 2-18 所示的彩色联通管效果。联通管由 3 段独立的圆环组成，每段圆环的色彩和角度各不相同。实现这一效果，主要是利用【基本椭圆】工具和相关参数设置来完成不同形态联通管的创建。

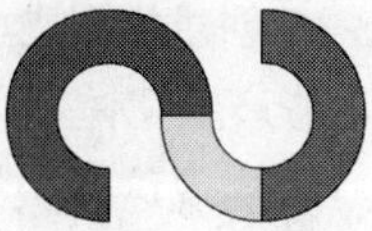

图2-18 彩色联通管

【步骤提示】

1. 新建一个 Flash 文档，选择【基本椭圆】工具 ，在【工具】面板【颜色】区修改边线和填充图形的颜色。

2. 移动鼠标光标到舞台中，光标变为"+"形状时，按住 Shift 键的同时按住鼠标左键，拖动鼠标，在舞台中拖曳出黑边红色的圆形，如图 2-19 所示。

3. 设置【基本椭圆】工具【属性】面板中【起始角度】为"90"，图形改变为缺角圆形，如图 2-20 所示。

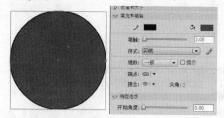

图2-19　绘制圆形

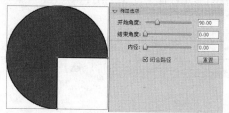

图2-20　设置【起始角度】

4. 设置【内径】为"50"，图形改变为缺角圆环，如图 2-21 所示。

5. 按住 Alt 键，选择并拖曳图形，复制出一个新图形，如图 2-22 所示。

6. 选择填充颜色按钮 ，在弹出的【颜色样本】面板中选择黄色，设置【基本椭圆】工具【属性】面板中【结束角度】为"180"，如图 2-23 所示。

图2-21　设置【内径】

图2-22　拖曳复制图形

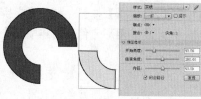

图2-23　设置【结束角度】

7. 按住 Alt 键，选择黄色环形并拖曳图形，复制出一个新图形，如图 2-22 所示。

8. 选择填充颜色按钮 ，在弹出的【颜色样本】面板中选择蓝色，设置【起始角度】为"270"，【结束角度】为"90"，如图 2-24 所示。

9. 移动 3 个图形，使其互相衔接，最终图形效果如图 2-25 所示。

图2-24　拖曳复制图形

图2-25　设置图形参数

图2-26　调整图形位置

2.2.2　金属螺丝

创建如图 2-27 所示的金属螺丝效果，螺丝由半圆、矩形和倒角矩形共同组合而成，应用渐变色彩产生立体效果。

实现这一效果，主要利用【椭圆】工具和【矩形】工具绘制基本形态，再利用【合并对象】命令修剪图形。

【步骤提示】

1. 新建一个 Flash 文档。

2. 选择【椭圆】工具◎，绘制黑边灰色的圆形。选择【矩形】工具▭，绘制黑边灰色矩形，遮挡在圆形的下方，如图 2-28 所示。

3. 选择并删除矩形，得到半圆图形。选择图形，设置【填充色】◇■为白色到黑色的放射状渐变，如图 2-29 所示。

4. 选择图形，执行【修改】/【合并对象】/【联合】命令，将半圆形的边线和填充色联合在一起，如图 2-30 所示。

图2-27 金属螺丝

图2-28 绘制遮挡矩形

图2-29 改变填充色

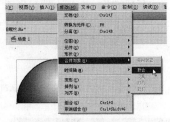
图2-30 联合图形

5. 选择【矩形】工具▭，在【工具】面板中，确认【对象绘制】按钮◎为按下状态，绘制黑边灰色矩形，遮挡在半圆形的上方，如图 2-31 所示。

6. 同时选择两个图形，执行【修改】/【合并对象】/【打孔】命令，使下面的图形与上面图形重合的区域被裁剪掉，如图 2-32 所示。

7. 选择【矩形】工具▭，设置【笔触颜色】✎■为黑色，设置【填充色】◇■为白色到黑色的线性渐变，在半圆形的下方绘制矩形，如图 2-33 所示。

8. 选择【椭圆】工具◎，绘制黑边灰色椭圆形。

9. 选择【矩形】工具▭，绘制黑边灰色矩形，遮挡在椭圆形的中部，如图 2-34 所示。

图2-31 绘制遮挡矩形

图2-32 裁切图形

图2-33 绘制矩形

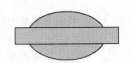
图2-34 绘制遮挡矩形

10. 同时选择新绘制的两个图形，执行【修改】/【合并对象】/【交集】命令，两个图形的重叠部分保留下来（保留的是上面图形的部分），其余部分被裁剪掉，得到螺纹图形。

11. 选择螺纹图形，设置【填充色】◇■为白色到黑色的线性渐变，如图 2-35 所示。

12. 移动螺纹图形到螺丝上面，按住 |Alt|+|Shift| 键在垂直方向上拖曳复制 3 个螺纹图形，如图 2-36 所示。

13. 选择所有图形，调整【笔触高度】为 "3"，此时螺丝图形如图 2-37 所示。

图2-35 改变填充色

图2-36 移动复制图形

图2-37 调整【笔触高度】

2.2.3　漫天繁星

　　创建如图 2-38 所示的图像效果，将 3 个简单星型组合元件效果，喷涂为带状星河的图形效果。

　　在选择【喷涂刷】工具喷涂图形时，只要设置【工具设置】对话框中的相关参数和选项，就可以制作不同形态的图形。再结合创建个性的图形元件，使喷涂产生丰富的变化。元件的创建将在后续章节中详细讲述，练习时按照步骤执行即可，操作方法如下。

【步骤提示】

1. 　新建一个 Flash 文档，设置背景颜色为 "深蓝色"。
2. 　执行【插入】/【新建元件】命令，创建名称为 "群星" 的 "影片剪辑" 元件，如图 2-39 所示。
3. 　选择【多角星形】工具◎，在【属性】面板中设置【笔触颜色】✐■ 为无。
4. 　在【属性】面板中单击 选项... 按钮，弹出【工具设置】对话框，在【样式】下拉列表中选择 "星形"，单击 确定 按钮关闭【工具设置】对话框，在舞台中绘制如图 2-40 所示的 3 个星形效果。

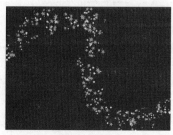
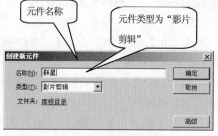

图2-38　漫天繁星　　　　　　　图2-39　创建 "影片剪辑" 元件　　　　　　图2-40　绘制五角星形

5. 　单击左上角◁的按钮，返回 "场景 1"。
6. 　选择【喷涂刷】工具◎，在【属性】面板中单击 编辑... 按钮，弹出【交换元件】对话框，选择 "群星" 元件，单击 确定 按钮关闭对话框，如图 2-41 所示。
7. 　在【属性】面板中勾选【随机缩放】、【旋转元件】和【随机旋转】选项，使喷涂效果拥有更多变化如图 2-42 所示。
8. 　按住鼠标在舞台中喷涂星型效果。

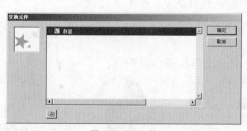

图2-41　选择元件　　　　　　　　　　　　图2-42　修改设置选项

　　在这个实例中，通过创建个性的元件形态，再结合【喷涂刷】工具的相关变化选项，使喷涂产生更加丰富的形态效果。

2.3 课堂实训

这一节通过两个例子的制作，讲述灵活运用绘图工具绘制各种图形，产生更加复杂的视觉效果。

2.3.1 搭积木

创建如图 2-43 所示的图像效果，将 6 个简单的六边形通过排列组合组成积木效果，再创建一个边数为 32 的星形代表太阳图案。

在选择【多角星形】工具绘制图形时，只要设置【工具设置】对话框中的相关参数和选项，就可以制作不同形态的图形。再结合不同的排列组合形式，使图形产生丰富的变化。

【步骤提示】

1. 新建一个 Flash 文档，在【矩形】工具 □ 上按住鼠标左键，从弹出的菜单中选择【多角星形】工具 ○，在【属性】面板中设置【笔触颜色】 ✐ ■ 为黑色和【填充颜色】为红色。
2. 在【属性】面板中单击 选项... 按钮，弹出【工具设置】对话框，设置【边数】选项为 "6"，单击 确定 按钮关闭【工具设置】对话框。在舞台中绘制正六边形，如图 2-44 所示。
3. 选择六边形，按住 Alt 键拖曳复制出一个六边形，修改【填充色】 ⬧ ■ 为绿色，如图 2-45 所示。

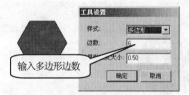

图2-43 搭积木 　　　　　　　　图2-44 绘制六边形 　　　　　　　　图2-45 复制新六边形

4. 按照相同的方法，再复制 4 个六边形，并分别填充不同填充色，图形排列效果如图 2-46 所示。
5. 选择所有图形，在【属性】面板中修改【笔触高度】为 "10"，如图 2-47 所示。
6. 选择【多角星形】工具 ○，在【属性】面板中设置【笔触颜色】 ✐ ■ 为黑色，设置【填充颜色】 ⬧ ■ 为红色。
7. 在【属性】面板中单击 选项... 按钮，弹出【工具设置】对话框，在【样式】下拉列表中选择 "星形"，设置【边数】为 "32"，单击 确定 按钮关闭【工具设置】对话框，在舞台中绘制如图 2-48 所示的星形效果。

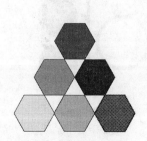

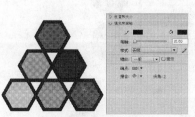

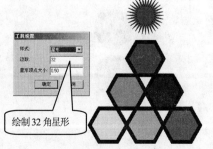

图2-46 复制 4 个新六边形 　　　　图2-47 修改【笔触高度】 　　　　图2-48 绘制太阳

在这个实例中，通过精心构思和创意将简单图形变化组合成复杂图形，在实际应用时可以组成多种有趣的图形。常见的积木形态都可以通过这个实例的方法排列出来。

2.3.2　红绿灯与广告牌

利用简单的椭圆工具组合成红绿灯和常见广告牌样式，创建如图 2-49 所示的效果。

使用【椭圆】工具时可结合键盘上的快捷键绘制不同类型的圆形和椭圆形，注意笔触颜色的调整和设置，能够丰富图形的变化效果。

【步骤提示】

1. 新建一个 Flash 文档，选择【椭圆】工具〇，按住 Shift 键，在舞台中绘制圆形。
2. 选择圆形，在工具面板中〇工具的【颜色】区中，选择【笔触颜色】按钮╱■，在弹出的【颜色选择器】面板中选择白色到黑色的线性渐变色。选择【填充颜色】按钮◇■，在弹出的【颜色选择器】面板中选择绿色到黑色的放射状渐变色。
3. 执行【窗口】/【属性】命令，打开【属性】面板，设置【笔触高度】为"10"，如图 2-50 所示。
4. 选择图形，选择【选择】工具▶，按住 Shift+Alt 键向下拖曳复制出一个圆形。
5. 选择新圆形，在【属性】面板中，设置【填充颜色】◇■为红色到黑色的放射状渐变色，如图 2-51 所示。

图2-49　红绿灯与广告牌　　　　　　　　图2-50　设置圆形的属性　　　　　　　　图2-51　设置新圆形的属性

6. 选择【线条】工具＼，选择【笔触颜色】按钮╱■，选择黑色，绘制 3 条直线，用于连接两个圆形，如图 2-52 所示。
7. 选择【椭圆】工具〇，选择【填充颜色】为深灰色，选择【笔触颜色】按钮╱■，在弹出的色彩选择窗口中单击【没有颜色】按钮☑，在竖线下方绘制椭圆形，如图 2-53 所示。
8. 在【工具】面板的【颜色】区中，单击【交换颜色】按钮，交换颜色。按住 Shift 键，在舞台左侧绘制黑边无色圆形，作为广告牌图形。
9. 选择【线条】工具＼，绘制直线连接新圆形和竖线，如图 2-54 所示。

图2-52　绘制直线　　　　　　　　　　图2-53　绘制无边椭圆形　　　　　　　　图2-54　绘制直线

在这个实例中，利用【椭圆】工具绘制红绿灯图形时利用笔触渐变色产生立体效果。再利用放射状渐变色填充圆形，产生灯光的效果。绘制广告牌时只要填充单色即可，结合以后章节的知识可以在内部填充一幅广告招贴画。

2.4 综合案例——圣诞小屋

创建如图 2-55 所示的图像效果，浅蓝色的背景，一组形态可爱的卡通小房子，房子前还有一堆厚厚的积雪。

利用 Flash 制作雪后风景效果，如果在此基础上继续丰富，比如添加雪花效果、音乐和祝福语就是一件很好的圣诞节贺卡作品。主要绘制几组色彩形态不同的房子效果，要求色彩鲜明、布局生动。

图2-55　圣诞小屋

【步骤提示】

1. 执行【文件】/【新建】命令，创建一个新文档，设置背景颜色为蓝色。
2. 选择✎工具和＼工具，选择黑色实线绘制房子的外形，选择▶工具调整线条的弧度，如图 2-56 所示。
3. 选择◇工具，选择深蓝色填充房子的暗面，如图 2-57 所示。
4. 选择◇工具，选择浅蓝色和白色填充房子的亮面，如图 2-58 所示。
5. 选择◇工具，选择两种不同的黄色填充房门的两个面，如图 2-59 所示。

图2-56　绘制房子边线　　　图2-57　填充房子的暗面　　　图2-58　填充房子的亮面　　　图2-59　填充房门的两个面

6. 选择▶工具，选择并删除图形的边缘线。选择"图层 1"第 1 帧，单击鼠标右键选择【复制帧】命令。
7. 在【时间轴】面板中，单击🔒按钮锁定"图层1"层，如图 2-60 所示。
8. 在【时间轴】面板中，单击🔲按钮，增加"图层 2"层，如图 2-61 所示，选择第 1 帧单击鼠标右键选择【粘贴帧】命令。
9. 选择▶工具，调整新图形的形状，使其变得瘦长一些。选择◇工具，选择两种不同的红色填充墙面的颜色，如图 2-62 所示。
10. 选择"图层 1"第 1 帧，单击鼠标右键选择【复制帧】命令，并锁定"图层 2"。
11. 在【时间轴】面板中，增加一个新层"图层 3"，单击鼠标右键选择【粘贴帧】命令。
12. 选择▶工具，适当调整新图形的形状。选择◇工具，选择两种不同的浅蓝色填充墙面的颜色，如图 2-63 所示。

图2-60　锁定"图层1"层　　　图2-61　创建新图层　　　图2-62　调整房子的色彩　　　图2-63　调整房子的形态

13. 在【时间轴】面板中，增加一个新层"图层4"，选择 工具，选择白色绘制房前积雪图形，如图2-64所示。

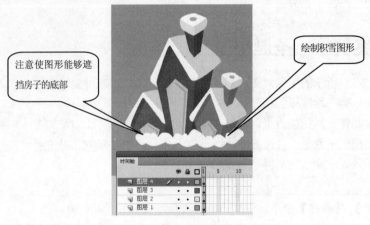

绘制积雪图形

注意使图形能够遮挡房子的底部

图2-64 绘制房屋积雪效果

2.5 课后作业

1. 在同一层中绘制两个叠加在一起的图形，然后移动处于上面的图形，会出现如图 2-65 所示的效果。为什么图形会粘在一起？

2. 如何绘制如图 2-66 所示的五角星形？

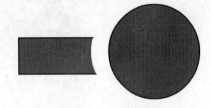

图2-65 移动处于上面的图形

图2-66 绘制五角星形

第3讲

编辑修改工具

在作品创作过程中，设计者不可能一次性将图形创建得很完美，一般都需要进一步编辑调整才能达到更为理想的效果。此时就会经常用到编辑修改工具，比如【墨水瓶】、【颜料桶】等工具。可以实现对笔触、填充色等元素进行修改，也可以结合此类工具的使用技巧使制作过程更加简化。本讲课时为 3 小时。

(i) 学习目标

◆ 掌握编辑修改图形的基本方法。

◆ 掌握Deco、滴管和套索工具。

◆ 掌握创建自由形态图形技巧。

3.1 功能讲解

下面从一些常用编辑修改工具讲解，让读者熟悉这些工具的基本设置方法，为以后在作品中灵活应用做好铺垫。

3.1.1 【墨水瓶】和【颜料桶】工具

要更改线条或者形状轮廓的笔触颜色、宽度和样式，可以使用【墨水瓶】工具。对直线或形状轮廓可以应用纯色、渐变或位图填充。

【颜料桶】工具 可以用颜色填充封闭或半封闭区域。该工具既可以填充空的区域也可以更改已涂色区域的颜色。填充的类型包括纯色、渐变填充以及位图填充。

选择【颜料桶】工具 ，【工具】面板【选项】区包括【空隙大小】、【锁定填充】 两个按钮选项。【空隙大小】按钮 下面包含 4 种属性设置，如图 3-1 所示。

图3-1 【空隙大小】设置栏

3.1.2 【滴管】工具

【滴管】工具 具有吸取画面中矢量线、矢量色块及位图等相关属性，并直接将其应用于其他矢量对象的功能，帮用户简化了许多重复的属性选择步骤，而可以直接利用已编辑好的效果。【滴管】工具 🖊 主要能够提取 4 种对象属性。

- 提取线条属性：【滴管】工具 🖊 可以吸取源矢量线的笔触颜色、笔触高度和笔触样式等属性，并将其应用到目标矢量线上，使后者具有前者的线属性。
- 提取色彩属性：【滴管】工具 🖊 可以吸取填充颜色的相关属性，不论是单色还是复杂的渐变色，都可以被复制下来，转移给目标矢量色块。
- 提取位图属性：【滴管】工具 🖊 可以吸取外部引入的位图样式作为填充图案，使填充的图形像编织的花布一样，重复排列吸取的位图图案。
- 提取文字属性：【滴管】工具 🖊 可以吸取文字的字体、文本颜色以及字体大小等属性，但不能吸取文本内容。

3.1.3 【橡皮擦】工具

使用【橡皮擦】工具 🗑 进行擦除可删除笔触和填充。利用该工具可以快速擦除舞台上的任何内容。【橡皮擦】工具 🗑 形状可以设置为圆形或方形，同时还可以设置 5 种橡皮擦尺寸。

在【橡皮擦】工具 🗑 下方的【选项】区中包含有【橡皮擦模式】 ⊙、【水龙头】 🚰、【橡皮擦形状】 ● 3 个属性设置选项，如图 3-2 所示。

通过设置【橡皮擦】工具 🗑 的擦除模式可以只擦除笔触、只擦除数个填充区域或单个填充区域。单击【橡皮擦模式】按钮 ⊙，弹出的菜单如图 3-3 所示。

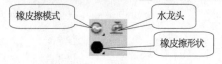

图3-2 【选项】区

图3-3 【橡皮擦模式】弹出菜单

- 【标准擦除】：擦除同一层上的笔触和填充。
- 【擦除填色】：只擦除填充，不影响笔触。
- 【擦除线条】：只擦除笔触，不影响填充。
- 【擦除所选填充】：只擦除当前选定的填充，不影响笔触（不论笔触是否被选中）。
- 【内部擦除】：只擦除橡皮擦笔触开始处的填充。如果从空白点开始擦除，则不会擦除任何内容。

文字和位图是作品创作中经常用到的元素，如果要擦除这两种元素对象，必须先将其分离，然后再用【橡皮擦】工具 🗑 进行擦除。

3.1.4 【选择】工具

【选择】工具 ▶ 在创作中较为常用，利用它可以进行选择、移动、复制、调整矢量线或矢量色块形状等操作。

【选择】工具的编辑修改功能，主要体现在对矢量线和矢量色块的调整上。一般是将原始的线条和色块变得更加平滑，使图形外形线更加饱满流畅。当然也可以调整线条的节点的位置。

单击【选择】工具查看【工具】面板下方【选项】区的变化，包括【贴紧至对象】、【平滑】和【伸直】3 个功能按钮，如图 3-4 所示。

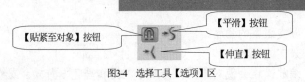

图3-4 选择工具【选项】区

【选项】区按钮的作用如下。

- 【贴紧至对象】 ⚲ ：用于完成吸附功能的选项，在以后利用链接引导层制作动画时，必须使其处于激活状态。拖动运动物体到运动路径的起始点和终结点，才能使运动物体主动吸附到路径上，从而顺利完成物体沿路径的运动。这是制作此类动画时特别要注意的一点。

- 【平滑】 ⚲ ：使线条或填充图形的边缘更加平滑。

- 【伸直】 ⚲ ：使线条或填充图形的边缘趋向于直线或折线效果。

3.1.5 【套索】工具

【套索】工具 ⚲ 用于选择画面中的图形，也包括被分离的位图。分离位图会将图像中的像素分到离散的区域中，可以分别选中这些区域并进行修改。当位图分离时，可以使用 Flash 绘画和涂色工具修改位图。

单击【套索】工具 ⚲ ，其【选项】区共有【魔术棒】 ⚲ 、【魔术棒设置】 ⚲ 和【多边形模式】 ⚲ 3 个功能按钮，如图 3-5 所示。通过使用【套索】工具 ⚲ 【选项】区中的【魔术棒】工具 ⚲ ，可以选择已经分离的位图区域。

图3-5 【套索】工具【选项】区

单击【魔术棒设置】 ⚲ ，会弹出【魔术棒设置】对话框，其中的两个选项作用如下。

- 【阈值】：此选项可以在 0~200 范围内进行调节，值越大，魔术棒的容差范围就越大。

- 【平滑】：此选项是对阈值的进一步补充，其中包括【像素】、【粗糙】、【一般】、【平滑】4 个选项，读者可以在实践过程中对比其效果。

3.1.6 【Deco】工具

【Deco】工具 ⚲ 是 Flash CS4 新增功能，主要包括【藤蔓式填充】、【网格填充】和【对称刷子】3 种绘制效果，如图 3-6 所示。可以将默认元件替换为库中的自定义元件，也可以修改默认图形的色彩，如果元件中包含动画，绘制的图形会产生动画效果。

【Deco】工具主要绘制效果的选项功能如下所示。

- 【藤蔓式填充】：可以用藤蔓式图案填充舞台、元件或封闭区域。可以替换其他类型的插图。

- 【网格填充】：可以用库中的元件填充舞台、元件或封闭区域。如果移动填充元件或调整其大小，则网格填充将随之移动或调整大小。

- 【对称刷子】：创建圆形用户界面元素（如模拟钟面或刻度盘仪表）和旋涡图案。对称效果的默认元件是 25 像素×25 像素、无笔触的黑色矩形形状。

【藤蔓式填充】绘制效果选项功能如图 3-7 所示。

- 【分支角度】：分支图案的角度。
- 【分支颜色】：分支的颜色。
- 【图案缩放】：缩放操作会使对象同时沿水平方向和垂直方向放大或缩小。
- 【段长度】：节点和花朵节点之间的段的长度。
- 【动画图案】：效果的每次迭代都绘制到时间轴中的新帧。在绘制花朵图案时，此选项将创建花朵图案的逐帧动画。
- 【帧步骤】：设定动画图案效果时每秒要的帧数。

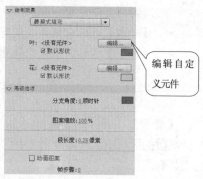

图3-6　【Deco】工具【选项】区　　　　　　　　　　　　　图3-7　藤蔓式填充

【网格填充】绘制效果的选项功能如图 3-8、图 3-9 和图 3-10 所示。

图3-8　网格填充　　　　　图3-9　【网格填充】默认填充效果　　　图3-10　【网格填充】自定义填充效果

- 【水平间距】：指定网格填充中所用形状之间的水平距离（以像素为单位）。
- 【垂直间距】：指定网格填充中所用形状之间的垂直距离（以像素为单位）。
- 【图案缩放】：可使对象同时沿水平方向和垂直方向放大或缩小。

【对称刷子】绘制效果的选项功能如图 3-11 所示。

- 【跨线反射】：跨指定的不可见线条等距离翻转形状。中线的上端可以旋转调整角度，如图 3-12 所示。
- 【跨点反射】：围绕用户指定的固定点等距离放置两个形状，如图 3-13 所示。

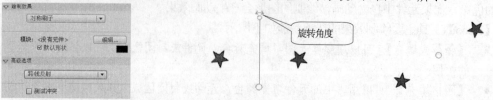

图3-11　对称刷子　　　　　　　　图3-12　【跨线反射】　　　　　　　图3-13　【跨点反射】

- 【绕点旋转】：围绕用户指定的固定点旋转对称中的形状。默认参考点是对称的中心点。若要围绕对象的中心点旋转对象，请按圆形运动进行拖动，如图 3-14 所示。

- **【网格平移】**：按对称效果绘制的形状创建网格。每次在舞台上单击【Deco】工具都会创建形状网格。使用由对称刷子手柄定义的 x 和 y 坐标调整这些形状的高度和宽度，如图 3-15 所示。
- **【测试冲突】**：可防止绘制对称效果中的形状相互叠加。取消选择此选项后，允许对称效果中的形状重叠。

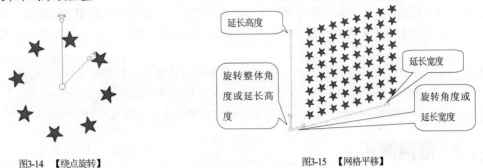

图3-14　【绕点旋转】　　　　　　　　　图3-15　【网格平移】

3.1.7　创建自由形态图形

通过前面的介绍，我们已经掌握了图形创建工具的用法，但要创建一些比较随意的图形，这些知识还远远不够。为了能够创建更加灵活多样的自由形态，Flash CS4 为用户提供了强大的创建和编辑工具。其中【任意变形】工具是用于把规则的图形调整为自由的形态。【钢笔】工具可以独立创建矢量线和矢量图形，也可以编辑修改已经创建的矢量对象。【部分选取】工具可以对已经绘制出来的矢量线或矢量图形进行再次编辑。用好这些工具对创建自由形态的不规则图形大有帮助。

使用【任意变形】工具或【修改】/【变形】菜单命令中的选项，可以将图形对象、组、文本块和实例进行变形。根据所选的元素类型，可以任意变形、旋转、倾斜、缩放或扭曲该元素。在变形操作期间，可以更改或添加选择内容。

要绘制精确的路径，如直线或者平滑流畅的曲线，可以使用【钢笔】工具。先创建直线或曲线段，然后调整直线段的角度和长度以及曲线段的斜率。

【钢笔】工具包含 4 个用于添加、删除点、调整的工具：【钢笔】工具、【添加锚点】工具、【删除锚点】工具和【转换锚点】工具。

钢笔工具显示的不同指针反映其当前绘制状态，以下为指针指示各种绘制状态。

- 初始锚点指针：选中【钢笔】工具后看到的第一个指针。指示下一次在舞台上单击鼠标时将创建初始锚点，是新路径的开始。
- 连续锚点指针：指示下一次单击鼠标时将创建一个锚点，并用一条直线与前一个锚点相连接。
- 添加锚点指针：指示下一次单击鼠标时将向现有路径添加一个锚点。若要添加锚点，必须选择路径，并且钢笔工具不能位于现有锚点的上方。根据其他锚点，重绘现有路径。一次只能添加一个锚点。
- 删除锚点指针：指示下一次在现有路径上单击鼠标时将删除一个锚点。若要删除锚点，必须用【选取】工具选择路径，并且指针必须位于现有锚点的上方。根据删除的锚点，重绘现有路径。一次只能删除一个锚点。
- 连续路径指针：从现有锚点扩展新路径。若要激活此指针，鼠标光标必须位于路径上现有锚点的上方。仅在当前未绘制路径时，此指针才可用。锚点未必是路径的终端锚点；任何锚点都可以是连续路径的位置。

- 闭合路径指针 ◦₀：在正绘制的路径的起始点处闭合路径。用户只能闭合当前正在绘制的路径，并且现有锚点必须是同一个路径的起始锚点。生成的路径没有将任何指定的填充颜色设置应用于封闭形状；单独应用填充颜色。
- 连接路径指针 ◦₀：除了鼠标光标不能位于同一个路径的初始锚点上方外，与闭合路径指针基本相同。该指针必须位于唯一路径的任意一个端点上方。可能选中路径段，也可能不选中路径段。
- 回缩贝塞尔手柄指针 ♠：当鼠标位于显示其贝塞尔手柄的锚点上方时显示。单击鼠标将回缩贝塞尔手柄，并使得穿过锚点的弯曲路径恢复为直线段。
- 转换锚点指针 ＾：将不带方向线的转角点转换为带有独立方向线的转角点。

3.2 范例解析

矢量图形的编辑和调整，主要是围绕矢量线和矢量色块来进行的，比如改变线条的样式，改变填充色块的色彩及填充类型等。下面将结合具体范例体会调整工具的应用技巧。

3.2.1 红苹果

绘制并调整苹果，使苹果轮廓更加平滑顺畅，创建如图 3-16 所示的效果。实现这一效果，主要利用选择工具和相关选项进行处理。

图3-16 红苹果

【操作提示】

1. 新建一个 Flash 文档，选择【直线】工具 ＼，在画面中绘制一个苹果图形，如图 3-17 所示。
2. 选择【选择】工具 ↖，将鼠标光标移到要调整的线条上，拖曳图形边线直至得到合适弧度为止，如图 3-18 所示，此时的图形会比先前更理想。
3. 将鼠标光标移动到图形的节点位置，当出现方形标识时就可以对矢量图形的节点位置进行调整了，如图 3-19 所示。
4. 选择【颜料桶】工具 ◊，为图形填充橘黄色，如图 3-20 所示。

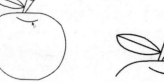

图3-17 绘制一个苹果基本图形　　　图3-18 调整矢量线　　　　图3-19 调整节点位置　　　　图3-20 填充颜色

5. 选择整个图形，移动复制出 1 个副本，如图 3-21 所示。
6. 选择左侧的图形，单击【选项】区中【平滑】按钮 ⁺S 多次后，减少矢量色块边缘的棱角，使之更加平滑，但是形态上有些变形，如图 3-22 所示。
7. 选择右侧的图形，单击【伸直】按钮 ⁺＜ 多次后，使矢量色块的边缘趋向于直线，如图 3-23 所示。

图3-21　移动复制图形

图3-22　平滑线条

图3-23　伸直线条

3.2.2　八千里路云和月

创建如图 3-24 所示的图像效果，调整文字和图形为波浪状形态。

实现这一效果，主要利用【任意变形】工具 变形文字和图形，在对文字图形进行变形调整时，注意先执行字体【分离】命令。

【操作提示】

1.　新建一个 Flash 文档，选择【文本】工具 T ，输入文字"八千里路云和月"，在【属性】面板中设置相关参数，如图 3-25 所示。

2.　连续执行两次【修改】/【分离】命令，将文字彻底分离。

3.　选择【任意变形】工具 ，再选择画面中的所有文本，此时在矩形边缘处将出现 8 个手柄，如图 3-26 所示。

图3-24　变形文字和图形

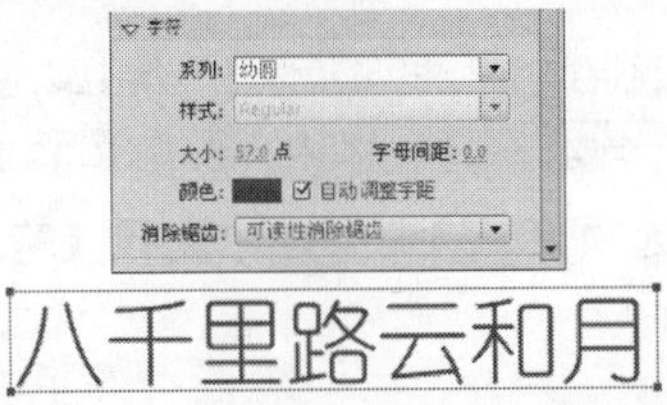

图3-25　创建文字

图3-26　准备变形文字

4.　单击封套按钮 ，选择调整手柄，拖曳调节杆的位置和方向，如图 3-27 所示。此时文本将根据调整框的外形发生变化。

5.　移动两侧手柄的位置，如图 3-28 所示。此时文本的起伏变形变得更加明显。

6.　选择【矩形】工具 ，在文本的下方创建桔黄色无边线矩形，如图 3-29 所示。

图3-27　调整文字曲线

图3-28　增加文字的起伏变化

图3-29　绘制矩形

7.　选择【任意变形】工具 ，选择矩形，单击【选项】区的【扭曲】按钮 ，调整外框上的手柄位置，直至出现如图 3-30 所示效果。

8.　单击【封套】按钮 ，分别拖曳上、下两个手柄的调节杆位置，直至出现如图 3-31 所示的效果。

图3-30　调整矩形形态

图3-31　调整矩形边缘弧度

3.2.3 多变的图形

创建如图 3-32 所示的图像效果，利用简单的图形实现不同的图形排列组成形式。

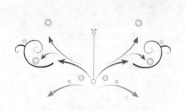  

图3-32 多变的图形

实现这一效果，主要利用【Deco】工具 丰富的图形排列功能，只要绘制一组简单的图形就可以调整出复杂而精美的图案效果。

【操作提示】

1. 新建一个 Flash 文档。

2. 执行【文件】/【导入】/【导入到库】命令，导入附盘文件"曲线图形.swf"，素材以图形元件形式被引入到库中。

3. 选择【Deco】工具 ，在【属性】面板【绘制效果】选项区的下拉菜单中选择【对称刷子】选项。

4. 在【属性】面板【模块】选项区右侧单击 编辑... 按钮，弹出【交换元件】对话框，选择"曲线图形.swf"元件，单击 确定 按钮退出，如图 3-33 所示。

5. 在【属性】面板【高级选项】选项区的下拉菜单中选择【跨线反射】选项，并取消勾选【测试冲突】选项，如图 3-34 所示。

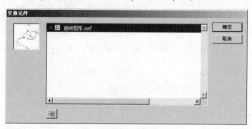 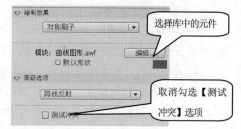

图3-33 【交换元件】对话框   图3-34 勾选【测试冲突】选项

6. 在舞台上按住鼠标左键并拖曳鼠标，当出现适合的图形形态时释放鼠标，如图 3-35 所示。

7. 拖曳旋转手柄，调整 2 个图形的对称角度，如图 3-36 所示。

8. 在【绘制效果】选项区的下拉菜单中选择【跨点反射】选项，如图 3-37 所示。

 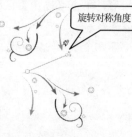 

图3-35 图形排列形态   图3-36 旋转对称角度   图3-37 【跨点反射】选项

9. 在【绘制效果】选项区的下拉菜单中选择【绕点旋转】选项，如图 3-38 所示。

10. 拖曳图形角度手柄，使图形之间夹角变小，如图 3-39 所示。

11. 在【绘制效果】选项区的下拉菜单中选择【网格平移】选项，并勾选【测试冲突】选项。

12. 调整图形角度、夹角、长度和宽度选项，如图 3-40 所示。

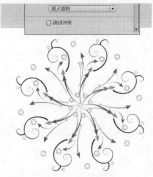

图3-38 【绕点旋转】选项　　　　　图3-39 调整图形角度手柄　　　　　图3-40 调整网格图形排列效

3.3 课堂实训

这一节通过两个例子的制作，讲述图形、文字的调整变化方法，简单图形经过精心调整也可以创作出精致的图形。

3.3.1 动感星形图标

创建如图 3-41 所示的图像效果，绘制并调整动感的星形。

在调整星形效果时，应注意图形动态的把握，赋予图形人性化，使其最终效果像一个飞跃的小人形态。

【步骤提示】

1. 新建一个 Flash 文档，将鼠标光标放到【矩形】工具□上按住鼠标左键，从展开的工具组中选择【多角星形】工具○，在【属性】面板中设置笔触为黑色，【笔触高度】设置为 "2"，设置【填充颜色】◇■为黄色。

2. 在【属性】面板中单击　选项...　按钮，弹出【工具设置】对话框，在【样式】的下拉列表中选择 "星形"，设置【边数】为 "5"，单击　确定　按钮关闭【工具设置】对话框，在舞台中绘制如图 3-42 所示的五角星。

图3-41 动感五角星　　　　　　　　　　　　图3-42 绘制五角星

3. 选择【部分选取】工具 ▸，选择五角星左下角的控制点向左下角拖曳，如图 3-43 所示。

4. 分别选择并拖曳五角星左右两侧的控制点，效果如图 3-44 所示。

5. 按住 Alt 键，选择并拖曳五角星中间的控制点，产生 2 个控制柄，调整中心点为曲线点，效果如图 3-45 所示。

图3-43 调整控制点   图3-44 分别调整控制点   图3-45 调整曲线控制点

这个实例的调整过程比较简单，主要在于事先的构思。受这一点启发，在调整图形时最好先精心构思布局，必要时可以先绘制草图，这样在具体调整时就不会盲目。

3.3.2 "新东方"标识字

创建如图 3-46 所示的图像效果，通过调整字体形态，使字型更符合设计要求。

标识字设计是企业形象设计的一个重要组成部分，Flash 中将普通文本转换为图形后就可以进行进一步的调整，根据创意的需要对文字进行艺术化处理。这个例子就是采用这个思路。

【步骤提示】

1. 新建一个 Flash 文档，选择【文本】工具 T，在舞台中输入"东方"2 字，如图 3-47 所示。
2. 选择文字，连续执行两次【修改】/【分离】命令，把文字彻底分离。
3. 选择【橡皮擦】工具 ✎，擦除"东"字的两个点，如图 3-48 所示。

图3-46 "新东方"标识字   图3-47 输入文字   图3-48 擦除标点

4. 选择【矩形】工具 ▢，在"东"字的左侧绘制两个红色无边矩形，如图 3-49 所示。
5. 选择【矩形】工具 ▢，在"东"字的右侧绘制两个红色无边矩形连接文字，如图 3-50 所示。
6. 选择【文本】工具 T，在舞台中输入"新"字，并调整文字的大小，调整文字的位置，如图 3-51 所示。

图3-49 擦除标点   图3-50 连接两个文字   图3-51 输入"新"字

在这个实例中，只要将文字分离后就可以通过绘制新的图形，使两个文字连贯成一个图形。在文字变形的过程中尽量保留文字的主体部分，否则不便于识别。变形部分可以根据创意需要来绘制更加复杂的图形替代偏旁部首，比如祥云、浪花等图形都可以丰富文字的内涵。

3.4 综合案例——破碎的蛋壳

创建如图 3-52 所示的图像,通过精心调整一个简单椭圆形使其呈现破碎的蛋壳效果。

绘制过程中要注意辐射状渐变的调整,按照蛋壳的光影效果均匀分布高光和阴影。蛋壳上还要注意通过较粗的线条表现蛋壳厚度,这样图形才能比较真实自然。

【步骤提示】

1. 新建一个 Flash 文档。

2. 选择【椭圆】工具 ◯,设置填充色 ◈■ 为由白到黑的放射状渐变色,设置笔触颜色 ✎■ 为由白到黑的线性渐变色,设置【笔触高度】为 "2",在舞台中绘制一个椭圆形,如图 3-53 所示。

3. 选择填充色,选择【渐变变形】工具 ▣,向左上角移动中心点手柄位置,如图 3-54 所示。

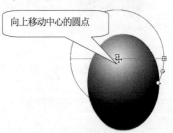

向上移动中心的圆点

图3-52 破碎的蛋壳　　　　　　　图3-53 绘制椭圆形　　　　　　　图3-54 移动中心点手柄位置

4. 向左拖曳移动宽度手柄 ▣ 的位置,压缩渐变色横向比例,使渐变色的渐变形状和椭圆形基本一致,如图 3-55 所示。

5. 向右下角拖曳移动大小手柄 ⬡ 的位置,放大渐变色区域,使图形内部的渐变色变浅,如图 3-56 所示。

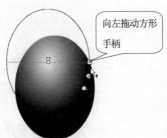
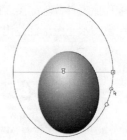

向左拖动方形手柄

图3-55 压缩渐变色横向比例　　　　　　　图3-56 放大渐变色区域

6. 选择【线条】工具 ╲,设置笔触颜色为黑色,在椭圆形上绘制裂纹线条,如图 3-57 所示。

7. 选择裂纹线条中间的填充色,修改填充色为黑色。选择【选择】工具 ▸,向图形内部调整裂纹外边线,如图 3-58 所示。

向内拖动外边线

图3-57 绘制裂纹线条　　　　　　　图3-58 调整裂纹外边线

8. 选择裂纹下边线，修改笔触颜色为白色，设置【笔触高度】为 "4"，如图 3-59 所示。

9. 选择椭圆形的边缘线，选择【渐变变形】工具 ，顺时针拖曳线性渐变旋转手柄 ，调整图形边线的渐变角度，如图 3-60 所示。

10. 选择【椭圆】工具 ，设置填充色为无色，在舞台中绘制一个无边线椭圆形作为蛋壳的投影，如图 3-61 所示。

图3-59　调整裂纹下边线

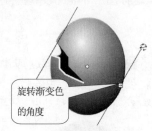

旋转渐变色的角度

图3-60　旋转渐变色

绘制椭圆形

图3-61　绘制鸡蛋的投影

3.5　课后作业

1. 如何利用选择工具移动复制一个如图 3-62 所示的重复排列的圆形？

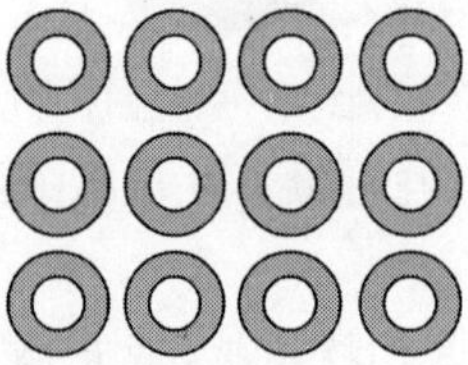

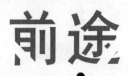

图3-62　复制圆形

2. 如何用橡皮擦工具擦除如图 3-63 所示的文字？

3. 如何利用位图填充图形创建出如图 3-64 所示的效果？

前途

图3-63　擦除文字

图3-64　位图填充

第4讲

文本、辅助工具和色彩

文字是信息传递的主要途径，灵活掌握其编辑和使用方法是十分重要的。辅助工具和面板工具包括【手形】工具、【缩放】工具以及【对齐】和【变形】面板等。辅助工具在调整图形显示和大小比例、对齐方式等方面起到重要作用。色彩是作品表现力的重要因素，掌握色彩应用方法除了熟悉色彩搭配的原理外，还要充分理解各类颜色面板的使用方法。本讲课时为2小时。

① 学习目标

◆ 掌握文本的输入与编辑技巧。

◆ 掌握辅助工具和辅助面板的使用方法。

◆ 掌握色彩的选择与编辑技巧。

4.1 功能讲解

文本和色彩作为作品重要的元素，其各种设置和调整方法都应该熟练掌握，下面从相关工具的面板设置和调整角度来详细介绍文本、色彩和辅助工具的基本应用方法，同时提示一些实际应用的技巧。

4.1.1 文本的输入与编辑

在 Flash CS4 中常用的文本类型有3种，分别是静态文本、动态文本和输入文本。静态文本是最常用的文本类型；动态文本用于显示根据指定的条件而变化的文本；输入文本允许用户为表单、调查表或创建输入性文本。

用户可以通过【属性】面板选择文本的字体、样式、颜色、间距等属性，也可以水平设置文本方向，静态文本可以从左到右、从右到左，或者垂直设置文本方向，还可以像处理对象一样将文本变形，即旋转、缩放、倾斜和翻转，并且仍然可以编辑它的字符。【文本】工具【属性】面板如图4-1所示。

Flash 提供了增强的字体光栅化处理功能，可以指定字体的消除锯齿属性。可以对每个文本字段应用锯齿消除，而不是每个字符。

【消除锯齿】下拉列表中各选项的作用如下。

- 【使用设备字体】：选择该选项指定 SWF 文件使用本地计算机上安装的字体来显示字体。例如，如果将 "Times New Roman" 字体指定为设备字体，则用于显示内容的计算机上必须安装有 "Times New Roman" 字体才能正常显示文本。因此在使用设备字体时，应尽量选择通常计算机上都会安装的字体系列。
- 【位图文本[无消除锯齿]】：选择该选项会关闭消除锯齿功能，不对文本进行平滑处理。将用尖锐边缘显示文本。由于字体轮廓嵌入了 SWF 文件，从而增大了 SWF 文件。

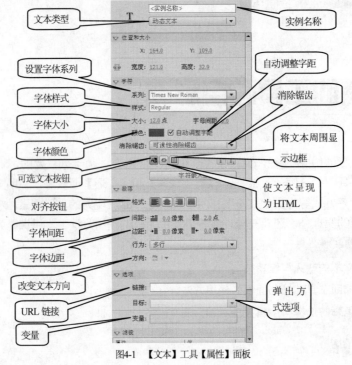

图4-1　【文本】工具【属性】面板

- 【动画消除锯齿】：选择该选项会创建较平滑的动画。由于 Flash 忽略对齐方式和字距微调信息，因此该选项只适用于部分情况。指定该选项会创建较大的 SWF 文件。
- 【可读性消除锯齿】：选择该选项使用新的消除锯齿引擎，改进了字体（尤其是较小字体）的可读性。指定该选项会创建较大的 SWF 文件。
- 【自定义消除锯齿】：选择该选项将会打开【自定义消除锯齿】对话框，在该对话框中可以根据需要修改字体的属性，如图 4-2 所示。

【自定义消除锯齿】对话框中各选项的功能如下。

- 【粗细】：用于确定进行字体消除锯齿转变后字体的粗细。较大的值可以使字符看上去较粗。
- 【清晰度】：用于确定文本边缘与背景过渡的平滑度。

【段落】部分主要用于设置文本的缩进、行距和上下左右的文字间距，如图 4-3 所示。

- 【缩进】：用于调整文本首行缩进的大小。
- 【行距】：文本横排时用于调整文本的行间距大小，竖排时用于调整文本的列间距大小。
- 【左边距】/【右边距】：在文本横排时左边距用于调整文本左侧间隙的大小，右边距用于调整文本右侧间隙的大小。

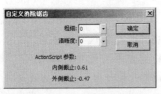

图4-2　【自定义消除锯齿】面板

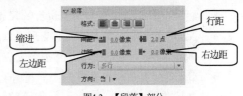

图4-3　【段落】部分

4.1.2　辅助工具

辅助工具是可以方便地观察、编辑作品，有利于提高创作效率的工具，其中包括【手形】工具🖐和【缩放】工具🔍。在对创建对象的编辑过程中，辅助工具也是经常使用的工具，所以在此也将辅助工具进行比较详细的讲解。

要在屏幕上查看整个舞台，或要在高缩放比率的情况下查看绘图的特定区域，可以更改缩放比率。最大的缩放比率取决于显示器的分辨率和文档大小。

【缩放】工具🔍可以通过更改缩放比率或在 Flash 工作环境中移动舞台来更改舞台中的视图显示。此外，还可以使用【视图】/【缩放比例】命令调整舞台的视图。其【选项】区如图 4-4 所示。

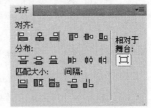

图4-4　【缩放】工具【选项】区

单击放大按钮🔍可以放大舞台中的对象，单击缩小按钮🔍可以缩小舞台中的对象。要放大绘画的特定区域，请使用【缩放】工具拖出一个矩形选取框。

双击【缩放】工具🔍可以使舞台中的画面恢复到100%的显示比例。

4.1.3　辅助面板

在 Flash CS4 软件中创建和编辑图形时，有些面板功能使用效率比较高，在优化作品的制作效果时发挥了较大的作用，如【对齐】面板和【变形】面板等。

【对齐】面板为用户提供了多种排列图形对象的选项，通过这些选项，能够方便、快捷地设置对象之间的相对位置，比如对齐、平分间距及调整图形长、宽比例等操作。

执行【窗口】/【对齐】命令，调出【对齐】面板，如图 4-5 所示。

在【对齐】栏中包含6个按钮，其作用介绍如下。

- 🖿：设置选取对象左端对齐。
- 🖿：设置选取对象沿垂直线中对齐。
- 🖿：设置选取对象右端对齐。
- 🖿：设置选取对象上端对齐。
- 🖿：设置选取对象沿水平线中对齐。
- 🖿：设置选取对象纵向上间距相等和下端对齐。

在【分布】栏中包含6个按钮，其作用介绍如下。

- 🖿：设置选取对象在横向上上端间距相等。
- 🖿：设置选取对象在横向上中心间距相等。
- 🖿：设置选取对象在横向上下端间距相等。
- 🖿：设置选取对象在纵向上左端间距相等。
- 🖿：设置选取对象在纵向上中心间距相等。
- 🖿：设置选取对象在纵向上右端间距相等。

【匹配大小】栏是对选取对象进行等尺寸调整，包含 3 个按钮，其作用介绍如下。

- 在水平方向上等尺寸变形，以所选对象中最长的或画面尺寸为基准。
- 在垂直方向上等尺寸变形，以所选对象中最长的或画面尺寸为基准。
- 在水平和垂直方向上同时进行等尺寸变形，以所选对象中最长的或画面尺寸为基准。

【间隔】栏中包含两个按钮，其作用介绍如下。

- 选取对象在纵向上间距相等。
- 选取对象在横向上间距相等。

【相对于舞台】项中包含一个 按钮，其作用是以整个舞台范围为标准，在等距离调整时，先将对象的外边线吸附到画面的对应边缘后，再等分对象之间距离。在尺寸匹配时，以对应边长为基准拉伸对象。不选择此项时，则以选取对象所在区域为标准。

使用【变形】面板可以对图形对象、组、文本块和实例进行变形。根据所选元素的类型，可以任意变形、旋转、倾斜、缩放或扭曲该元素。在变形操作期间，可以更改或添加内容。

4.1.4　色彩的选择与编辑

Flash CS4 提供了很多应用、创建和修改颜色的方法。可以使用默认调色板或者自己创建的调色板，也可以将设置好的笔触或填充的颜色应用到要创建的或舞台中已有的对象上。将笔触颜色应用到形状将会用这种颜色对形状的轮廓涂色。将填充颜色应用到形状将会用这种颜色对形状的内部涂色。

在【颜色选择器】面板菜单中包含常用的色彩编辑和管理命令，结合这些命令，可以方便对颜色进行编辑操作。下面将较为详细地介绍此面板的功能，如图 4-6 所示。

【颜色选择器】面板主要包括如下内容。

- 色彩预览区：位于面板的左上角，用于预览选取的色彩。
- 色彩样本区：位于面板下方，包括 216 种纯色。其中最左侧是由 6 种从黑到白的梯度渐变色和红、绿、蓝、黄、青、紫 6 种纯色组成。
- 十六进制编辑文本框：在定制色彩选择面板的左上角还有一个输入区，可以用来显示或直接在其中输入 16 进制色彩数值来获取色彩。
- 透明度设置区：在面板的右上角，用于设置色彩的透明程度。
- 颜色选择器按钮 ：是用于调出自选纯色编辑面板，以选择更加个性的色彩。

【样本】面板的基本功能和【颜色选择器】面板功能基本一致，如图 4-7 所示。对于【样本】面板还可以通过面板菜单提供的一系列命令进行有效管理，单击【样本】面板右上角的 按钮，弹出一个下拉式菜单，如图 4-8 所示。

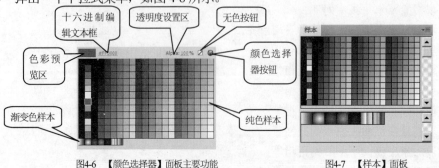

图4-6　【颜色选择器】面板主要功能　　　　图4-7　【样本】面板　　　　图4-8　【样本】面板菜单

【样本】面板菜单中主要菜单命令的作用如下。

- 【直接复制样本】：用于将该面板中的色彩复制出一个新的色彩。
- 【删除样本】：删除该面板中的某一种色彩。
- 【添加颜色】：将在系统中保存的色彩文件增加到【样本】面板中，其所调用的文件格式包括 "*.clr"、"*.act" 和 "*.gif"。
- 【替换颜色】：将在系统中保存的色彩文件增加到【样本】面板中，并替换掉原有色彩，其所调用的文件格式包括 "*.clr"、"*.act" 和 "*.gif"。
- 【加载默认颜色】：恢复到【样本】面板的初始状态。
- 【保存颜色】：将当前编辑修改的色彩以 "*.clr"、"*.act" 等格式保存到系统中，方便以后再次调用。
- 【保存为默认值】：用当前编辑修改的色彩替换掉系统默认的色彩，在进行这项操作时要注意这一点。
- 【清除颜色】：清除当前面板中的所有色标。
- 【Web 216 色】：调用符合互联网标准的色彩。
- 【按颜色排序】：将左侧色彩选择栏中的色标按色相来排列。

在【颜色】面板中可以选择、编辑纯色与渐变色。用户可以设置渐变色的类型，也可以在 RGB、HSB 模式下选择颜色，或者展开该面板。使用十六进制模式选择色彩，还可以指定 Alpha 值来定义颜色的透明度。

执行【窗口】/【颜色】命令，打开【颜色】面板，如图4-9 所示。

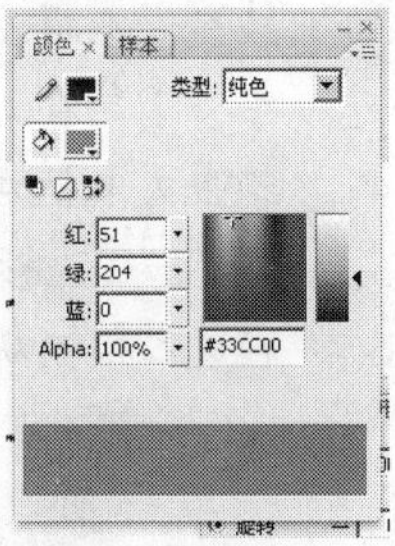

- 单击 ✏️■ 按钮，可以选择、编辑矢量线的色彩。
- 单击 ◆■ 按钮，可以选择、编辑矢量色块的色彩。

在【填充颜色】按钮下面分别对应的 3 个按钮的功能如下。

- 【黑白】按钮■：是默认色彩按钮，可以快速地切换到黑白两色状态。
- 【没有颜色】按钮☑：用于取消矢量线的填充或是取消对矢量色块的填充。
- 【交换颜色】按钮⬌：用于快速地切换矢量线和矢量色块之间的色彩。

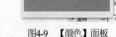

图4-9 【颜色】面板

【颜色】面板中数值输入区和选择区的作用如下。

- 【红】/【绿】/【蓝】三色设置选项：用户可以用具体的RGB 三色数值来获取标准色。
- 【Alpha】设置选项：其取值范围是 1~100，取值越小越透明。每个数值输入区的右侧都有一个滑动调整杆，可用来快速地调整出所需的色彩。
- 色彩选取区：用于选择随意性较强的色彩，其操作方法是将鼠标光标移至要选取的色彩选择区上，然后单击鼠标选取色彩就可以了。

渐变色编辑主要包括【线性】渐变和【放射状】渐变两种方式。当要增加渐变色彩的数量时，在【颜色】面板中的渐变色条下面的合适位置单击鼠标，对该色标▲的色彩进行调整。色标▲代表渐变过程中的一个色阶，用户可以根据需要不断增加色标，也可以将色彩拖曳到色条外，以删除某一色阶。

4.2 范例解析

本章将通过范例分别讲述文本和辅助面板的调整方法。

4.2.1 诗词排版

下面来设置一首诗词的不同排版效果，如图4-10所示。

【步骤提示】

1. 新建一个 Flash 文档。选择【文本】工具 **T**，在菜单栏中执行【窗口】/【属性】命令，打开【属性】面板。
2. 在舞台中单击鼠标左键，在出现的文本框中输入文字，如图4-11所示。此时，文本在水平方向上不断延伸，并超出舞台显示区。

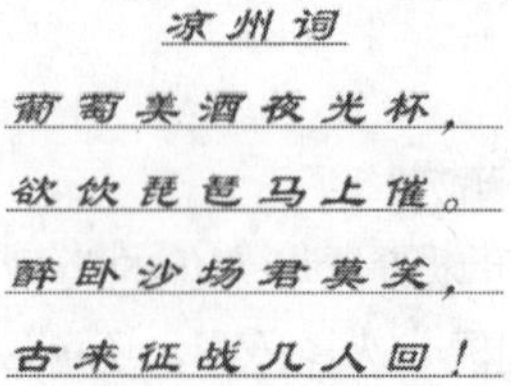

图4-10　创建特色文本 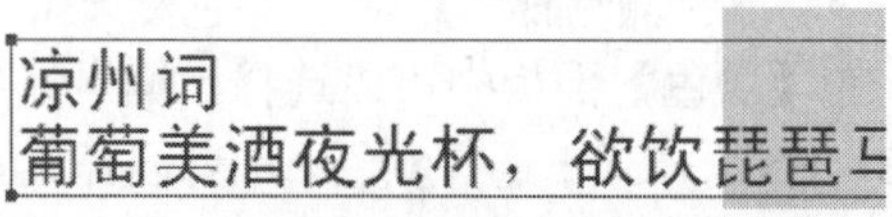　　　　　　　　　　图4-11　超出显示区的文本

3. 拖曳文本框左上角的方形手柄，缩小文字的行宽，如图4-12所示。如果要继续输入文字，文字将限制在新界定的文本框内，一行结束后自行转到下一行。
4. 双击文本框右上角的手柄，文字将回到单行状态，手柄也变成圆形。
5. 按 Ctrl+Z 键恢复上一步操作。
6. 在文本框内从左上角向右下角拖曳鼠标，全选文本框内的文字，如图4-13所示。

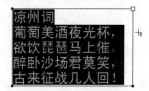

图4-12　缩小文本行宽　　　　　　　　　　图4-13　选择所有文本

7. 在【属性】面板中【系列】文本框右侧的下拉列表中选择合适的字体类型，如图4-14所示。

图4-14　选择字体

8. 在【大小】右侧的参数区中输入相应的数值，设置字体的磅值。

9. 执行【文本】/【样式】/【仿斜体】命令，可以使文字向右倾斜，如图 4-15 所示。某些类型的样式（如粗体和斜体）可能会降低较小文本的清晰度。

10. 单击【改变文本方向】按钮，在弹出的菜单中选择【垂直，从右向左】选项，使文本从右至左纵向排列，如图 4-16 所示。

图4-15 调整文本相关属性

11. 恢复文本为水平排列方式。单击【消除锯齿】选项，在弹出的下拉列表中查看各选项，如图 4-17 所示。这些选项用于指定字体的消除锯齿属性。

图4-16 由右至左纵向排列文字

图4-17 【字体呈现方式】选项

12. 单击【改变文本方向】按钮，在弹出的下拉菜单中选择【水平】选项，使文本恢复到水平排列状态。

13. 在【字母间距】选项区输入"9"，如图 4-18 所示，向右拖曳文本框左上角的方形手柄。

14. 在【行距】选项区输入"20"，如图 4-19 所示。

15. 单击【格式】选项区的居中对齐按钮，使文本中对齐。

16. 选取文字后，在【链接】选项右侧文本框中输入"http://www.laohu.net"网址。

17. 在【目标】选项下拉列表中选择"_self"选项，设置链接地址的弹出方式，如图 4-20 所示。

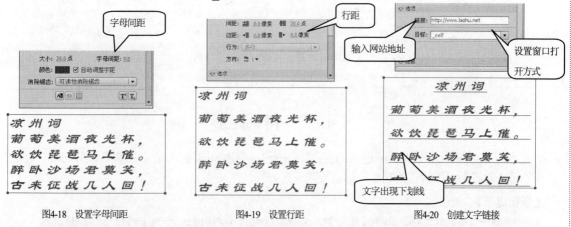

图4-18 设置字母间距　　　　图4-19 设置行距　　　　图4-20 创建文字链接

 使用文字的超链接功能时，必须将文本调整为横向排列方式。文本竖排时，超链接选项是无效的。

4.2.2　数学公式

数学公式、化学方程式等都是日常学习中常用的内容。下面通过创建一个简单的数学公式来说明文本的格式应用。

【步骤提示】

1. 新建一个 Flash 文档。选择【文本】工具 T，在舞台中单击后输入一个数学公式，如图 4-21 所示。

2. 选择左边的字符 "2"，在【属性】面板中单击【切换下标】 $\boxed{\text{T}}$ 按钮，文字将会成为前一字符的下标，如图 4-22 所示。

3. 选择左边的字符 "3"，在【属性】面板中单击【切换上标】 $\boxed{\text{T}}$ 按钮，文字将会成为前一字符的上标，如图 4-23 所示。

图4-21 输入数学公式

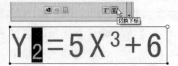

图4-22 选择下标

图4-23 选择上标

4. 选择文本框，单击【改变文本方向】按钮 $\boxed{\text{}}$ ，在弹出的菜单中选择【垂直，从左向右】选项，使数字变为纵向排列，如图 4-24 所示。

5. 操作完成后，可见这时公式处于一种不正常的状态所示；用鼠标调整文本框的角点，使文本框变窄，则公式变化为竖排的一种基本形态，如图 4-25。

6. 这时，【属性】面板中又增加了一个【旋转】按钮 $\boxed{\text{}}$ 。单击该按钮，使文字旋转 90°，则公式呈现一个正常的竖排样式，如图 4-26 所示。

图4-24 纵向排列数字

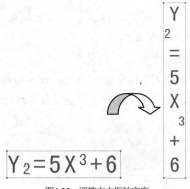

图4-25 调整文本框的宽度

图4-26 使文字旋转 90°

4.2.3 排列矩形

利用【对齐】面板中的不同按钮对齐 3 个矩形，创建如图 4-27 所示的效果。实现这一效果主要熟悉【对齐】面板按钮的功用，体会不同对齐方式。

【步骤提示】

1. 新建一个 Flash 文档。选择【矩形】工具 $\boxed{\text{}}$ ，绘制 3 个不同色彩和大小的矩形，如图 4-28 所示。

2. 在菜单栏中执行【窗口】/【对齐】命令，调出【对齐】面板。

3. 选择 3 个矩形，单击【水平平均间隔】按钮 $\boxed{\text{}}$ ，使选取对象的横向间距相等，如图 4-29 所示。

图4-27 对齐三组矩形

图4-28 绘制 3 个矩形

图4-29 等分矩形间距

4. 单击【底对齐】按钮 $\boxed{\text{}}$ ，使选取对象下边缘对齐，如图 4-30 所示。

5. 单击【相对舞台对齐】按钮 $\boxed{\text{}}$ ，在面板中单击【垂直中齐】按钮 $\boxed{\text{}}$ ，使 3 个矩形横向中心对齐，如图 4-31 所示。

6. 单击【相对舞台对齐】按钮 ⊔，使其弹起，然后单击【匹配高度】▯▮ 按钮，使选取对象以纵向长度最大的矩形为标准拉伸其他矩形，如图 4-32 所示。

图4-30　基于上边缘对齐位图　　　　图4-31　横向中心对齐矩形　　　　图4-32　拉伸图形长度

4.3　课堂实训

这一节通过两个例子的制作，讲述【变形】面板和【颜色】面板的应用，熟悉这两个使用频率较高的面板可以提高制作效率。

4.3.1　九角星

旋转复制九角星形图形，创建如图 4-33 所示的效果。

图 4-33 所示图形是比较规律的图案，经过分析后发现图形是基于同一中心旋转而成。首先绘制基础图形，接下来调整旋转中心，再算出九角星旋转间隔 40°角，基本上就能把握该图形的绘制方法。

【步骤提示】

1. 新建一个 Flash 文档。选择【矩形】工具▭，在舞台中绘制一个绿色黑边矩形，调整矩形上部为尖角，如图 4-34 所示。

2. 执行【窗口】/【变形】命令，打开【变形】面板。

3. 选择矩形，勾选【约束】选项，在其左面的文本框中输入 "80%"，按 Enter 键确认，图形缩小后的效果如图 4-35 所示。

图4-33　旋转复制图形　　　　图4-34　创建三角形　　　　图4-35　缩小图形

4. 取消对【约束】选项的勾选，在 ⇕ 右侧的文本框中输入 "110%"，按 Enter 键确认，图形拉伸后的效果如图 4-36 所示。

5. 在【旋转】选项中输入 "40"，按 Enter 键确认，图形旋转后的效果如图 4-37 所示。

6. 选择【倾斜】选项，在【水平倾斜】文本框 ⟋ 中输入 "10"，按 Enter 键确认，图形倾斜效果如图 4-38 所示。

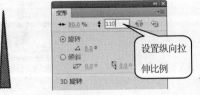

图4-36　拉伸图形　　　　图4-37　旋转图形角度　　　　图4-38　倾斜图形

7. 单击面板右下角的【取消变形】按钮，将图形恢复到初始状态。

8. 选择【任意变形】工具，移动图形的旋转中心位置到下部，如图 4-39 所示。

9. 仍保持【任意变形】工具的选择状态，在【旋转】选项中输入"40"，连续单击【重置选区和变形】按钮，使图形旋转复制出如图 4-40 所示效果。

移动图形中心位置

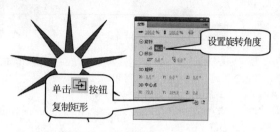
设置旋转角度
单击按钮复制矩形

图4-39　移动图形的旋转中心位置到下部　　　　　　图4-40　旋转复制图形

通过对【变形】面板中参数的调整，可以使图形产生规律性变化，对于有序的多组图形该面板可以发挥很好的作用。

4.3.2　有趣的圆环

按照特定的重复规律循环放射状渐变色，使图案产生同心圆的填充效果，如图 4-41 所示。

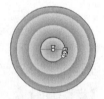

要实现如图 4-40 所示的图形填充效果，首先设置两色放射状渐变色，再通过【颜色】面板选择恰当的溢出形式，也就是渐变色循环方法。

图4-41　有趣的圆环

【步骤提示】

1. 新建一个 Flash 文档。在【颜色】面板中的【类型】下拉列表中选择【线性】选项。

2. 在渐变色条下方左侧的色标上双击鼠标，在【颜色选择器】面板中选择中黄色，在右侧的色标上双击鼠标，在【颜色选择器】面板中选择橘黄色，完成线性渐变色编辑，如图 4-42 所示。

3. 在【工具】面板中选择【椭圆】工具，在舞台中绘制具有渐变色彩的黑边圆形，如图 4-43 所示。

4. 选择【渐变变形】工具，缩小渐变范围，如图 4-44 所示。

5. 在【颜色】面板的【溢出】下拉列表中选择第 2 个选项，则超出渐变范围的渐变色会以镜像的方式继续填充图形，如图 4-45 所示。

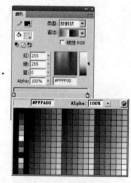
图4-42　编辑渐变色

6. 在【颜色】面板的【溢出】下拉列表中选择第 3 个选项，则超出渐变范围的渐变色会以重复模式继续填充图形，如图 4-46 所示。

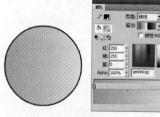

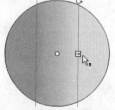

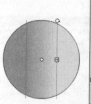

图4-43　绘制圆形　　　　　图4-44　缩小渐变范围　　　　　图4-45　镜像的方式继续填充图形

7. 在【颜色】面板中的【类型】下拉列表中选择"放射状"选项，切换到放射状渐变色面板。

8. 选择【填充变形】工具，缩小渐变范围，如图 4-47 所示。

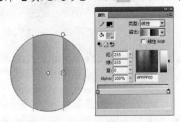
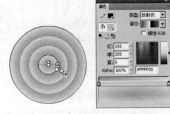

图4-46 重复渐变色填充　　　　　　　　　　　　图4-47 编辑应用放射状渐变色

在本实例中，重点是掌握【颜色】面板相关选项的设置方法，对于丰富作品色彩起到很好的作用。

4.4 综合案例——圣诞树

绘制卡通效果的圣诞树，并为其添加白色的裙边效果，给人以明快轻松的感觉，如图 4-48 所示。在绘制过程中，首先要把握圣诞树塔状图形的层叠效果，再利用渐变色生成圣诞树的阴影等光效，增强图形的立体效果，最后利用白色的雪色裙边加强画面的对比效果。

【步骤提示】

1. 新建一个 Flash 文档，设置背景色为浅蓝色，并以文件名"圣诞树.fla"保存。

2. 选择【矩形】工具，绘制无边线线性渐变矩形，调整矩形形态接近树干的形态，在【颜色】面板中，调整线性渐变为两种棕色色彩渐变，如图 4-49 所示。

3. 在【时间轴】面板中，新建"图层 2"，选择【线条】工具，选择黑色实线绘制一个三角形树冠外形，选择【选择】工具调整线条下边缘的弧度。

4. 在【颜色】面板中，调整线性渐变为两种绿色色彩渐变。选择【颜料桶】工具填充图形。

5. 选择【渐变变形】工具，调整渐变色的渐变角度，如图 4-50 所示，产生光线从左上角照射的感觉。

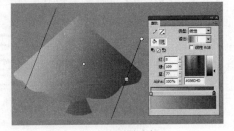

图4-48 圣诞树　　　　　　图4-49 绘制树干形状　　　　　　　　图4-50 调整渐变色

6. 选择"图层 2"第 1 帧，单击鼠标右键，弹出快捷菜单，选择【复制帧】选项。新建"图层 3"，选择第 1 帧，单击鼠标右键，在弹出的快捷菜单中选择【粘贴帧】命令。

7. 将图形的填充色调整为深绿色，并在【颜色】面板中设置【Alpha】选项为"60%"。选择【选择】工具调整线条下边缘的弧度，使其露出左下角的区域，如图 4-51 所示。

8. 同时选择"图层 2"和"图层 3"的第 1 帧，单击鼠标右键选择【复制帧】命令。新建"图层 4"和"图层 5"，选择"图层 4"的第 1 帧，单击鼠标右键选择【粘贴帧】命令。

9. 同时选择新粘贴的两个图形，选择【任意变形】工具缩小图形，并移动到画面的上部，如图 4-52 所示。

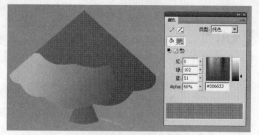
图4-51　绘制树冠的阴影

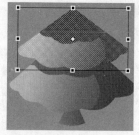
图4-52　创建并调整第 2 组树冠形态

10. 选择"图层 2"第 1 帧，单击鼠标右键选择【复制帧】命令。新建"图层 6"，选择第 1 帧，单击鼠标右键选择【粘贴帧】命令。选择【任意变形】工具，缩小图形，并移动到画面的上部，如图 4-53 所示。

11. 在【时间轴】面板中，增加一个新层"图层 7"，选择【刷子】工具，选择白色绘制房积雪图形，如图 4-54 所示。

图4-53　创建并调整第 3 组树冠形态

图4-54　绘制树木的积雪效果

4.5　课后作业

1. 选择文字工具创建如图 4-55 所示的数字效果。
2. 选择文字工具创建如图 4-56 所示的竖排文本效果。
3. 利用【颜色】面板编辑并填充如图 4-57 所示的放射状渐变色效果。

86^8

图4-55　数字效果

1000　2000　3000

图4-56　竖排文本

图4-57　放射状渐变色效果

第5讲

导入资源和元件应用

丰富的媒体资源引用对增加作品生动性起到至关重要的作用，不同的媒体具有不同的特性，熟练处理各类媒体之间的差异，根据作品需求有选择的利用媒体，才能使作品锦上添花。元件是在利用媒体时经常接触到的应用形式，结合 Flash CS4 元件的使用，对优化作品品质、提高效率都产生很大影响。本讲课时为 3 小时。

ⓘ 学习目标

◆ 掌握常用媒体类型。

◆ 掌握元件、实例的特点和制作方法。

◆ 掌握滤镜与混合的应用技巧。

5.1 功能讲解

Flash 资源的应用是一个相对复杂的环节，不同类型的资源引用会有不同的途径和方法，这需要平时多比较不同资源的应用差异，熟悉相关设置。下面就资源和元件应用的相关问题进行阐述。

5.1.1 插图与视频

Flash CS4 能够识别多种矢量和位图格式，常见的文件格式包括 JPG、GIF、PNG 和 BMP 等。使用时，可以将插图导入到当前 Flash 文档的舞台或库中，从而将其放置到 Flash 中，也可以通过将位图粘贴到当前文档的舞台中来导入它们。所有直接导入到 Flash 文档中的位图都会自动添加到该文档的库中。

矢量图形是用矢量的直线和曲线描述图像，同时还包括颜色和位置属性。例如，树叶图像可以由创建树叶轮廓的线条所经过的点来描述。树叶的颜色由轮廓的颜色和轮廓所包围区域的颜色决定。常见的矢量格式包括以下几种。

- FreeHand 文件：它是创建要导入到 Flash 中的矢量图形的最佳选择，因为这样可以保留 FreeHand 层、文本块、库元件和页面，并可以选择要导入的页面范围。如果导入的 FreeHand 文件为 CMYK 颜色模式，则 Flash 会将该文件转换为 RGB 模式。

- Adobe Illustrator 文件：它是 Flash 和其他绘画应用程序之间进行绘画交换的理想格

式。这种格式支持对曲线、线条样式和填充信息等进行非常精确的转换。

- EPS/PDF 文件：Flash 可以导入任何版本的 EPS 文件以及版本 1.4 或更低版本格式的 PDF 文件。

位图图形是用在网格内排列的像素彩色点来描述图像。例如，树叶的图像由网格中每个像素的特定位置和颜色值来描述，这是用非常类似于镶嵌的方式来创建图像。常见的位图图形格式包括以下几种。

- JPG 格式：它是按 Joint Photographic Experts Group 制定的压缩标准产生的压缩格式，可以用不同的压缩比例对这种文件进行压缩，其压缩技术十分先进，对位图质量影响不大，因此可以用最小的磁盘空间得到较好的位图质量。

- GIF 格式：即位图交换格式，它是一种 256 色的位图格式，压缩率略低于 JPG。它的内部可以包含若干张单独的位图，在显示时逐一出现，可以出现画面动起来的效果。另外，它还可以设置背景为透明。但 GIF 透明位图缺少层次感。

- PNG 格式：可携式网络位图（Portable Network Graphic）。PNG 不仅能储存 256 色以下的 "index color" 位图，而且还能储存 24 位真彩位图，甚至最高可储存至 48 位超强色彩位图。

- BMP 格式：该格式在 Windows 环境下使用得最为广泛，而且使用时最不容易出问题。BMP 格式文件几乎不能压缩，其所占用的磁盘空间较大，它的颜色存储格式有 1 位、4 位、8 位及 24 位，该格式是目前应用比较广泛的一种格式。

- Photoshop 格式（PSD）：是 Photoshop 默认的文件格式。Flash 可以直接导入 PSD 文件并保留许多 Photoshop 功能，并可在 Flash 中保持 PSD 文件的图像质量和可编辑性。导入 PSD 文件时还可以对其进行平面化，同时创建一个位图图像文件。

如果系统上安装了 QuickTime 6.5 及以上版本或者 DirectX 9 及以上版本的软件，则可以导入各种文件格式的视频剪辑，包括 MOV（QuickTime 影片）、AVI（音频视频交错文件）、MPG/MPEG（运动图像专家组文件）、WMV/ASF（Windows 媒体文件）、DV/DVI（数字视频）等格式。

- AVI 格式：是由微软公司从 Windows 3.1 时代开始发布的音频、视频交错格式，其优点是兼容好、调用方便及位图质量好，缺点是体积过于庞大。

- MPG/MPEG 格式：主要包括了 MPEG-1、MPEG-2 和 MPEG-4 在内的多种视频格式。MPEG-1 被广泛应用在 VCD 的制作和一些视频片段的下载上，可以说 99%的 VCD 都是用 MPEG1 格式压缩的。

- MOV 格式：是 Apple 公司针对专业视频编辑、网站创建和附盘媒体内容的制作等开发的流媒体格式，它能够在 Mac 和 Windows（MOV）两个平台上得到同样的支持，例如很多著名游戏的过场动画都采用了 QuickTime 格式来制作。

导入视频时要通过【视频导入】面板提供的 3 个视频导入选项进行设置。

- 【使用回放组件加载外部视频】：可以导入视频并创建 FLVPlayback 组件的实例以控制视频回放。可以将 Flash 文档作为 SWF 发布并将其上载到 Web 服务器时，还必须将视频文件上载到 Web 服务器或 Flash Media Server，并按照已上载视频文件的位置配置 FLVPlayback 组件。

- 【在 SWF 中嵌入 FLV 并在时间轴中播放】：将 FLV 或 F4V 嵌入到 Flash 文档中。这样导入视频时，该视频放置于时间轴中可以看到时间轴帧所表示的各个视频帧的位置。嵌入的 FLV 或 F4V 视频文件成为 Flash 文档的一部分。将视频内容直接嵌入到 Flash SWF 文件中会显著增加发布文件的大小，因此仅适合于小的视频文件。此外，在使用 Flash 文档中嵌入的较长视频剪辑时，音视频会变得不同步。

- 【作为捆绑在 SW 中的移动设备视频导入】：与在 Flash 文档中嵌入视频类似，将视频绑定到 Flash Lite 文档中以部署到移动设备。

5.1.2 元件与实例

元件是指创建一次即可以多次重复使用的矢量图形、按钮、字体、组件或影片剪辑。想成为一位成熟的 Flash 软件用户，一定要学会熟练创建和应用元件。元件是可以在文档中重新使用的元素。元件包括图形、按钮、视频剪辑、声音文件或字体。当创建一个元件时，该元件会存储在文件的库中。当将元件放在舞台上时，就会创建该元件的一个实例。

每个元件都有惟一的时间轴和舞台。创建元件时首先要选择元件类型，这取决于用户在影片中如何使用该元件。常见的元件类型有 3 种，即图形元件、按钮元件和影片剪辑元件。

- 图形元件：对于静态位图可以使用图形元件，并可以创建几个连接到主影片时间轴上的可重用动画片段。图形元件与影片的时间轴同步运行。交互式控件和声音不会在图形元件的动画序列中起作用。可以在这种元件中引用和创建矢量图形、位图、声音和动画等元素。
- 按钮元件：使用按钮元件可以在影片中创建响应鼠标点击、滑过或其他动作的交互式按钮。可以定义与各种按钮状态关联的图形，然后指定按钮实例的动作。在创建按钮元件时，关键是区别 4 种不同的状态帧。其中包括【弹起】、【指针经过】、【按下】和【点击】。前 3 种状态帧根据字面意思就很容易理解，最后一种状态是确定激发按钮的范围，在这个区域创建的图形是不会出现在画面中的。
- 影片剪辑元件：使用影片剪辑元件可以创建可重用的动画片段。影片剪辑拥有它们自己的独立于主影片的时间轴播放的多帧时间轴，即可以将影片剪辑看作主影片内的小影片（包含交互式控件、声音甚至其他影片剪辑实例），也可以将影片剪辑实例放在按钮元件的时间轴内，以创建动画按钮。

实例是指位于舞台上或嵌套在另一个元件内的元件副本。实例可以与它的元件在颜色、大小和功能上差别很大。编辑元件会更新它的所有实例，但对元件的一个实例应用效果则只更新该实例。创建元件之后，可以在文档中任何需要的地方（包括在其他元件内）创建该元件的实例。重复使用实例不会增加文件的大小，是使文档文件保持较小的一个很好的方法。

当创建影片剪辑元件和按钮元件实例时，Flash 将为它们指定默认的实例名称。可以在【属性】面板中将自定义的名称应用于实例，也可以在动作脚本中使用实例名称来引用实例。如果要使用动作脚本控制实例，必须为其指定一个惟一的名称。

每个元件实例都有独立于该元件的属性。用户可以更改实例的色调、透明度和亮度，重新定义实例的行为，并可以设置动画在图形实例内的播放形式。也可以倾斜、旋转或缩放实例，这并不会影响元件本身。

在【属性】面板左侧【实例行为】选项中包含 3 个选项，用于实例在【图形】元件、【按钮】元件和【影片剪辑】元件之间相互转换。用户可以改变实例的类型来重新定义它在影片中的行为。如果一个图形实例包含用户想要独立于主影片的时间轴播放的动画，可以将该图形实例重新定义为影片剪辑实例。

在【属性】面板左侧的【实例名称】选项文本框可以为引入舞台后的元件命名。相同的元件只要重复被引用到舞台，就可以拥有一个相对独立的引用名称，供以后设置动作语言时制定调用对象。

每个元件实例都可以有自己的色彩效果。要调整实例的颜色和透明度，可使用【属性】面板中【色彩效果】区的【样式】选项进行设置。为了追求比较丰富的作品变化效果，需要对元件的色彩、亮度和透明度进行调整。

【样式】选项下拉列表中的其他 4 个选项如下。

- 【亮度】：调节图像的相对亮度或暗度，参数是从黑（-100%）到白（100%）。选择该选项后，拖动滑块，或者在文本框内输入一个值调节图像的亮度。

- 【色调】：用相同的色相为实例着色，参数从透明（0%）到完全饱和（100%）。选择该选项后，拖动滑块，或者在文本框内输入一个值来调节色调。要选择颜色，可在各自的文本框中输入红、绿和蓝色的值，或单击颜色框，并从弹出窗口中选择一种颜色，也可以单击【颜色选择器】按钮 。

- 【Alpha】：调节实例的透明度，参数从透明（0%）到完全饱和（100%）。拖动滑块，或者在文本框内输入一个值，即可调节透明度。

- 【高级】：分别调节实例的红、绿、蓝和透明度的值。对于在诸如位图这样的对象上创建和制作具有微妙色彩效果的动画时，该选项非常有用。左侧的控件使用户可以按指定的百分比降低颜色或透明度的值。右侧的控件使用户可以按常数值降低或增大颜色、透明度的值。

5.1.3 滤镜及应用

使用滤镜，可以为文本、按钮和影片剪辑增添丰富的视觉效果，投影、模糊、发光和斜角都是常用的滤镜效果。Flash CS4 还可以使用补间动画让应用的滤镜活动起来。应用滤镜后，可以随时改变其选项，或者重新调整滤镜顺序以试验组合效果。在【属性】面板中，可以启用、禁用或者删除滤镜。删除滤镜时，对象恢复原来外观。

【投影】滤镜可以模拟对象向一个表面投影的效果，或者在背景中剪出一个形似对象的洞，来模拟对象的外观。其面板如图 5-1 所示。

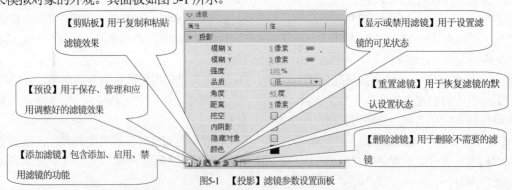

图5-1 【投影】滤镜参数设置面板

【投影】滤镜参数设置面板中各选项作用如下。

- 【模糊】：可以指定投影的模糊程度，可分别对 x 轴和 y 轴两个方向设定。取值范围为 "0~100"。如果单击 x 和 y 后的锁定按钮 ，可以解除 x、y 方向的比例锁定。

- 【强度】：设定投影的强烈程度。取值范围为 "0%~1000%"，数值越大，投影的显示效果就越清晰强烈。

- 【品质】: 设定投影的品质。可以选择【高】、【中】、【低】3 项参数, 品质越高, 投影越清晰。
- 【颜色】: 设定投影的颜色。单击【颜色】按钮, 可以打开调色板选择颜色。
- 【角度】: 设定投影的角度, 取值范围为 "0~360" 度。
- 【距离】: 设定投影的距离, 取值范围为 "-32~32"。
- 【挖空】: 在投影作为背景的基础上挖空对象的显示。
- 【内阴影】: 设置阴影的生成方向指向对象内侧。
- 【隐藏对象】: 只显示投影而不显示原来的对象。

【模糊】滤镜可以柔化对象的边缘和细节。模糊滤镜的参数比较少, 主要包括模糊程度和品质两项参数, 其面板如图 5-2 所示。

【模糊】滤镜参数设置面板中各选项作用如下。

- 【模糊】: 可以指定投影的模糊程度, 设置方法同上。
- 【品质】: 设定投影的品质高低。

使用发光滤镜, 可以为对象的整个边缘应用颜色, 其面板如图 5-3 所示。

【发光】滤镜参数设置面板和【模糊】滤镜参数设置面板中的各选项基本一致。

应用【斜角】滤镜就是为对象应用加亮效果, 使其看起来凸出于背景表面。可以创建内斜角、外斜角或者完全斜角, 其面板如图 5-4 所示。

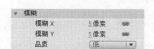

图5-2 【模糊】滤镜参数设置面板

图5-3 【发光】滤镜参数设置面板

图5-4 【斜角】滤镜参数设置面板

应用渐变发光滤镜, 可以在发光表面产生带渐变颜色的发光效果。渐变发光要求选择一种颜色作为渐变开始的颜色, 该颜色的 Alpha 值为 0, 且无法移动其位置, 但可以改变该颜色。渐变发光滤镜的效果和发光滤镜的效果基本一样, 只是可以调节发光的颜色为渐变颜色, 还可以设置角度、距离和类型, 其面板如图 5-5 所示。

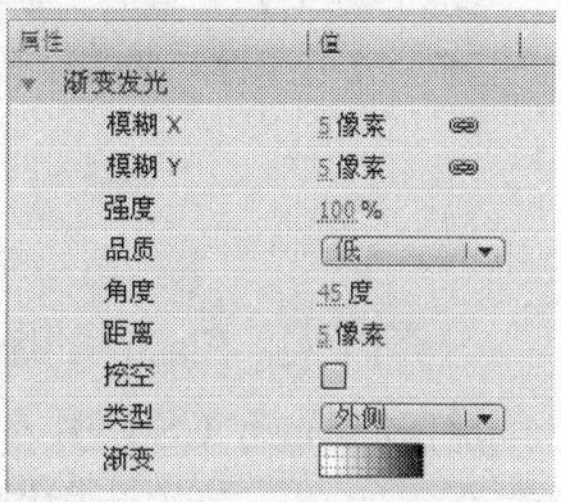

【渐变发光】滤镜参数设置面板中各选项作用如下。

图5-5 【渐变发光】滤镜参数设置面板

- 【模糊】: 可以设置渐变发光的模糊程度, 可分别对 x 轴和 y 轴两个方向设定。取值范围为 "0~100"。如果单击 x 和 y 后的锁定按钮, 可以解除 x、y 方向的比例锁定, 再次单击可以锁定比例。
- 【强度】: 设定渐变发光的强烈程度。取值范围为 "0%~1000%", 数值越大, 渐变发光的显示越清晰强烈。
- 【品质】: 设定渐变发光的品质高低。可以选择【高】、【中】、【低】3 项参数, 品质越高, 发光越清晰。
- 【挖空】: 将渐变发光效果作为背景, 然后挖空对象的显示。
- 【角度】: 设置渐变发光的角度, 取值范围为 "0~360" 度。

- **【距离】**：设置渐变发光的距离大小，取值范围为"-32～32"。
- **【类型】**：设置渐变发光的应用位置，可以是【内侧】、【外侧】或【全部】。
- **【渐变】**：用于控制渐变颜色，默认情况下为白色到黑色的渐变色。单击控制点上的颜色色标，会弹出调色板让用户选择要改变的颜色，最多可添加 15 个颜色色标。

【斜角】滤镜参数设置面板和【模糊】滤镜基本一致，专用选项作用如下。

- **【加亮显示】**：设置斜角的高光加亮颜色，可以在调色板中选择颜色。
- **【类型】**：设置斜角的应用位置，可以是【内侧】、【外侧】和【全部】，如果选择【全部】，则在内侧和外侧同时应用斜角效果。

应用【渐变斜角】滤镜可以产生一种凸起效果，使对象看起来好像从背景上凸起出来，且斜角表面有渐变颜色。渐变斜角要求渐变的中间有一个颜色，颜色的 Alpha 值为 0。且此颜色的位置无法移动，但可以改变该颜色。它的控制参数和斜角滤镜的相似，所不同的是它能更精确地控制斜角的渐变颜色，其面板如图 5-6 所示。

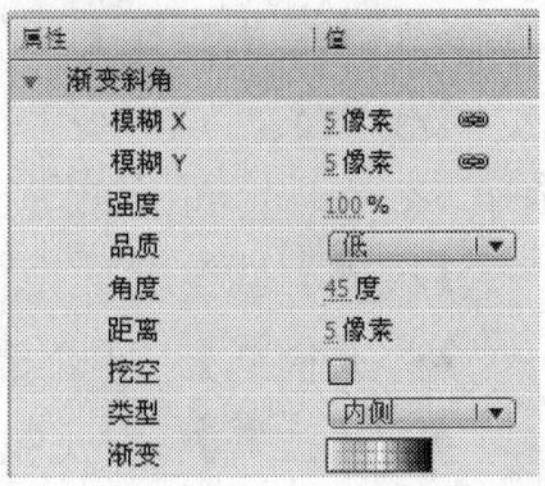

图5-6 【渐变斜角】滤镜参数设置面板

【渐变斜角】滤镜参数设置面板各选项作用如下。

【模糊】、【强度】、【品质】、【角度】、【距离】、【挖空】和【类型】的参数含义和斜角滤镜中相应选项的含义一样，这里就不再详细讲解了。

使用调整颜色滤镜可以调整所选影片剪辑、按钮或者文本对象的亮度、对比度、色相和饱和度，设置面板如图 5-7 所示。

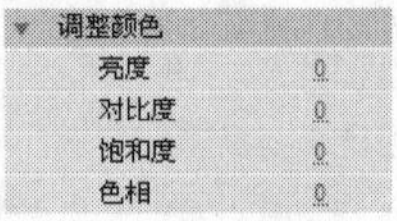

图5-7 【调整颜色】滤镜参数设置面板

【调整颜色】滤镜参数设置面板各选项作用如下。

- **【亮度】**：调整对象的亮度。向左拖动滑块可以降低对象的亮度，向右拖动滑块可以增强对象的亮度，取值范围为"-100～100"。
- **【对比度】**：调整对象的对比度。取值范围为 -100 到 100，向左拖动滑块可以降低对象的对比度，向右拖动可以增强对象的对比度。
- **【饱和度】**：设定色彩的饱和程度。取值范围为 -100 到 100，向左拖动滑块可以降低对象中包含颜色的浓度，向右拖动可以增加对象中包含颜色的浓度。
- **【色相】**：调整对象中各个颜色色相的浓度，取值范围为 -180 到 180。

5.1.4　混合方式

一直以来，Flash 的图像处理功能都不强，一般需要利用第三方软件处理后才能导入到软件中。现在，Flash CS4 引入了 Photoshop 的混合模式功能。混合模式是利用数学算法通过一定运算来混合叠加在一起的两层图像。利用混合模式，可以改变两个或两个以上重叠对象的透明度或者颜色间的相互关系，创建复合的图像，从而创造独特的效果。

Flash CS4 提供了以下 14 种混合模式。

- **【一般】**：正常应用颜色，不与基准颜色有相互关系。
- **【图层】**：可以层叠各个影片剪辑，而不影响其颜色。
- **【变暗】**：只替换比混合颜色亮的区域，比混合颜色暗的区域不变。
- **【正片叠底】**：将基准颜色复合以混合颜色，从而产生较暗的颜色。
- **【变亮】**：只替换比混合颜色暗的区域，比混合颜色亮的区域不变。

- 【滤色】：应用此模式，用背景颜色乘以前景颜色的反色，产生高亮度的画面效果。
- 【叠加】：进行色彩增值或滤色，具体情况取决于基准颜色。
- 【强光】：进行色彩增值或滤色，具体情况取决于混合模式颜色。该效果类似于用点光源照射对象的效果。
- 【增加】：在基准颜色的基础上增加混合颜色。
- 【减去】：从背景颜色中去除前景颜色。
- 【差值】：从基准颜色中减去混合颜色，或者从混合颜色中减去基准颜色，具体情况取决于哪个的亮度值较大。
- 【反相】：取基准颜色的反色。
- 【Alpha】：应用此模式，可以完全透明显示背景图像或图形。
- 【擦除】：应用此模式，擦除前景颜色，显示背景颜色，效果和【Alpha】选项相似。

5.2 范例解析

本节首先讲述图像资源引用方法并设置相关属性，再以图形元件为例讲述元件的基本创建方法。

5.2.1 地产广告

创建如图 5-8 所示的图像效果，保留 psd 的图层和原始信息。实现这一效果，主要利用【PSD导入】面板相关设置选项，根据作品创作需求保留相对独立的文件信息，为后续的动画制作提供较好的基础条件。

【操作提示】

1. 新建一个 Flash 文档，执行【文件】/【导入】/【导入到舞台】命令，导入附盘文件"万隆地产.psd"。
2. 在弹出的 PSD 导入对话框中勾选【将舞台大小设置为与 Photoshop 画布大小相同】选项，如图 5-9 所示，使将舞台大小设置为与 Photoshop 画布大小相同。

图5-8 导入PSD文件

图5-9 【库】面板中的位图资源

3. 在左侧导入 PSD 文件中的图层区，选择"图层 1"。在右侧的可导入选项设置区，勾选【为此图层创建影片剪辑】选项，如图 5-10 所示。
4. 在左侧导入 PSD 文件中的图层区，选择"图层 2"。在右侧的可导入选项设置区，选择【压缩】选项下拉菜单中的【无损】选项，如图 5-11 所示，使用无损压缩格式压缩图像。

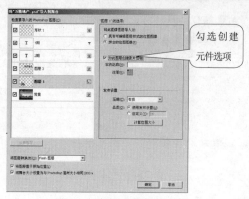 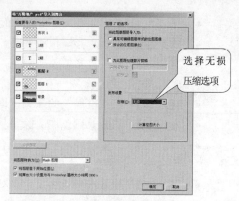

图5-10 创建影片剪辑　　　　　　　　　　　　图5-11 使用无损压缩格式压缩图像

5. 在左侧导入 PSD 文件中的图层区，选择"1 期"。在右侧的可导入选项设置区，选择【可编辑文本】选项，如图 5-12 所示，保持文本的可编辑性。

6. 在左侧导入 PSD 文件中的图层区，选择"形状 1"。在右侧的可导入选项设置区，选择【可编辑路径与图层样式】选项，如图 5-13 所示，使该层的元素保持可编辑矢量形状。

图5-12 保持文本的可编辑性　　　　　　　　　图5-13 保持可编辑矢量形状

7. 查看导入后的文件保留图层信息和便于后续操作的设置效果，如图 5-14 所示。

图5-14 导入后的 psd 文件

5.2.2 减小位图输出容量

创建如图 5-15 所示的图像效果，左图为未压缩图像，右图为压缩图像。实现这一效果，主要利用【位图属性】文本框中图像质量的调整方法。

【操作提示】

1. 新建一个 Flash 文档，执行【文件】/【导入】/【导入到舞台】命令，导入附盘文件"鹦鹉.jpg"。

2. 执行【窗口】/【库】命令，打开【库】面板，查看【库】面板中的位图，如图 5-16 所示。

图5-15 位图输出效果比较

图5-16 【库】面板中的位图资源

3. 执行【文件】/【导出】/【导出影片】命令，导出"减小位图输出容量 1.swf"文件。

4. 在【库】面板中双击位图资源图标 ，打开【位图属性】对话框，查看位图文件的属性，如图 5-17 所示。

5. 在【位图属性】文本框中，取消勾选【使用导入的 JPEG 数据】选项，设置【品质】选项的参数为"10"，单击 测试(T) 按钮查看效果，如图 5-18 所示。

图5-17 【位图属性】文本框

图5-18 测试结果显示

6. 单击 确定 按钮，退出【位图属性】文本框。

7. 再次执行【文件】/【导出】/【导出影片】命令，导出"减小位图输出容量 2.swf"文件。

8. 打开输出文件所在的文件夹，比较输出文件的大小，如图 5-19 所示。发现经过压缩后的位图文件输出容量比较小。

图5-19 比较输出文件容量

5.2.3 阳光少年

创建如图 5-20 所示的图像效果，实现两幅图像交替变化的图形元件效果。实现这一效果，主要利用图形元件的基本属性，再利用相关技巧制作丰富的动画画面效果。

【操作提示】

1. 新建一个 Flash 文档。执行【插入】/【新建元件】命令，打开【创建新元件】对话框，在【名称】栏中输入名称"过渡"，在【类型】项中点选【图形】单选按钮，如图 5-21 所示，然后单击 确定 按钮退出。

2. 执行【文件】/【导入】/【导入到舞台】命令，在【导入】对话框中选择附盘文件"阳光少年 1.jpg"，单击 打开(O) 按钮导入文件，如图 5-22 所示。

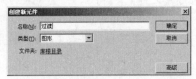

图5-20　阳光少年　　　　　　　　　图5-21　【创建新元件】窗口　　　　　　　图5-22　导入位图

3.　在【时间轴】面板中单击【插入图层】按钮 ，增加"图层2"层。

4.　执行【文件】/【导入】/【导入到舞台】命令，在【导入】窗口中选择附盘中的"阳光少年2.jpg"文件，单击 打开(O) 按钮导入文件，如图5-23所示。

5.　在【时间轴】面板中，单击【插入图层】按钮 ，增加"图层3"层。

6.　选择【矩形】工具 ，设置填充色为"黑色"，在"图层3"上绘制如图5-24所示的矩形。

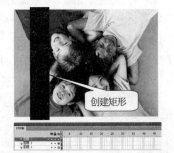

图5-23　导入第2张位图　　　　　　　　　　　　　　　图5-24　绘制矩形

7.　选择"图层3"中的第1帧，单击鼠标右键选择【创建补间动画】命令，如图5-25所示。

8.　在【时间轴】面板中同时选择3个图层的第30帧，按 F5 键增加普通帧，如图5-26所示。

图5-25　创建补间动画　　　　　　　　　　　　　　　图5-26　增加普通帧

9.　选择"图层3"中第1帧中上的矩形对象，移动矩形到画面的左侧，如图5-27所示。

10.　选择"图层3"层，移动播放头到第30帧，移动矩形到画面的右侧，如图5-28所示。

图5-27　向左移动矩形位置　　　　　　　　　　　　　图5-28　向右移动矩形位置

11.　在"图层3"层名称上，单击鼠标右键，在弹出的快捷菜单中选择【遮罩层】命令，创建遮罩层，如图 5-29 所示。

12. 在【时间轴】面板中单击 <u>场景1</u> 按钮，将舞台切换到场景中。

13. 执行【窗口】/【库】命令，打开【库】面板，将"过渡"元件从库中拖到舞台中。

14. 在【时间轴】面板中，选择图层的第 30 帧，按 F5 键增加普通帧，如图 5-30 所示。

图5-29　创建遮罩层　　　　　　　　　　　　图5-30　从库中拖曳元件到舞台

15. 执行【控制】/【测试影片】命令，打开播放器窗口，观看展开画面的效果。

16. 执行【文件】/【保存】命令，将文件保存为"阳光少年.fla"文件。

5.3　课堂实训

这一节首先制作影片剪辑元件和按钮元件，要注意比较元件之间的差异。然后再来学习【渐变发光】和【模糊】两种滤镜的应用方法。

5.3.1　旋转星

创建如图 5-31 所示的两组旋转的五角星效果。本例重点掌握影片剪辑元件的相关属性，在制作时会发现动画的制作方法并没有什么特殊性，只是在初始创建元件时选择影片剪辑元件类型而已，只有在元件应用为实例时才会体会元件之间的差异。

【步骤提示】

1. 新建一个 Flash 文档。执行【文件】/【导入】/【导入到舞台】命令，在【导入】对话框中选择附盘文件"彩带.jpg"，单击 <u>打开(O)</u> 按钮确定，如图 5-32 所示。

2. 执行【插入】/【新建元件】命令，弹出【创建新元件】对话框，在【名称】栏中输入"旋转星"，在【类型】项中选择【影片剪辑】选项，如图 5-33 所示，单击 <u>确定</u> 按钮创建一个影片剪辑。

图5-31　旋转星　　　　　　图5-32　导入位图　　　　　　图5-33　【创建新元件】对话框

3. 在【矩形】工具 □ 上单击并按住鼠标左键，从弹出的菜单中选择【多边星形】工具 ○，在
【属性】面板中取消笔触，选择红色填充色。

4. 在【属性】面板中单击 选项... 按钮，弹出【工具设置】对话框，在【样式】下拉列表中选择
"星形"，单击 确定 按钮关闭【工具设置】对话框，在舞台中绘制星形如图5-34所示。

5. 选择星形，选择【任意变形】工具 ，移动旋转中心外侧下部位置，如图5-35所示。

6. 保持【任意变形】工具 选择状态，在【变形】面板的【旋转】选项中输入"30"，连续单
击【复制并应用变形】按钮 ，图形旋转复制出如图5-36所示效果。

设置旋转角度

移动图形
中心位置

单击 按钮复
制五角星

图5-34 绘制五角星　　　　图5-35 移动图形的旋转中心位置到下部　　　　图5-36 旋转复制图形

7. 在【时间轴】面板中，选择"图层1"层中的第1帧，单击鼠标右键，在弹出的快捷菜单中选
择【创建补间动画】命令。

8. 选择第1帧，在【属性】面板的【旋转】区中单击【方向】选项，在弹出的下拉列表中选择
"顺时针"选项，如图5-37所示。

9. 在【时间轴】面板中，单击返回上一级按钮 ，将舞台切换到场景中。

10. 新建"图层2"，从【库】面板中拖曳"旋转星"影片剪辑元件到舞台中，连续拖曳2次，出
现如图5-38所示的效果。

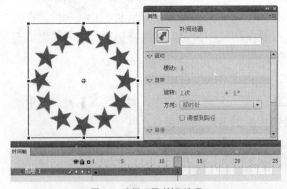

图5-37 选择"顺时针"选项　　　　　　　　图5-38 排列引入元件

11. 执行【控制】/【测试影片】命令，打开播放器窗口，观看图形旋转的效果。

12. 执行【文件】/【保存】命令，将文件保存为"旋转星.fla"文件。

在这个顺时针旋转动画效果中，要注意【属性】面板的动画设置选项。在动画制作结束引用
到舞台中时，用户不需要延长帧的长度，只要有一帧就可以播放影片剪辑元件中的 12 帧旋转动
画。这种现象和图形元件的实例应用效果存在差异。

5.3.2　媒体按钮

创建如图 5-39 所示的图像效果，学习按钮元件的制作，同时应用到媒体界面中。

按钮元件的制作和另外两种元件有很大不同，按钮元件内部的时间轴只有 4 帧，通过前 3 个关键帧的设置就可以完成基本按钮的创建。随着对相关知识的丰富，在按钮元件状态帧中也可以引用影片剪辑元件，会制作出动画效果的按钮，操作方法如下。

【步骤提示】

1. 新建一个 Flash 文档。在【属性】面板中，设置文档大小为 "800×600" 像素。
2. 执行【文件】/【导入】/【导入到舞台】命令，在【导入】对话框中选择附盘文件 "媒体界面.jpg"，单击 打开(O) 按钮确定，如图 5-40 所示。
3. 执行【插入】/【新建元件】命令，打开【创建新元件】对话框，在【名称】栏中键入 "立体按钮"，在【类型】项中选择【按钮】选项，如图 5-41 所示，单击 确定 按钮，关闭对话框，进入元件制作。

图5-39　多媒体按钮　　　　　　　　　图5-40　导入位图　　　　　　　　　图5-41　【创建新元件】对话框

4. 选择【矩形】工具 ，在【属性】面板中设置【笔触高度】设为 "2"，【笔触样式】选择 "实线"，设置白色到黑色的线形渐变色彩。
5. 在舞台空白处绘制矩形。选择矩形，在【属性】面板【矩形选项】栏输入 "15"，如图 5-42 所示。
6. 选择倒角矩形，执行【窗口】/【对齐】命令，打开【对齐】面板，单击 口 、品 和 ᴨ 按钮，使圆形相对舞台中心对齐，如图 5-43 所示。

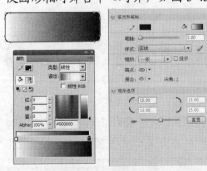

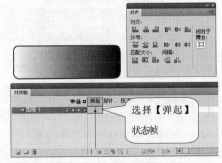

图5-42　【矩形设置】面板　　　　　　　　　　图5-43　使图形相对舞台中心对齐

7. 选择倒角矩形的填充色，执行【窗口】/【颜色】命令，打开【颜色】面板，在面板中编辑线形渐变色彩。选择右侧的色标 ，设置为 "蓝色"，如图 5-44 所示。
8. 选择倒角矩形，复制图形，执行【编辑】/【粘贴到当前位置】命令，保持选择状态。
9. 执行【窗口】/【变形】命令，打开【变形】面板，勾选【约束】复选框 ，设置长宽比例为

"90.0%"，在【旋转】选项中输入"180.0"，旋转复制一个倒角矩形，如图5-45所示。

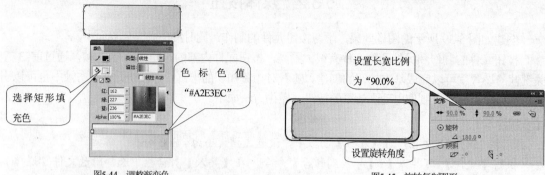

图5-44　调整渐变色　　　　　　　　　　　　　　　图5-45　旋转复制图形

10. 在【时间轴】面板中选择【指针经过】状态帧，按 F6 键增加关键帧。

11. 选择当前帧中的图形，执行【修改】/【变形】/【水平翻转】命令，翻转图形，如图5-46所示。

12. 在【时间轴】面板中选择【弹起】状态帧，执行【编辑】/【时间轴】/【复制帧】命令。

13. 选择【按下】状态帧，执行【编辑】/【时间轴】/【粘贴帧】命令，如图5-47所示。

图5-46　翻转图形　　　　　　　　　　　　　　　　图5-47　粘贴帧

14. 在【时间轴】面板中，单击【插入图层】按钮，增加"图层2"层。选择 T 工具，输入"点击进入"黑色黑体文字，如图5-48所示。

15. 在【时间轴】面板中单击 场景 1 按钮，将舞台切换到场景。

16. 执行【控制】/【启用简单按钮】命令，测试按钮效果，如图5-49所示。

图5-48　移动复制按钮元件　　　　　　　　　　　　图5-49　测试按钮效果

17. 执行【文件】/【保存】命令，将文件保存为"媒体按钮.fla"文件。

　　在本实例中，通过在按钮元件不同的状态帧设置翻转的图形快速制作出按钮效果。同时要注意比较按钮元件帧和其他元件类型的区别，在其他类型元件中也有4个关键帧时，如不设置相应脚本语句就会循环播放，而在按钮元件中会变成相对独立的状态帧，随鼠标的移入移出自动跳转到对应关键帧。

5.4　综合案例——白云遮月

　　创建如图5-50所示的效果，调整出朦胧的月色和飘渺的白云效果。

处理画面效果时，需要综合应用【渐变发光】滤镜和【模糊】滤镜工具，用户可以比较两种不同滤镜的设置方法。

【步骤提示】

1. 新建一个 Flash 文档，设置背景色为浅蓝色。

2. 执行【文件】/【导入】/【导入到舞台】命令，在【导入】对话框中同时选择附盘中的"星空.jpg"文件，单击 打开(O) 按钮确定，如图 5-51 所示。

3. 在【时间轴】面板中，单击【插入图层】按钮，增加"图层 2"层。

4. 执行【插入】/【新建元件】命令，弹出【创建新元件】对话框，在【名称】栏中输入"圆月"，在【类型】项中选择【影片剪辑】选项，单击 确定 按钮创建一个影片剪辑。

5. 选择【椭圆】工具，在舞台中绘制无边白色圆形，如图 5-52 所示。

图5-50 白云遮月 　　　　　　　　图5-51 引入位图 　　　　　　　　图5-52 绘制圆形

6. 在【时间轴】面板中，单击【场景 1】按钮，将舞台切换到场景中。从【库】面板中将"圆月"元件拖放到舞台中。

7. 选择"圆月"实例，在【属性】面板中选择【滤镜】选项卡，单击【添加滤镜】按钮，然后在弹出的菜单中选择【渐变发光】滤镜，如图 5-53 所示。

8. 拖动【模糊 X】和【模糊 Y】滑块，设置发光的宽度和高度为"60"，使发光效果更加柔和。

9. 拖动【强度】滑块设置发光的清晰度为"500%"，使发光对比效果更加明显一些。

10. 设置【品质】选项为【高】，如图 5-54 所示。

11. 设置【类型】选项为【全部】，如图 5-55 所示。

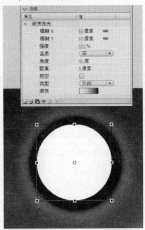
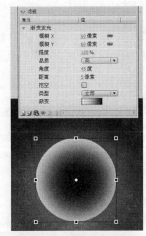

图5-53 添加【渐变发光】滤镜 　　图5-54 调整【渐变发光】滤镜属性 　　图5-55 设置【类型】选项

12. 单击渐变定义栏左侧的色标，在弹出的【颜色选择器】对话框中更改色彩为橘黄色。

13. 单击渐变定义栏右侧的色标，在弹出的【颜色选择器】对话框中更改色彩为浅黄色，如图 5-56 所示。

14. 执行【插入】/【新建元件】命令，弹出【创建新元件】对话框，在【名称】栏中输入"白云"，在【类型】项中选择【影片剪辑】选项，单击 确定 按钮创建一个影片剪辑。

15. 选择【椭圆】工具 ⚪，在舞台中绘制多个无边白色椭圆形，如图 5-57 所示。

16. 在【时间轴】面板中，单击 场景1 按钮，将舞台切换到场景中。从【库】面板中将"白云"元件拖放到舞台中。

17. 选择"白云"实例，单击【添加滤镜】按钮 🔲，然后从弹出菜单中选择【模糊】滤镜。

18. 拖动【模糊 X】和【模糊 Y】滑块，设置模糊的宽度和高度为"30"，设置【品质】选项为"【高】"，效果如图 5-58 所示。

图5-56　调整【渐变发光】滤镜属性　　　　图5-57　绘制椭圆形　　　　图5-58　添加【模糊】滤镜

5.5　课后作业

1. 从"序列文件"导入一组文件名连续的位图到文件，如图 5-59 所示。

2. 从附盘中打开"渐变球.fla"文件，将【库】面板中的"渐变"影片剪辑元件转化为图形元件，如图 5-60 所示。

3. 将上题中的"渐变"图形元件应用为实例，并改变透明度为"60%"。

4. 利用【滤镜】创建如图 5-61 所示的文字效果。

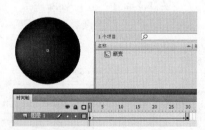

图5-59　文件名连续的位图文件　　　　图5-60　转化元件类型　　　　图5-61　文字辉光效果

第**6**讲

补间动画

作为一个专业的动画制作软件，Flash CS4 最主要的功能就是让精彩图形以及引入的素材动起来，以此来表现作品的思想主题。从本章开始将结合前面所学的内容，开始介绍动画制作方法以及一些制作技巧，其中的实例将涉及 Flash 动画的多种应用，由此读者还可以掌握实际工作中 Flash CS4 的动画制作思路与流程。本讲课时为 3 小时。

ℹ️ 学习目标

◆ 了解帧的含义及其相关设置。

◆ 了解补间动画和传统补间之间的差异。

◆ 掌握补间动画的制作及技巧。

◆ 掌握补间形状的制作。

◆ 掌握【动画编辑器】的使用技巧。

6.1 功能讲解

下面从动画的有关概念出发，依据 Flash CS4 补间动画制作类型来讲解制作方法，同时就各种动画制作的技巧和应该注意的问题进行阐述。

6.1.1 Flash 动画原理

动画是一门在某种介质上记录一系列单个画面，并通过一定的速率回放所记录的画面而产生运动视觉的技术。在计算机动画制作中，构成动画的一系列画面叫帧，因此帧也就是动画最小时间单位里出现的画面。Flash 动画是以时间轴为基础的帧动画，每一个 Flash 动画作品都以时间为顺序，由先后排列的一系列帧组成。每一秒中包含多少帧数叫做帧频率（也叫做帧率或者帧频）。通过帧率，可以计算动画的时间长度。比如 Flash CS4 的默认帧率是 24fps（帧/s），这意味着动画的每一秒要显示 24 帧画面，如果动画共有 12 帧，整个动画就有 0.5s。如果帧率是 48 帧/s，那么 48 帧动画就会持续 1s。

制作 Flash 动画，首先要弄清作品最后的发布媒体，以此来确定动画的帧率，避免后期返工修改，加大工作量。动画帧率的修改，既可以执行【修改】/【文档】命令，打开【文档属性】对话框进行，也可以在【属性】面板中完成，如图6-1所示。

【时间轴】面板是 Flash CS4 组织动画并进行控制的主要面板，由图层控制区和时间轴控制区组成。图6-1所示是【时间轴】面板的基本构成。

创建新文档后，【时间轴】面板中只显示一个图层，名称是"图层1"，在此基础上可以继续增加图层，以便将动画内容分解到不同图层上，通过图层叠加的相互遮挡，实现复杂动画的合成。图层分为一般层、引导层、运动引导层、被引导层、遮罩层和被遮罩层，其作用各不相同。除非特别说明，本书中所说的图层都指一般层。

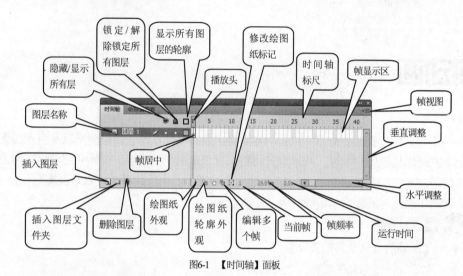

图6-1　【时间轴】面板

Flash CS4 支持以下类型的动画。

补间动画：使用补间动画可设置对象的属性，如一个帧中以及另一个帧中的位置和 Alpha 透明度等，Flash 在中间内插帧完成动画。对于由对象的连续运动或变形构成的动画，补间动画很有用。

传统补间：传统补间与补间动画类似，允许制作一些特定的动画效果，但是创建起来更复杂。

反向运动姿势：反向运动姿势用于伸展和弯曲形状对象以及链接元件实例组，使它们以自然方式一起移动。可以在不同帧中以不同方式放置形状对象或链接的实例，Flash 将在中间内插帧中的位置。

补间形状：在形状补间中，可在时间轴中的特定帧绘制一个形状，再更改该形状或在另一个特定帧绘制另一个形状。然后，Flash 将内插中间的帧的中间形状，创建一个形状变形为另一个形状的动画。

逐帧动画：使用此动画技术，可以为时间轴中的每个帧指定不同的艺术作品。使用此技术可创建与快速连续播放的影片帧类似的效果。对于每个帧的图形元素必须不同的复杂动画而言，此技术非常有用。

在 Flash CS4 动画制作的过程中，关键帧会依据不同的动画种类显示不同的状态，其含义也不一样，同时还会有其他一些相关帧出现在制作动画的【时间轴】面板中。图6-2所示就是【时间轴】面板缺省设置下各种帧的显示。

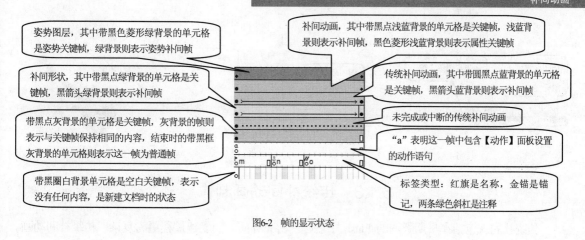

姿势图层，其中带黑色菱形绿背景的单元格是姿势关键帧，绿背景则表示姿势补间帧

补间形状，其中带黑点绿背景的单元格是关键帧，黑箭头绿背景则表示补间帧

带黑点灰背景的单元格是关键帧，灰背景的帧则表示与关键帧保持相同的内容，结束时的带黑框灰背景的单元格则表示这一帧为普通帧

带黑圈白背景单元格是空白关键帧，表示没有任何内容，是新建文档时的状态

补间动画，其中带黑点浅蓝背景的单元格是关键帧，浅蓝背景则表示补间帧，黑色菱形浅蓝背景则表示属性关键帧

传统补间动画，其中带圆黑点蓝背景的单元格是关键帧，黑箭头蓝背景则表示补间帧

未完成或中断的传统补间动画

"a" 表明这一帧中包含【动作】面板设置的动作语句

标签类型：红旗是名称，金锚是锚记，两条绿色斜杠是注释

图6-2　帧的显示状态

6.1.2　补间动画制作

Flash CS4 支持两种不同类型的补间以创建动画。通过补间动画可对补间的动画进行最大程度的控制，提供了更多的补间控制。对于由对象的连续运动或变形构成的动画，补间动画很有用。补间动画在时间轴中显示为连续的帧范围，默认情况下可以作为单个对象进行选择。补间动画功能强大，也易于创建。

如果对象不是可补间的对象类型，或者如果在同一图层上选择了多个对象，将显示一个【将所选的内容转换为元件进行补间】对话框，如图 6-3 所示。通过该对话框可以将所选内容转换为影片剪辑元件。单击 确定 按钮将所选内容转换为影片剪辑以继续进行后续操作。

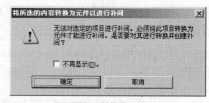

图6-3　转换为元件

补间动画的第 1 帧中的黑点表示补间范围分配有目标对象。黑色菱形表示最后一个帧和任何其他属性关键帧，如图 6-4 所示。属性关键帧是在补间范围中为补间目标对象显式定义一个或多个属性值的帧。定义的每个属性都有它自己的属性关键帧。如果在单个帧中设置了多个属性，则其中每个属性的属性关键帧会驻留在该帧中。可以在【动画编辑器】面板中查看补间范围的每个属性及其属性关键帧。

关键帧中只能存在一个对象，而且必须要有一个属性关键帧。设置补间动画的关键帧可以采用以下两种方式。

- 选择开始关键帧后，执行【插入】/【补间动画】命令。
- 用鼠标右键单击开始关键帧，从弹出的快捷菜单中选择【创建补间动画】命令。

取消补间动画，也有两种方式。可以执行【插入】/【删除补间】命令，也可以单击鼠标右键在弹出的快捷菜单中选择【删除补间】命令。

如果是对元件的位置移动和变形补间，舞台会显示运动路径，运动路径显示每个帧中补间对象的位置。将其他元件从【库】中拖到时间轴中的补间范围上可以替换补间中的原始元件。可从补间图层删除元件，而不必删除或断开补间。这样，以后可以将其他元件实例添加到补间中。可以用部分选取、转换锚点、删除锚点和任意变形等工具以及"修改"菜单上的命令编辑舞台上的运动路径，如图 6-5 所示。

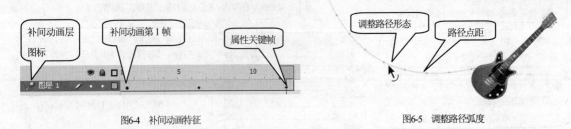

图6-4　补间动画特征　　　　　　　　　　　　　　　图6-5　调整路径弧度

6.1.3　传统补间动画制作

传统补间（包括在早期版本的 Flash 中创建的所有补间）的创建过程更为复杂。传统补间动画的关键帧中只能存在一个对象，而且必须要有两个关键帧。可以在设置开始关键帧与结束关键帧以后，再设置补间；也可以先设置开始关键帧与补间动画，再设置结束关键帧。开始关键帧与结束关键帧都是相对的，前一个动画的结束关键帧可能就是下一个动画的开始关键帧。设置补间动画的关键帧可以采用以下两种方式。

- 选择开始关键帧后，执行【插入】/【传统补间】命令。
- 用鼠标右键单击开始关键帧，从弹出的快捷菜单中选择【创建传统补间】命令。

如果在【属性】面板中出现⚠图标，就是提示补间动画无法实现。取消补间动画，也有两种方式。可以执行【插入】/【删除补间】命令，也可以单击鼠标右键在弹出的快捷菜单中选择【删除补间】命令。

在传统补间动画制作过程中，通过设置多个关键帧，可以实现更加复杂的运动。同时，巧妙地利用补间动画，还可以实现一些特殊图形效果。

6.1.4　补间动画和传统补间之间的差异

使用过程中要注意区别两种不同类型的补间动画特点，根据用户自己的使用习惯和创作特点灵活选择对应的补间动画方式。

补间动画和传统补间之间的差异主要有以下几个方面。

- 传统补间使用关键帧。关键帧是其中显示对象的新实例的帧。补间动画只能具有一个与之关联的对象实例，并使用属性关键帧而不是关键帧。
- 补间动画在整个补间范围上由一个目标对象组成。
- 补间动画和传统补间都只允许对特定类型的对象进行补间。若应用补间动画，则在创建补间时会将所有不允许的对象类型转换为影片剪辑。而应用传统补间会将这些对象类型转换为图形元件。
- 补间动画会将文本视为可补间的类型，而不会将文本对象转换为影片剪辑。传统补间会将文本对象转换为图形元件。
- 在补间动画范围上不允许帧脚本，而传统补间允许帧脚本。
- 补间目标上的任何对象脚本都无法在补间动画范围的过程中更改。
- 可以在时间轴中对补间动画范围进行拉伸和调整大小，并将它们视为单个对象。传统补间包括时间轴中可分别选择的帧的组。

- 若要在补间动画范围中选择单个帧，必须按住 Ctrl 键单击帧。
- 对于传统补间，缓动可应用于补间内关键帧之间的帧组。对于补间动画，缓动可应用于补间动画范围的整个长度。若要仅对补间动画的特定帧应用缓动，则需要创建自定义缓动曲线。
- 利用传统补间，可以在两种不同的色彩效果（如色调和 Alpha 透明度）之间创建动画。补间动画可以对每个补间应用一种色彩效果。
- 只可以使用补间动画来为 3D 对象创建动画效果。无法使用传统补间为 3D 对象创建动画效果。
- 只有补间动画才能保存为动画预设。
- 对于补间动画，无法交换元件或设置属性关键帧中显示的图形元件的帧数。应用了这些技术的动画要求使用传统补间。

6.1.5 对补间动画和传统补间动画的特殊控制

补间动画和传统补间动画产生后，还可以利用【属性】面板中的相关选项实现进一步控制，比如使运动产生非匀速运动效果等。如图 6-6 和图 6-7 所示。下面对此做简要介绍。

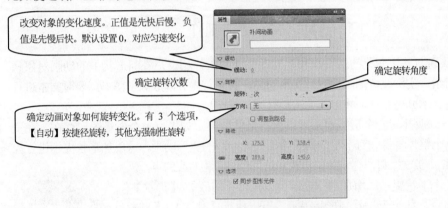

图6-6 补间动画相关选项

图6-7 传统补间动画相关选项

【自定义缓入/缓出】对话框如图 6-8 所示，由此可以实现对补间动画更加精确与复杂的控制。此对话框采用曲线表示动画随时间的变化程度，其中水平轴表示帧，垂直轴表示变化的百分比。第 1 个关键帧表示为 0%，最后 1 个关键帧表示为 100%。曲线斜率表示变化速率，曲线水平时（无斜率），变化速率为零；曲线垂直时，变化速率最大。

在线上单击鼠标 1 次，就会添加一个新控制点。通过拖动控制点的位置，可以实现对动画对象的精确控制。单击控制点的手柄（方形手柄），可选择该控制点，并显示其两侧用空心圆表示的正切点，如图 6-9 所示。可以使用鼠标拖动控制点或其正切点，也可以使用键盘的箭头键确定其位置。在对话框的右下角显示所选控制点的关键帧和变化程度，如果没有选择控制点，则不显示数值。

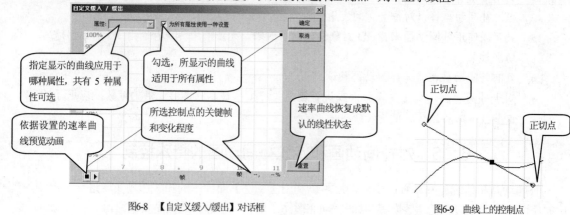

图6-8 【自定义缓入/缓出】对话框　　　　　　　　　　　图6-9 曲线上的控制点

6.1.6 补间形状动画制作

补间形状指形状逐渐发生变化的动画，和补间动作动画正好相反，补间形状中的动画对象只能是矢量图形。要对组、实例或位图图像进行变形动画，必须首先分离成矢量图形。要对文本进行变形动画，还必须将文本分离两次，才能将文本转换为矢量图形。

补间形状动画，一次补间一个形状通常可以获得最佳效果。如果有多个矢量图形存在，在变形过程中将被当做一个整体看待。对于复杂的或希望人为控制的变形动画，可以加形状提示进行控制。形状提示使用 26 个英文字母，标识起始形状和结束形状中相对应的点，因此最多可以使用 26 个形状提示。增加形状提示可以执行【修改】/【形状】/【添加形状提示】命令。如果无法看到形状提示，可以执行【视图】/【显示形状提示】命令。用鼠标右键单击形状提示点，可以打开如图 6-10 所示的快捷菜单进行形状提示处理。

图6-10 快捷菜单

使用形状提示要注意以下几点。

- 在复杂的形状变形中，需要先创建中间形状，然后再进行补间，而不要只定义起始和结束的形状。
- 形状提示要符合逻辑。比如开始帧的一条线上按 a、b、c 顺序放置了 3 个提示点，那么在结束帧的相应线就不能按 a、c、b 顺序放置这 3 个提示点。
- 按逆时针顺序从形状的左上角开始放置形状提示，工作效果最好。
- 增加提示点只能在开始帧进行，因此必须返回开始帧才能增加提示点。
- 提示点并非设置的越多越好，有时设置一个提示点就能取得很好的效果。

6.1.7 动画编辑器及属性关键帧

通过【动画编辑器】面板，可以查看所有补间属性及其属性关键帧，如图 6-11 所示。它还提供了向补间添加精度和详细信息的工具。在【时间轴】中创建补间后,【动画编辑器】允许用户以多种不同的方式来控制补间。

使用【动画编辑器】面板可以进行以下操作。

- 设置各属性关键帧的值。
- 添加或删除各个属性的属性关键帧。
- 将属性关键帧移动到补间内的其他帧。
- 将属性曲线从一个属性复制并粘贴到另一个属性。
- 翻转各属性的关键帧。
- 重置各属性或属性类别。
- 使用贝赛尔控件对大多数单个属性的补间曲线的形状进行微调(x、y 和 z 属性没有贝赛尔控件)。
- 添加或删除滤镜或色彩效果并调整其设置。
- 向各个属性和属性类别添加不同的预设缓动。
- 创建自定义缓动曲线。
- 将自定义缓动添加到各个补间属性和属性组中。
- 对 x、y 和 z 属性的各个属性关键帧启用浮动。通过浮动,可以将属性关键帧移动到不同的帧或在各个帧之间移动以创建流畅的动画。

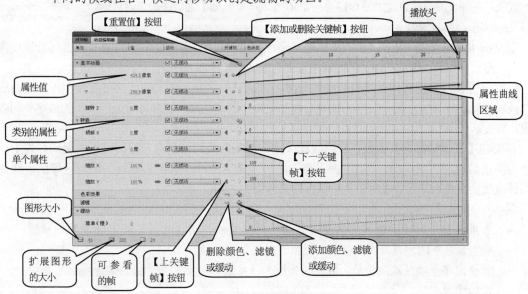

图6-11 【动画编辑器】面板

选择【时间轴】面板中的补间范围或者舞台上的补间对象或运动路径后,【动画编辑器】面板即会显示该补间的属性曲线。【动画编辑器】面板将在网格上显示属性曲线,该网格表示发生选定补间的时间轴的各个帧。在【时间轴】和【动画编辑器】面板中,播放头将始终出现在同一帧编号中。

【动画编辑器】面板使用每个属性的二维图形表示已补间的属性值。每个属性都有自己的图形。每个图形的水平方向表示时间(从左到右),垂直方向表示对属性值的更改。特定属性的每个属性关键帧将显示为该属性的属性曲线上的控制点。如果向一条属性曲线应用了缓动曲线,则另一条曲线会在属性曲线区域中显示为虚线。该虚线显示缓动对属性值的影响。

有些属性不能进行补间，因为在时间轴中对象的生存期内它们只能具有一个值。一个示例是"渐变斜角"滤镜的"品质"属性。这些属性可以在动画编辑器中进行设置，但它们没有图形。

在【动画编辑器】面板中通过添加属性关键帧并使用标准贝赛尔控件处理曲线，您可以精确控制大多数属性曲线的形状。对于 x、y 和 z 属性，可以在属性曲线上添加和删除控制点，但不能使用贝塞尔控件。

若要将某个属性关键帧复制到补间范围内的另一个位置，请按住 Ctrl 键并单击该属性关键帧以将其选定，然后在按住 Alt 键的同时将它拖动到新位置。

6.1.8　缓动补间动画制作

使用【动画编辑器】面板还可对任何属性曲线应用缓动。在【动画编辑器】面板中应用缓动使用户可以创建特定类型的复杂动画效果，而无需创建复杂的运动路径。缓动曲线是显示在一段时间内如何内插补间属性值的曲线。通过对属性曲线应用缓动曲线，可以轻松地创建复杂动画。在【属性】面板中应用的缓动将影响补间中包括的所有属性。在【动画编辑器】面板中应用的缓动可以影响补间的单个属性、一组属性或所有属性。

图6-12　缓动菜单

Flash CS4 包含一系列的预设缓动，菜单选项如图 6-12 所示，适用于简单或复杂的效果，各预设的缓动曲线如图 6-13 所示。在【动画编辑器】面板中，还可以创建自己的自定义缓动曲线。

缓动的常见用法之一是在舞台上编辑运动路径并启用浮动关键帧以使每段路径中的运行速度保持一致，然后可以使用缓动在路径的两端添加更为逼真的加速或减速。

在向属性曲线应用缓动曲线时，属性曲线图形区域中将显示缓动曲线的可视叠加。通过将属性曲线和缓动曲线显示在同一图形区域中，叠加使得在测试动画时了解舞台上所显示的最终补间效果更为方便。

若要在【动画编辑器】面板中使用缓动，请将缓动曲线添加到选定补间可用的缓动列表中，然后对所选的属性应用缓动。对属性应用缓动时，会显示一个叠加到该属性的图形区域的虚线曲线。该虚线曲线显示补间曲线对该补间属性的实际值的影响。

缓动补间动画的基本操作有以下几个方面。

- 若要向选定补间动画可用的缓动列表中添加缓动，请单击【动画编辑器】的"缓动"部分中的 ➕【添加】按扭，然后选择要添加的缓动。
- 若要向单个属性添加缓动，请从该属性的【已选的缓动】 无缓动 ▾ 菜单中选择缓动。
- 若要向整个类别的属性添加缓动，请从该属性类别的【已选的缓动】菜单中选择缓动类型。
- 若要启用或禁用属性或属性类别的缓动效果，请单击该属性或属性类别的 ☑【启用/禁用缓动】复选框。这样，就可以快速查看属性曲线上的缓动效果。
- 若要从可用补间列表中删除缓动，请单击动画编辑器的"缓动"部分中的 ➡【删除缓动】按钮，然后从弹出菜单中选择该缓动。

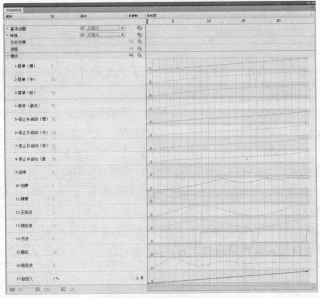

图6-13　预设缓动属性

6.2　范例解析

补间动画是 Flash 动画中最为基础的动画方法，掌握使用方法比较简单，但真正用好，还需要一些技巧。

6.2.1　图片叠化

创建如图 6-14 所示的图像效果，企鹅图片先显示，然后逐渐消失同时天鹅的图片逐渐显示出来，实现叠化效果。实现这一效果，主要利用元件实例在补间动画中可以调整颜色属性的特点。

图6-14　图片叠化效果

【操作提示】

1. 新建一个 Flash 文档文档，并将文件保存为"叠化.fla"文件。
2. 执行【文件】/【导入】/【导入到库】命令，导入附盘文件"企鹅.jpg"和"天鹅.jpg"。
3. 执行【插入】/【新建元件】命令，打开【创建新元件】对话框，在【名称】栏中输入"图片"，选择【影片剪辑】选项，单击 确定 按钮确定，进入"图片"元件的编辑界面。
4. 从【库】面板中将"企鹅.jpg"拖到舞台中央，执行【修改】/【转换为元件】命令，打开【转换为元件】对话框，在【名称】栏中输入"企鹅"，选择【影片剪辑】选项，单击 确定 按钮确定。此时舞台上的"企鹅.jpg"，已经转换成"企鹅"元件实例。
5. 在【时间轴】面板中，选择第 12 帧，按 F6 键插入关键帧。选择第 50 帧，按 F5 键插入帧，如图 6-15 所示。

图6-15　插入帧

6.　选择第 12 帧，单击鼠标右键，在弹出的快捷菜单中选择【创建补间动画】命令，准备创建补间动画，如图 6-16 所示。

7.　移动播放头到第 36 帧，选择舞台上的"企鹅"元件实例，在【属性】面板中的【颜色】下拉菜单中选择【Alpha】，数值设为"0%"，使"企鹅"元件实例完全消失。

8.　在【时间轴】面板中，选择第 12 帧，执行【插入】/【补间动画】命令，使第 12 帧~第 36 帧产生补间动画。拖动播放头可以看出，从第 12 帧~第 36 帧图片逐渐消失，如图 6-17 所示。

9.　单击【时间轴】面板下方的 场景1 按钮，返回到场景 1 制作。从【库】面板中将"天鹅.jpg"拖到舞台中央。

10.　使舞台上的"天鹅.jpg"处于被选择状态，执行【窗口】/【对齐】命令，打开【对齐】面板，执行如图 6-18 所示操作，使"天鹅.jpg"相对于舞台中心校准对齐。

图6-16　设置透明度　　　　　　图6-17　补间动画效果　　　　　　图6-18　校准对齐

11.　从【库】面板中将"图片"元件拖到舞台中，同样利用【对齐】面板使其相对于舞台中心校准对齐，也就是与舞台上的"天鹅.jpg"完全对齐覆盖。

12.　使用【控制】/【测试影片】命令测试动画，会发现实现了图片叠化效果。此例可参见本书附盘文件"叠化.fla"。

6.2.2　飞机变形

创建如图 6-19 所示的图像效果，飞机形状和颜色逐渐演变。实现这一效果，主要利用补间形状动画对矢量图形进行处理。

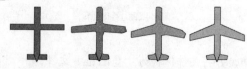

图6-19　图片叠化效果

【操作提示】

1.　新建一个 Flash 文档，并将文件保存为"变形.fla"文件。

2.　选择 工具，在【属性】面板进行设置，然后在舞台上绘制出如图 6-20 所示的线条。

要点提示　绘制过程中，要随时调整 选项的启闭，以便准确绘制。

3.　选择 工具，将绘制的线条全选，按 Alt 键拖动复制出一个新的线条。

4. 执行【修改】/【变形】/【水平翻转】命令，使新复制的线条水平翻转，如图 6-21 所示。

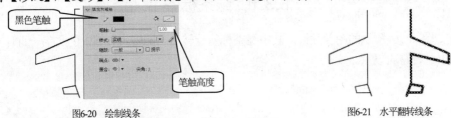

图6-20 绘制线条

图6-21 水平翻转线条

5. 调整线条的位置将其上端封口，形成一个飞机的形状。

6. 选择 工具，设置【填充色】为"青色"，填充飞机图形，如图 6-22 所示。

> 如果无法完成填充，可以从 下拉选项中选择不同的填充大小，以便顺利完成填充。

7. 在【时间轴】面板中选择第 12 帧，按 F6 键插入关键帧。然后选择第 23 帧，按 F7 键插入空白关键帧。

8. 修改第 1 帧中图形的【填充色】为"紫色"，使用 工具修改第 1 帧中的图形形状，如图 6-23 所示。

9. 在【时间轴】面板中选择第 1 帧。执行【编辑】/【时间轴】/【复制帧】命令，将第 1 帧复制。选择第 23 帧，执行【编辑】/【时间轴】/【粘贴帧】命令将第 1 帧粘贴到第 23 帧位置。

10. 在【时间轴】面板中选择第 12 帧。在【属性】面板中的【补间】选项下拉列表中选【形状】选项，如图 6-24 所示。

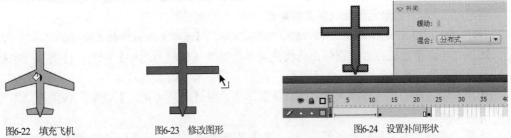

图6-22 填充飞机　　图6-23 修改图形　　图6-24 设置补间形状

11. 在【时间轴】面板中，用鼠标右键选择第 12 帧，从打开的快捷菜单中选择【创建补间形状】命令，最终在【时间轴】面板中形成了两段补间形状动画，如图 6-25 所示。

图6-25 补间形状动画

12. 使用【控制】/【测试影片】命令测试动画，此时会看到飞机的演变，同时还有颜色的变化。此例可参见本书附盘中的"变形.fla"文件。

6.3 课堂实训

这一节通过两个例子的制作，讲述在补间动画的制作过程中，如何巧妙应用更多的创作手段，以产生更加复杂的视觉效果。

6.3.1　绿茶标签

创建如图 6-26 所示的图像效果，其中绿茶标签旋转飞入翻转，标签上的文字一直伴有颜色变化，营造出一种喜庆气氛。

图6-26　绿茶标签

利用补间动画使"绿茶"字产生颜色变化，再制作标签位移、色彩、变形等补间动画。

【步骤提示】

1. 新建一个 Flash 文档，并将文件保存为"绿茶标签.fla"文件。
2. 执行【文件】/【导入】/【导入到库】命令，导入附盘文件"标签.swf"，素材以图形元件形式被引入到库中。
3. 执行【插入】/【新建元件】命令，打开【创建新元件】对话框，在【名称】文本框中输入"标签组合"，选择【影片剪辑】选项，单击确定按钮，进入"标签组合"元件制作。
4. 将"标签.swf"图形元件拖放到当前舞台。
5. 新建"图层 2"，选择文本工具，输入"绿茶"字，【属性】面板中相关设置如图 6-27 所示。
6. 选择文字，单击鼠标右键在弹出的快捷菜单中选择【转换为元件】命令，转换为"字动"影片剪辑元件。双击元件进入编辑状态。
7. 选择文字，单击鼠标右键在弹出的快捷菜单中选择【转换为元件】命令，转换为"字"影片剪辑元件。
8. 选择"字动"影片剪辑元件第 1 帧，单击鼠标右键在弹出的快捷菜单中选择【创建补间动画】命令。
9. 选择第 24 帧，按 F6 键，创建关键帧。选择第 12 帧，按 F6 键，创建关键帧，如图 6-28 所示。

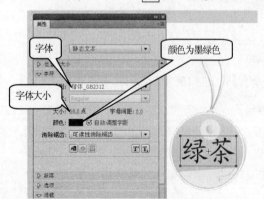

图6-27　输入文字

图6-28　增加关键帧

10. 移动播放头至第 1 帧，选择文字。打开【动画编辑器】面板，在【色彩效果】选项区右侧单击 按钮，选择【色调】选项，如图 6-29 所示。

11. 设置第 1 帧【着色】色值为 "#00FF00"，设置第 12 帧【着色】色值为 "#660000"，设置第 24 帧【着色】色值为 "#000066"，如图 6-30 所示。

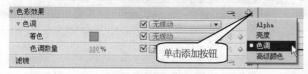

图6-29 调整文字色调　　　　　　图6-30 选择不同的色彩

12. 单击 场景1 按钮，返回 "场景1"，拖曳 "标签组合" 元件到舞台右侧。

13. 选择第 60 帧，按 F5 键延续帧。单击鼠标右键在弹出的快捷菜单中选择【创建补间动画】命令，如图 6-31 所示。

14. 移动播放头到第 20 帧，按 F6 键，创建关键帧。

15. 移动播放头到第 1 帧，移动元件到舞台的左上角如图 6-32 所示。

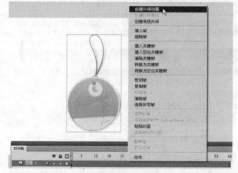
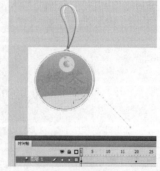

图6-31 创建补间动画　　　　　　图6-32 移动标签位置

16. 打开【动画编辑器】面板，确定【转换】选项区【缩放 X】选项右侧的 按钮处于关联状态，设置参数为 "10%"，如图 6-33 所示。

17. 移动播放头到第 20 帧，设置【基本动画】选项区【旋转 Z】选项参数为 "360" 度，如图 6-34 所示。

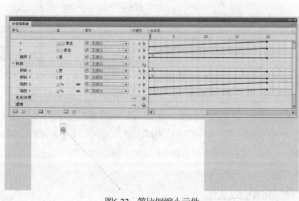

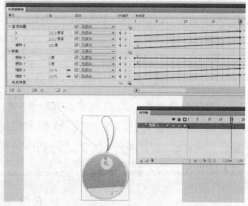

图6-33 等比例缩小元件　　　　　　图6-34 设置旋转角度

18. 选择元件，在【动画编辑器】面板，移动播放头到第 30 帧，确定【转换】选项区【缩放 X】选项右侧的 按钮处于断开状态，设置参数为 "-100%"，如图 6-35 所示。

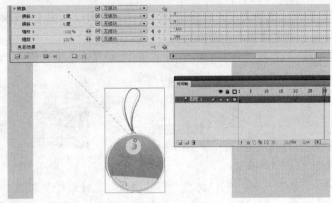

图6-35 翻转元件

19. 移动播放头到第 40 帧，确定【转换】选项区【缩放 X】选项右侧的🔳按钮处于断开状态，设置参数为"100%"，如图 6-36 所示。

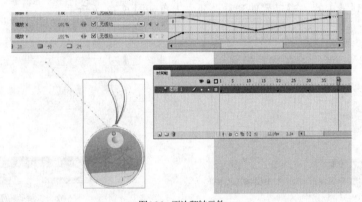

图6-36 再次翻转元件

20. 在【色彩效果】选项区右侧单击➕按钮，选择【高级颜色】选项。移动播放头到第 60 帧，设置【红色偏移量】参数为"255%"，如图 6-37 所示。

21. 移动播放头到第 40 帧，设置【红色偏移量】参数为"0%"，如图 6-38 所示。

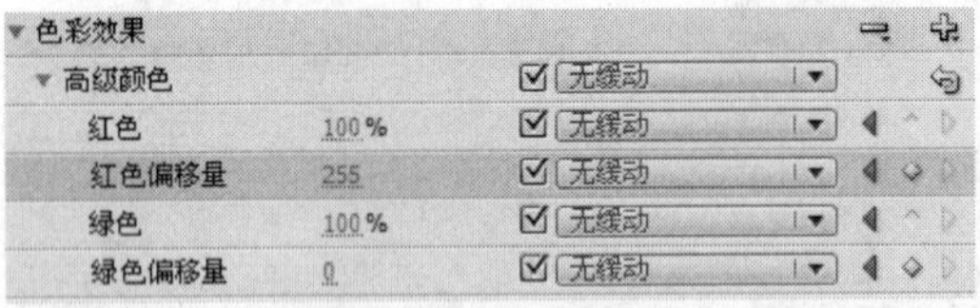

图6-37 设置红色偏移量

图6-38 设置红色偏移量

22. 测试动画效果。此例参见本书附盘中的"绿茶标签.fla"文件。

这个动画效果中，在第 1～20 帧之间制作标签位移和形变动画，在第 20～40 帧之间制作标签翻转的动画，在第 40～60 帧之间制作色调偏移的动画。在动画制作过程中，要学习【动画编辑器】的使用技巧，提高动画制作的效能。

6.3.2 燃烧的红烛

创建如图 6-39 所示的图像效果，燃烧的红烛火苗晃动逐渐缩小。补间形状有时并不一定按我们的预想进行变化，图形就不会乱成一团，这时候就需要使用形状提示人为加以控制，强制变形过程。这个例子就采用了形状提示。

【步骤提示】

1. 新建一个 Flash 文档，并将文件保存为"红烛.fla"文件。
2. 画一个矩形作为蜡烛的基本图形，然后删除上端封口，使用 ✏ 工具画不规则曲线封口，如图 6-40 所示。
3. 在【颜色】面板设置渐变颜色，如图 6-41 所示。

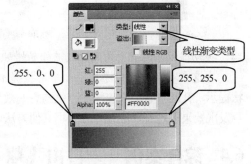

图6-39　燃烧的红烛　　　　　图6-40　画不规则曲线　　　　　　　　　　图6-41　设置渐变色

4. 利用【椭圆】工具在舞台上绘制一个作为火苗的椭圆，然后调整其填充色的方向和大小，形成下红上黄的效果，如图 6-42 所示。
5. 在火苗的下方画出芯线，如图 6-43 所示。
6. 将蜡烛图形填充红色，然后将轮廓线删除，蜡烛制作完毕，如图 6-44 所示。

图6-42　调整填充色　　　　　　　图6-43　画出芯线　　　　　　　　　　图6-44　蜡烛图形

7. 在【时间轴】面板中，选择第 18 帧，按 F6 键插入一个关键帧。
8. 框选出蜡烛的上半部分，按 Ⅰ 键下移，形成蜡烛燃烧变短效果，如图 6-45 所示。
9. 选择 ➚ 工具调整蜡烛的上端，如图 6-46 所示。选择 工具，将火苗向右稍微旋转。
10. 选择第 1 帧，设置补间形状动画。拖动播放头观察动画效果，如图 6-47 所示。可以看出变形效果不理想。

框选区域

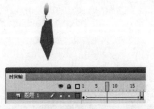

图6-45　缩短蜡烛　　　　　　　图6-46　修改蜡烛　　　　　　　　　图6-47　动画效果

11. 拖动播放头到第 1 帧。执行【修改】/【形状】/【添加形状提示】命令，舞台上出现一个红色提示点"a"，如图 6-48 所示。
12. 将红色提示点调整到蜡烛的左下角，如图 6-49 所示。
13. 拖动播放头到第 18 帧，同样会看到舞台上出现一个红色提示点"a"，将这个红色提示点调整到蜡烛的左下角，同时提示点由红色变成绿色，如图 6-50 所示。

图6-48　蜡烛图形　　　　　　　　图6-49　缩短蜡烛　　　　　　　　　图6-50　修改蜡烛

14. 拖动播放头，就会看到比较流畅的蜡烛燃烧的变形过程。此例参见本书附盘文件"红烛.fla"。

在这个实例中，只添加了一个形状提示就取得了很好的效果。但在许多情况下，即使添加形状提示，补间形状动画也无法产生预想的效果。因此在实际工作中，要慎重使用补间形状动画，一旦发现效果不理想，应该马上采用其他方法，避免在这方面浪费时间。

6.4　综合案例——自由飞翔

创建如图 6-51 所示的效果，飞鸟从屏幕的左上角曲线飞向右下方。自由飞翔的小鸟，主要利用补间动画制作类似于传统路径动画的效果，再结合【动画编辑器】的灵活应用，使路径补间动画的制作更加快捷便利。

图6-51　自由飞翔

【步骤提示】

1. 新建一个"800×600"的 Flash 文档，并将文件保存为"自由飞翔.fla"文件。

2. 向舞台上导入附盘中的"花背景.jpg"，在【对齐】面板选择相对于舞台【水平中齐】和【垂直中齐】使图片相对于舞台对齐，在第 90 帧按 F5 键。

3. 新建"图层2"，打开"飞鸟.fla"文件，调用"飞鸟"影片剪辑元件。

4. 移动播放头到第 90 帧，移动飞鸟到右下角，如图 6-52 所示。

5. 移动播放头到第 30 帧，移动飞鸟到右上角，如图 6-53 所示。

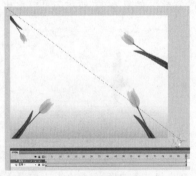

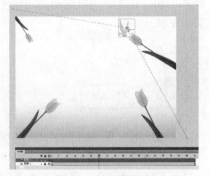

图6-52　人才市场广告　　　　　　　　　　　　　图6-53　处理"图层2"

6. 移动播放头到第 60 帧，移动飞鸟到左下角，如图 6-54 所示。

7. 利用移动工具 ，调整运动路径弧度，如图 6-55 所示。

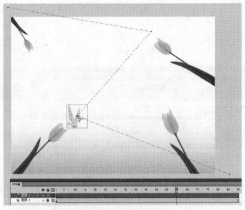

图6-54　人才市场广告

图6-55　处理"图层2"

8.　利用部分选取工具 ![tool]，调整角点的弧度控制柄，使运动路径平滑顺畅，如图 6-56 所示。

9.　利用任意变形工具 ![tool]，旋转第 60 帧中的飞鸟角度，如图 6-57 所示。

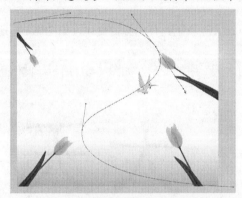

图6-56　人才市场广告

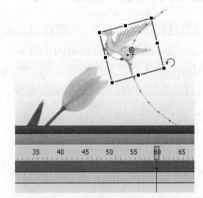

图6-57　处理"图层2"

10.　在【动画编辑器】中，调整第 90 帧中的飞鸟大小，如图 6-58 所示。

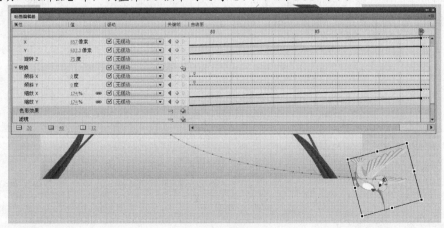

图6-58　人才市场广告

11.　在【动画编辑器】中，调整第 1 帧中的飞鸟 Alpha 值为 "0"，调整第 10 帧中的飞鸟 Alpha 值
　　为 "100"，如图 6-59 所示。

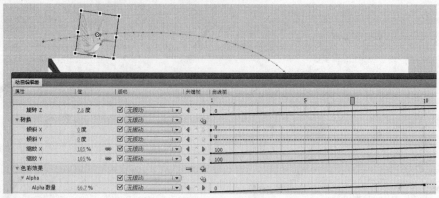

图6-59　处理"图层2"

12. 执行【文件】/【保存】命令。此例参见本书附盘中的"自由飞翔.fla"文件。

6.5　课后作业

1. 打开附盘文件"狗.fla"，利用补间动画实现其由小到大，从无到有的旋转变化，如图 6-60 所示。此例可参见本书附盘中的"窗花.fla"文件。

2. 利用补间形状，通过添加形状提示实现"大"字向"天"字的变形，如图 6-61 所示。此例可参见本书附盘中的"演变字.fla"文件。

图6-60　旋转飞出的招贴

图6-61　文字变形

3. 打开附盘中的"气球（失败）.fla"文件，可以看到补间动画失败，据此进行修改，完成补间动画制作。此例可参见本书附盘中的"气球.fla"文件。

特殊动画

特殊动画，主要指 Flash CS4 中的逐帧动画和滤镜动画。其中逐帧动画是一切动画的基础，之所以放到本章中讲解，是因为制作过程较繁琐，在学习补间动画后再接触它，读者会更容易理解。本讲课时为 3 小时。

① 学习目标

◆ 掌握帧的编辑修改方法。

◆ 掌握【动画预设】面板使用方法。

◆ 掌握利用【影片浏览器】面板辅助动画制作。

◆ 掌握滤镜动画制作的一般方法。

7.1 功能讲解

Flash CS4 为动画制作提供了许多有效的命令和工具，利用它们可以提高动画制作效率，提高动画制作水平。

7.1.1 动画预设

动画预设是预配置的补间动画，可以将它们应用于舞台上的对象。用户只需选择对象并单击【动画预设】面板中的 [应用] 按钮。

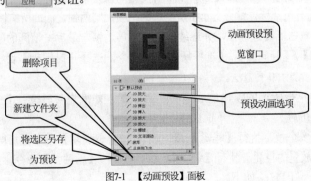

图7-1 【动画预设】面板

使用动画预设是学习在 Flash 中添加动画的基础知识的快捷方法。使用预设可极大节约项目设计和开发的生产时间，特别是在用户经常使用相似类型的补间时，也可以创建并保存用户自己的自定义预设。

要点提示 动画预设只能包含补间动画。传统补间不能保存为动画预设。

在舞台上选中了可补间的对象（元件实例或文本字段）后，可单击 应用 按钮来应用预设。每个对象只能应用 1 个预设。如果将第 2 个预设应用于相同的对象，则第 2 个预设将替换第 1 个预设。

一旦将预设应用于舞台上的对象后，在【时间轴】中创建的补间就不再与【动画预设】面板有任何关系了。在【动画预设】面板中删除或重命名某个预设对以前使用该预设创建的所有补间没有任何影响。如果在面板中的现有预设上保存新预设，它对使用原始预设创建的任何补间没有影响。

每个动画预设都包含特定数量的帧。在应用预设时，在【时间轴】中创建的补间范围将包含此数量的帧。如果目标对象已应用了不同长度的补间，补间范围将进行调整，以符合动画预设的长度。可在应用预设后调整时间轴中补间范围的长度。

包含 3D 动画的动画预设只能应用于影片剪辑实例。已补间的 3D 属性不适用于图形或按钮元件，也不适用于文本字段。可以将 2D 或 3D 动画预设应用于任何 2D 或 3D 影片剪辑。

7.1.2　帧的编辑修改

在上一章的动画制作中，已经涉及了帧的编辑修改工作，比如插入关键帧等。下面对帧的编辑修改进行系统的介绍。

在【时间轴】面板中，可以插入、选择、移动、删除、剪切、复制和粘贴帧，还可以将其他帧转化成关键帧，对于多层动画，还可以在不同的层中移动帧。

(1)　帧的插入，常用方法如下。

- 用鼠标左键单击帧，然后执行【插入】/【时间轴】/【帧】命令、【插入】/【时间轴】/【关键帧】命令或【插入】/【时间轴】/【空白关键帧】命令，就可以插入不同类型的帧。快捷方式：按 F5 键插入帧，按 F6 键插入关键帧，按 F7 键插入空白关键帧。
- 用鼠标右键单击所要选的帧，在弹出的快捷菜单中选择相应的插入命令。

(2)　帧被选择后，呈深色显示，常用如下的选择方法。

- 用鼠标左键单击所要选的帧。
- 按 Ctrl+Alt 键同时用鼠标左键分别单击所要选的帧，可以选择多个不连续的帧。
- 按 Shift 键同时用鼠标左键分别单击所要选的两帧，则两帧之间的所有帧均被选择。
- 用鼠标左键单击所要选的帧，并继续拖动，则第 1 帧与最后一帧间的所有帧均被选择。
- 执行【编辑】/【时间轴】/【选择所有帧】命令，选择【时间轴】面板中的所有帧。

(3)　帧的移动，常用如下方法。

- 用鼠标左键单击所选的帧，然后拖动到新位置。如果拖动时按 Alt 键，会在新位置复制出所选的帧。
- 选择一帧或多个帧，执行【编辑】/【时间轴】/【剪切帧】命令剪切所选帧。用鼠标左键单击所要放置的位置，执行【编辑】/【时间轴】/【粘贴帧】命令粘贴出所选的帧。

(4)　帧的修改，常用方法如下。

- 选择一帧或多个帧，使用【修改】/【时间轴】下的子菜单命令，将所选帧转换为关键帧、空白关键帧或者删除关键帧。
- 当选择多个连续的帧以后，【修改】/【时间轴】下的【翻转帧】命令会有效，利用这个命令可以翻转所选帧的出现顺序，也就是实现动画的反向播放。

与插入帧类似，将其他帧转化成关键帧、清除帧等，都可以使用【插入】菜单命令和单击鼠标右键打开快捷菜单命令。剪切、复制和粘贴帧，可以使用【编辑】/【时间轴】菜单下的命令和单击鼠标右键打开快捷菜单命令。另外，【编辑】/【时间轴】菜单下有复制动画命令，由此可以将动画效果通过粘贴的方式，有选择的赋予其他动画对象，极大简化了工作步骤。

7.1.3 【影片浏览器】面板

【影片浏览器】面板，是一个方便用户进行动画分析、管理和修改的有效根据，可以通过执行【窗口】/【影片浏览器】命令打开，如图 7-2 所示。从中能够方便地看出动画的流程与结构，快速地选择所要查找的对象。同时，这种方法也是分析作品是否合理的有效方法。

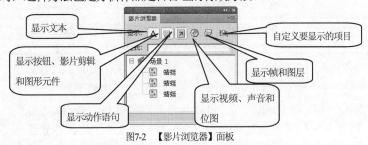

图7-2 【影片浏览器】面板

单击【影片浏览器】面板右侧的 按钮，会弹出一个下拉菜单，主要包含一些方便寻找对象、跳转等菜单命令。

7.1.4 应用滤镜

与 Photoshop 软件类似，Flash 中的滤镜也是用以制作丰富的视觉效果。但其滤镜的应用对象有一定限制，只能是文本、按钮和影片剪辑，而图形元件等对象则不能应用滤镜。由于滤镜的参数可以调整，所以使用补间动画能够让滤镜产生变化，这就是滤镜动画。例如，创建一个具有投影的球（即球体），在时间轴中让起始帧和结束帧的投影位置产生变化，模拟出光源从对象一侧移到另一侧的效果，就可以使用滤镜。

在制作滤镜动画时，为了保证滤镜的变化能够正确补间，Flash CS4 规定了如下原则。

- 如果将补间动画应用于已使用了滤镜的影片剪辑，则在补间的另一端插入关键帧时，该影片剪辑在补间的最后一帧上自动继承它在补间开头所具有的滤镜，并且层叠顺序相同。
- 如果将影片剪辑放在两个不同帧上，并且对于每个影片剪辑都应用了不同的滤镜，且两帧之间又应用了补间动画，则 Flash 首先处理所带滤镜最多的影片剪辑，然后比较分别应用于第 1 个影片剪辑和第 2 个影片剪辑的滤镜。如果在第 2 个影片剪辑中找不到匹配的滤镜，Flash 会生成一个不带参数并具有现有颜色的滤镜。
- 如果两个关键帧之间存在补间动画，将滤镜添加到关键帧中的对象上时，Flash 会在补间另一端的关键帧上自动将相同滤镜添加到影片剪辑中。

- 如果从关键帧中的对象上删除滤镜，Flash 会在补间另一端的关键帧中自动从影片剪辑中删除匹配的滤镜。
- 如果补间动画起始和结束的滤镜参数设置不一致，Flash 会将起始帧的滤镜设置应用于补间。但像挖空、内侧阴影、内侧发光以及渐变发光的类型和渐变斜角的类型，都不会产生补间动画。例如，如果使用投影滤镜创建补间动画，在补间的第 1 帧上应用挖孔投影，而在补间的最后一帧上应用内侧阴影，则 Flash 会更正补间动画中滤镜使用的不一致现象。在这种情况下，Flash 会应用补间第 1 帧所用的滤镜设置，即挖空投影。

7.2 范例解析

这一节通过制作几个实例对前一节相关内容进行梳理，进一步突出重点，打牢基础。

7.2.1 打折广告

创建如图 7-3 所示的图像效果，其中的文字快速变色并有位置的变化。

逐帧动画并不是每一帧都需要有不同的动画内容，也可以间隔几帧。在实际使用中，利用逐帧动画最多的是制作动画对象属性（位置、颜色、大小等）的改变，以产生跳跃、闪烁、变色等频闪效果。这个实例就是利用逐帧动画，产生频闪效果，具体操作如下。

1. 新建一个"550×550"的 Flash 文档，并以文件名"打折.fla"保存。
2. 执行【文件】/【导入】/【导入到舞台】命令，导入附盘中"化妆品背景.jpg"文件。
3. 新建一个命名为"文字"的影片剪辑元件，在其中输入紫红色文字，并分别调整字符大小和间距，具体的设置如图 7-4 所示。
4. 在【时间轴】面板中选择第 5 帧单击鼠标右键，在弹出的快捷菜单中选择【插入关键帧】命令，插入一个关键帧，如图 7-5 所示。

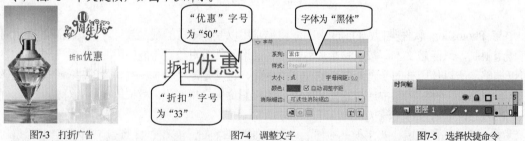

图7-3 打折广告　　　　　　　　　图7-4 调整文字　　　　　　　　　图7-5 选择快捷命令

5. 选择如图 7-6 所示的命令，分别在第 6 帧和第 7 帧分别插入关键帧。用鼠标左键单击第 8 帧，然后向右拖动到第 10 帧，选择第 8 帧、第 9 帧、第 10 帧，按 F6 键同时插入 3 个关键帧，如图 7-7 所示。

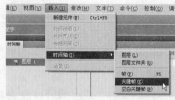

图7-6 插入关键帧

图7-7 同时插入关键帧

6. 选择第 6 帧中的文本，将文字颜色改为 "黄色"。按 [↓] 键两次，按 [→] 键两次，使变为粉红色的文字向右下方移动。

7. 分别选择第 7 帧、第 8 帧中的文本，分别将文字的颜色改为深蓝和浅蓝，将第 8 帧中的文字向右下移动两个单位。

8. 分别选择第 9 帧、第 10 帧中的文本，分别将文字的颜色改为深红和浅红，将第 10 帧中的文字向右下移动两个单位。

9. 选择【时间轴】面板中的第 1 帧单击鼠标左键，然后向右拖动到第 10 帧，使第 1 帧~第 10 帧全选，按 [Alt] 键向右拖动所选帧，在新位置（从第 11 帧开始）复制出所选的帧，如图 7-8 所示。

10. 选择第 11 帧单击鼠标左键，执行【插入】/【时间轴】/【空白关键帧】命令，插入一个空白关键帧，如图 7-9 所示，使第 11 帧~第 14 帧中舞台上没有任何显示。

图7-8　复制出新的帧　　　　　　　　　　　　　　图7-9　插入空白关键帧

11. 单击舞台左上方的 ⇦ 按钮，返回到 "场景 1" 制作。

12. 从【库】面板中将 "文字" 元件拖到舞台中央的右侧。

13. 执行【控制】/【测试影片】命令测试动画，会看到文字不停闪烁变换的效果。此例可参见附盘中的 "打折.fla" 文件。

通过本实例的制作，不仅要掌握一种常见动画效果的实现步骤，还要掌握帧的基本设置方法，这是非常重要的。同时需要注意的是，此例中如果不将文字制作成元件，也可以与导入的图片叠加在一起制作出同样效果，但这样在每个关键帧处都包含图片，会增大最终所发布文件的容量。

7.2.2　桌球

创建如图 7-10 所示的效果，3 个桌球自由弹跳。

动画预设是预配置的补间动画，可以将它们应用于舞台上的对象。用户只需选择对象并单击【动画预设】面板中的动画预设选项，单击 应用 按钮应用，具体操作如下。

1. 新建一个 Flash 文档，并以文件名 "桌球.fla" 保存。

2. 执行【文件】/【导入】/【导入到舞台】命令，导入附盘文件 "桌面背景.jpg"。

3. 新建 "图层 2"，执行【文件】/【导入】/【导入到舞台】命令，导入附盘文件 "桌球 1.png"、"桌球 2.png" 和 "桌球 3.png"，依次排列 3 个桌球，如图 7-11 所示。

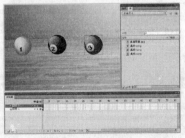

图7-10　桌球　　　　　　　　　　　　　　　　图7-11　排列 3 个桌球

4. 执行【窗口】/【动画预设】命令，打开【动画预设】面板。

5. 选择 "桌球 1" 对象，在【动画预设】面板中选择【默认预设】文件夹中的 "大幅度跳跃" 选项，单击 应用 按钮确定。弹出【将所选的内容转化成元件以进行补间】面板，单击 确定 按钮继续制作，如图 7-12 所示。

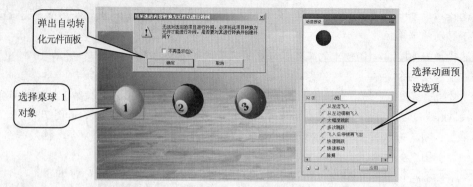

图7-12 应用预设

6. 在【时间轴】面板中，自动为"桌球 1"对象制作补间动画，并放置在独立的"图层 2"中，如图 7-13 所示。

图7-13 制作补间动画

7. 选择"桌球 2"对象，在【动画预设】面板中选择【默认预设】文件夹中的"多次跳跃"选项，单击 应用 按钮确定。弹出【将所选的内容转化成元件以进行补间】面板，单击 确定 按钮继续制作，如图 7-14 所示。

8. 选择"桌球 3"对象，在【动画预设】面板中选择【默认预设】文件夹中的"波形"选项，单击 应用 按钮确定。弹出【将所选的内容转化成元件以进行补间】面板，单击 确定 按钮继续制作，如图 7-15 所示。

9. 同时选择 4 个图层的第 80 帧，按 F5 键延续帧，如图 7-16 所示。

图7-14 应用预设　　　　　　图7-15 应用预设　　　　　　图7-16 【时间轴】面板

10. 选择"桌球 1"对象，显示其对应路径，选择并移动路径到画面左上角，如图 7-17 所示。

11. 选择"桌球 2"对象，显示其对应路径，选择并移动路径到画面右上角，如图 7-18 所示。

12. 选择"桌球3"对象，显示其对应路径，选择并移动路径到画面下方，如图7-19所示。

图7-17　移动桌球1路径位置

图7-18　移动桌球2路径位置

图7-19　移动桌球3路径位置

13. 执行【控制】/【测试影片】命令测试动画，会看到 3 个桌球自由运动的效果。此例可参见附盘中的"桌球.fla"文件。

通过本实例的制作，使用动画预设是学习在 Flash 中添加动画的基础知识的快捷方法。一旦了解了预设的工作方式后，读者自己制作动画就非常容易了。读者可以创建并保存自己的自定义预设。这可以来自己修改的现有动画预设，也可以来自读者自己创建的自定义补间。

7.2.3　动感地带

创建如图 7-20 所示的效果，汽车图片在快速水平振荡中产生虚实变化。虚实变化利用滤镜来实现，其中再结合自定义缓入/缓出设置产生水平振荡。

【操作提示】

1. 新建一个背景颜色为"黑色"的"550×550"像素的 Flash 文档，并将文件保存为"汽车广告.fla"文件。

2. 执行【文件】/【导入】/【导入到舞台】命令，导入附盘中的"车背景.jpg"文件。

3. 新建"图层 2"，执行【文件】/【导入】/【导入到舞台】命令，导入附盘中的"车.png"文件，将其放在舞台下方中央，并转换为影片剪辑元件"动感"。

4. 进入"动感"元件，并转换为影片剪辑元件"车"。

5. 在【时间轴】面板中，选择第 13 帧按 F6 键插入关键帧，单击鼠标右键在弹出的快捷菜单中选择【创建补间动画】命令，准备创建补间动画。

6. 选择第 13 帧中舞台上的"车"元件实例。在【属性】面板单击 ▽ 滤镜 选项卡，打开【滤镜】面板。单击 按钮，从打开的菜单中选择【模糊】命令，然后将【模糊 X】设置为"80"，【模糊Y】设置为"0"，【品质】选项设置为"高"，如图 7-21 所示。

7. 选择第 20 帧按 F6 键插入关键帧，选择当前帧中的"车"元件实例，按 → 键 3 次，调整其位置。在【滤镜】面板中，仅将【模糊X】修改为"0"，如图 7-22 所示。

图7-20　动感地带

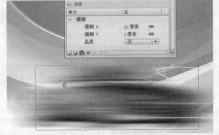

图7-21　应用【模糊】滤镜

图7-22　调整参数

8. 在【时间轴】面板中选择第 13 帧。在【动画编辑器】面板中单击 ▼ 缓动 选项卡，单击 ➕ 按钮，从打开的菜单中选择【弹簧】命令，如图 7-23 所示。

9. 在【时间轴】面板中增加一个"图层 3"，输入黄色楷体文字"动感地带"，大小为"30"。

10. 选择 工具，调整文字倾斜，如图 7-24 所示。

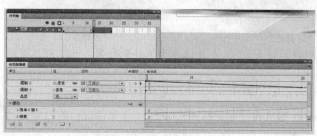

图7-23 设置【自定义缓入/缓出】 图7-24 调整文字倾斜

11. 将文字"动感地带"进一步复制调整，形成最终的三行文字效果。

12. 使用【控制】/【测试影片】命令测试动画。此例可参见附盘中的"汽车广告.fla"文件。

7.3 课堂实训

这一节通过两个例子的制作，讲述补间动画制作中如何应用了更多的创作手段，产生了更加复杂的效果。

7.3.1 可爱熊

创建如图 7-25 所示的效果，可爱熊眨着漂亮的大眼睛，向你诉说着心语。

逐帧动画也经常被用来制作循环动画，比如人的走动等。这个实例就利用逐帧动画实现了卡通眼睛和嘴的循环动作。

【步骤提示】

1. 新建一个 Flash 文档，并将文件保存为"可爱熊.fla"文件。

2. 执行【导入】/【打开外部库】命令，将附盘中的"小熊.fla"文件在当前【库】面板打开，将 3 个元件全选后复制到新建文档的【库】中，如图 7-26 所示。

切换大新文件【库】，粘贴元件

同时选择 3 个元件并复制

图7-25 可爱熊 图7-26 导入元件

3. 在"可爱熊.fla"的【库】面板中双击"眼睛"元件，进入其编辑修改界面。

4. 选择第 14 帧插入关键帧，选择第 1 帧的眼睛，利用 工具修改图形，如图 7-27 所示。

5.　选择第 12 帧插入关键帧，利用 工具修改图形，如图 7-28 所示。

6.　第 13 帧插入关键帧，利用 工具修改图形，如图 7-29 所示。

图7-27 修改眼睛

图7-28 调整眼睛形状

图7-29 调整眼睛形状

7.　选择第 13 帧，按 Alt 键向右拖动，在第 15 帧复制出新帧。

8.　选择第 12 帧，按 Alt 键向右拖动，在第 16 帧复制出新帧，如图 7-30 所示。

9.　在【库】面板中双击"嘴巴"元件，进入其编辑修改界面。

10.　选择第 2 帧插入关键帧，利用【变形】面板在垂直方向将嘴部压缩 60.0%。

11.　选择第 3 帧插入关键帧，在垂直方向再将嘴部压缩 60.0%。

12.　选择第 4 帧插入关键帧，调整嘴的形状，删除其中的粉红色部分。

13.　在【时间轴】面板中，选择第 3 帧，按 Alt 键向右拖动，在第 5 帧放置新复制出的帧。

14.　将第 2 帧复制到第 6 帧，比较 1~6 帧的嘴型如图 7-31 所示。

图7-30 复制出新帧

图7-31 调整嘴的形状

15.　单击【时间轴】面板下方的 按钮，返回到场景 1 制作。

16.　从【库】面板中，将三个元件拖入舞台，构成可爱熊的形象。

17.　执行【控制】/【测试影片】命令测试动画，就会看到小熊开口说话的形象。此例可参见附盘中的"可爱熊.fla"文件。

7.3.2　炫彩

创建如图 7-32 所示的图像效果，背景光影流动，文字辉光闪动，渲染一种神秘细腻的气氛。

利用混合模式叠加图层效果，可以有效的融合图形效果，使动画效果更加融入背景图像的气氛中，文字滤镜的色彩变化可以在【动画编辑器】中灵活方便地调整。

图7-32 炫彩

【步骤提示】

1.　新建一个 Flash 文档，并将文件保存为"炫彩.fla"文件。

2.　执行【文件】/【导入】/【导入到舞台】命令，导入附盘文件"光影.jpg"。

3.　新建"图层 2"，导入附盘文件"辉光.png"。选择"辉光"对象，单击鼠标右键在弹出的快捷菜单中选择【转换为元件】命令，创建"辉光闪"影片剪辑元件，如图7-33所示。

4. 在舞台上，双击元件进入编辑状态。选择第 1 帧，单击鼠标右键在弹出的快捷菜单中选择【创建补间动画】命令，准备创建补间动画，如图7-35所示。

图7-33　创建元件　　　　　　　　　　　　　　　　图7-34　编辑元件

5. 移动播放头到12帧，选择图形，按住 Shift 键，等比例放大图形。

6. 单击⇐按钮，返回"场景1"。

7. 选择元件，在【属性】面板，从【混合】下拉列表中选择【叠加】混合模式，混合图形显示效果，如图 7-35 所示。

8. 为元件实例应用【模糊】滤镜，将【模糊 X】、【模糊 Y】设置为"50"，【品质】选项设置为"低"，如图 7-36 所示，辉光的融合效果更加细腻柔和。

图7-35　设置混合模式　　　　　　　　　　　　　　图7-36　添加滤镜

9. 新建"图层 3"，选择T工具，输入"炫彩"黑体浅蓝色文字，选择文字对象，单击鼠标右键在弹出的快捷菜单中选择【转换为元件】命令，创建"文字"影片剪辑元件，如图 7-37 所示。

10. 在舞台上，双击元件进入编辑状态。

11. 为元件实例应用【发光】滤镜，将【模糊 X】、【模糊 Y】设置为"20"，【强度】设置为"200%"，【颜色】设置为"#FF32FF"，如图 7-38 所示。

图7-37　转换为元件　　　　　　　　　　　　　　图7-38　调整发光色彩

12. 选择第 1 帧，单击鼠标右键在弹出的快捷菜单中选择【创建补间动画】命令，准备创建补间动画。

13. 在【动画编辑器】面板，移动播放头至第 6 帧，【发光】滤镜的【颜色】设置为"#FFFF00"，如图 7-39 所示。

图7-39　改变辉光色彩

14. 移动播放头至第12帧，【发光】滤镜的【颜色】设置为"#65FF00"，如图 7-40 所示。

图7-40　再次改变辉光色彩

15. 单击按钮，返回"场景 1"。测试影片，会看到文字循环闪光，背景上闪烁着细腻的蓝色光芒。此例可参见附盘中的"炫彩.fla"文件。

7.4　综合案例——圣诞贺卡

创建如图 7-41 所示的图像效果，圣诞树上星光闪烁，圣诞老人带着圣洁的光芒移入画面，"圣诞快乐"几个字从天而降进入画面。星光闪烁主要利用逐帧动画实现，圣诞老人发出的辉光则利用滤镜完成。

【步骤提示】

1. 打开附盘文件"圣诞（素材）.fla"，修改文档的背景颜色为"黑色"，使动画持续时间延长到第45帧。

2. 创建一个影片剪辑元件"星"，将【笔触颜色】设为无，在【颜色】面板中设置渐变颜色，如图 7-42 所示。

图7-41　圣诞贺卡

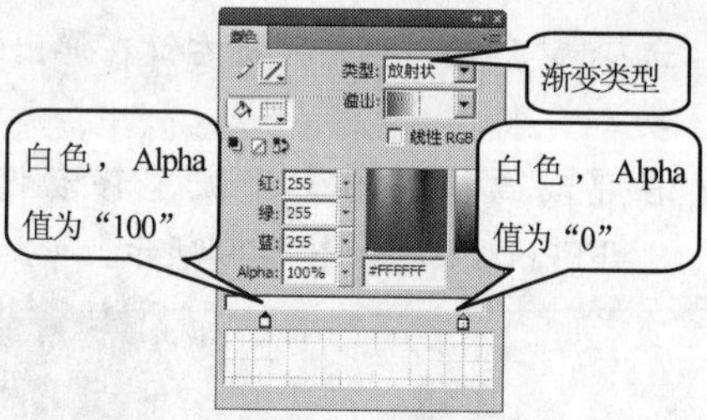

渐变类型

白色，Alpha
值为"100"

白色，Alpha
值为"0"

图7-42　设置渐变颜色

3. 选择 ◯ 工具，将【笔触颜色】设为无，设置其参数，如图7-36所示。

4. 按 Shift 键画出一个星形，在【属性】面板中设置其【宽】和【高】数值为"18.0"。

5. 选择第 2 帧插入关键帧，然后调整星形位置并适当旋转，直到第 7 帧。每一帧中星形的位置和角度都有变化，但最终要使星形的运动能够循环进行，如图 7-43 所示。

6. 返回场景 1 中，增加"图层 2"，从【库】面板中将"圣诞老人.png"拖到舞台，然后转换成影片命名为"老人"的剪辑元件，应用【发光】滤镜，如图 7-44 所示。

图7-43　调整参数

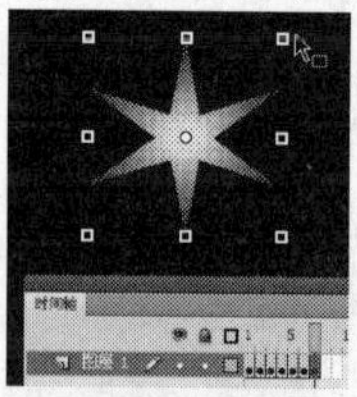

图7-44　调整位置和角度

应用【发光】滤镜

黄色

图7-45　应用【发光】滤镜

7. 增加"图层 3"，从【库】面板中将"星"元件拖到舞台，与圣诞树重合。

8. 增加"图层 4"，选择第 10 帧插入关键帧，输入文字"圣诞快乐"，然后在第 10～20 帧制作动画，使文字从舞台外的上方下落到舞台。

9. 测试动画，就会看到精美的圣诞贺卡。此例可参见附盘中的"圣诞贺卡.fla"文件。

7.5　课后作业

1. 如图 7-45 所示，使"超人气网站"文字产生闪烁的效果，其中斑马线边框在闪烁过程中还有颜色变化。此例可参见附盘中的"网站.fla"文件。

图7-46　"超人气网站"效果

2. 如图 7-46 所示，使"梦开始的地方"文字产生水平虚化的效果，然后替换文字，文字由虚变实后成为"高新区欢迎您"。此例可参见附盘中的"梦.fla"文件。

图7-47　"超人气网站"效果

3. 修改综合案例一节讲述的实例，通过插入帧使星光运动速度减半，利用滤镜为文字加一个内侧发光的红边，如图 7-47 所示。此例可参见附盘中的"圣诞快乐（修改）.fla"文件。

图7-48　圣诞快乐

第 8 讲

图层动画

这一章介绍的图层动画制作，并不是指单纯的图层叠加，而是一些特殊的图层动画效果，是解决动画对象复杂变化的有效方法。本讲课时为 3 小时。

学习目标

◆ 掌握传统运动引导层动画制作。

◆ 理解遮罩层动画的含义。

◆ 掌握遮罩层动画制作。

◆ 理解应用场景的意义。

8.1 功能讲解

图层动画制作，主要是指运动引导层动画和遮罩层动画。而场景则是大型动画制作中，分工协作的有利工具。

8.1.1 传统运动引导层动画

在 Flash CS4 中新补间动画已经具备引导层动画的特征，但是仍然保留传统运动引导层动画的功能。在【时间轴】面板中，在层名前有 标志的就是运动引导层。运动引导层，可以起到设置运动路径的导向作用，使与之相链接的被引导层中的对象沿此路径运动。设置运动引导层和被引导层，可以采用下面的方法。

- 用鼠标右键单击图层名，在打开的快捷菜单中选择【添加传统运动引导层】命令，在当前图层上增加一个运动引导层，当前图层变成被引导层。

- 用鼠标右键单击图层名，在打开的快捷菜单中选择【引导层】命令，当前图层变成引导层。将引导层下方的图层，稍向右上拖动，此图层将会变成被引导层，被引导层图标向右缩进。引导层也将改变为运动引导层。

- 选择某个图层，执行【修改】/【时间轴】/【图层属性】命令，打开【图层属性】面板，选择【引导层】。

- 选择被引导层，单击 按钮会在其上增加一个被引导层。

运动引导层动画实际上是传统补间动画的特例。它是在传统补间动画，又添加了运动轨迹的控制。绘制的矢量图形，如果不建组或者转换成元件，同样也无法用于运动引导层动画。

8.1.2　遮罩层动画

在 Flash CS4 中，遮罩层前面用▨图标表示，与之相链接的被遮罩层前面用▨图标表示。遮罩层中有动画对象存在的地方都会产生一个孔，使与其链接的被遮罩层相应区域中的对象显示出来；而没有动画对象的地方会产生一个罩子，遮住链接层相应区域中的对象。遮罩层中动画对象的制作与一般层中基本一样，矢量色块、字符、元件以及外部导入的位图等都可以在遮罩层产生孔。对于遮罩层的理解，可以将它看作是一般层的反转，其中有对象存在的位置为透明，空白区域则为不透明。遮罩层只能对与之相链接的层起作用，这与前面所讲的运动引导层是一样的。

制作遮罩效果前，【时间轴】面板中起码要有两个图层，比如"图层 1"和"图层 2"。可以采用下面的方法设置遮罩层和被遮罩层。

- 用鼠标右键单击"图层 2"的层名，在打开的快捷菜单中选择【遮罩层】命令，将"图层 2"变成遮罩层，其下方的"图层 1"自动变成被遮罩层，两个层都自动被锁定。
- 选择某个图层，执行【修改】/【时间轴】/【图层属性】命令，打开【图层属性】对话框，点选【遮罩层】或【被遮罩层】选项。
- 选择被遮罩层，单击▣按钮会在其上增加一个被遮罩层。

遮罩本身的颜色并不重要，它仅仅起到遮挡作用。如果将遮罩层和被遮罩层其中一个解除锁定，在舞台上就不会看到遮罩效果，但使用【控制】/【测试影片】命令，以及在最终发布时依然能够看到遮罩效果。

8.1.3　场景

"场景"一词借鉴了影视制作中的术语，但在 Flash CS4 中其含义有了一定的变化，将主要对象没有改变的一段动画制作成一个场景，这与影视作品中的一个镜头很相像。使用场景的好处和模块化设计的优势一样，便于分工协作，便于修改。前面制作的动画比较简单，所以在一个场景中就可以完成。而对于复杂的动画制作，一定要养成分场景完成的习惯。

执行【窗口】/【其他面板】/【场景】命令，会打开【场景】面板，如图 8-1 所示。从中选择某个场景，舞台上方就会出现相应的图标显示，表明进入了这一场景的制作。还可以使用【插入】/【场景】命令增加场景。在【场景】面板中上下拖动所选择的场景，可以调整它们的排列顺序，最上面的将在作品中先播放。双击面板内的场景名，可以为其更名。

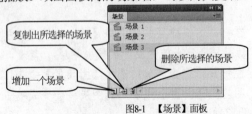

图8-1　【场景】面板

单击【时间轴】面板下方右侧的▨按钮，也可以从其下拉列表中进行场景选择，以实现场景间的跳转。

8.2 范例解析

下面通过几个范例，讲解补间动画和传统补间动画的设计方法与应用技巧。

8.2.1 游动的鲨鱼

在舞台上，鲨鱼沿一条曲线路径漫游，如图 8-2 所示。

【操作提示】

1. 新建一个 Flash 文档，并将文件为保存"游动的鲨鱼.fla"文件。
2. 将附盘文件"海洋.jpg"导入到舞台。
3. 新建"图层 2"，将附盘文件"鲨鱼.swf"导入到舞台，默认状态转化为图形元件。
4. 在【时间轴】面板图层选择区，选择"图层 2"，单击鼠标右键在弹出的快捷菜单中选择【添加传统运动引导层】命令，增加一个运动引导层，而"图层 2"层自动变成了被引导层，如图 8-3 所示。
5. 保持运动引导层被选择状态，选择 🖊 工具，在舞台上画出一条路径曲线，如图 8-4 所示。

图8-2 游动的鲨鱼

图8-3 增加运动引导层

图8-4 画路径曲线

6. 锁定运动引导层，拖动舞台上的"导弹"元件，使其中心点吸附到曲线路径的左端点，然后旋转导弹使其与曲线路径方向一致，如图 8-5 所示。工具栏中的 🧲 按钮必须激活，这样有利于吸附调整。
7. 在运动引导层的第 30 帧，插入帧。在"图层 2"的第 30 帧，插入关键帧。
8. 拖动"图层 2"第 30 帧中的"鲨鱼.swf"元件，使注册点（中心点）吸附到曲线路径的右端点，缩小导弹比例并调整旋转方向使之与路径方向一致，如图 8-6 所示。
9. 创建第 1 帧~第 30 帧的补间动画，在【属性】面板中，设置相关参数，如图 8-7 所示。

图8-5 调整元件位置　　　　图8-6 旋转元件　　　　　　　　图8-7 设置补间动画

10. 用鼠标右键单击"图层 2"的第 15 帧，在打开的快捷菜单中选择【转换为关键帧】命令，使第 15 帧成为关键帧。在【属性】面板中，将【缓动】数值设为"50"，如图 8-8 所示。
11. 选择第 15 帧舞台上的导弹，沿曲线路径向左拖动，调整旋转方向使之与路径方向一致，如图 8-9 所示。

图8-8 变速调整

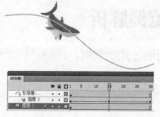

图8-9 设置补间动画

12. 执行【控制】/【测试影片】命令，会看鲨鱼沿着曲线路径逐渐飞出，速度由慢到快，而运动
路径并没有显示。此例可参见附盘文件"游动的鲨鱼.fla"。

8.2.2 扫光文字

创建如图 8-10 所示的效果，棕黄色文字上有一道光线从左
向右划过，形成常见的扫光文字效果。

实现这一效果，主要利用遮罩层动画与其他图层的叠加显
示。

【操作提示】

图8-10 扫光文字

1. 新建一个尺寸为"600×300"像素的 Flash 文挡，并将文件
为保存"扫光文字.fla"文件。

2. 执行【文件】/【导入】/【导入到舞台】命令，导入附盘文件"光影百年.jpg"。

3. 增加"图层 2"，在舞台上方输入"经典影视回顾"，在【属性】面板中设置字体为"隶
书"，字体大小为"74"，颜色为"棕黄色"。

4. 增加"图层 3"，用鼠标右键选择"图层 2"的第 1 帧，从快捷菜单中选择【复制帧】命令，然后用
鼠标右键选择"图层 3"的第 1 帧，从快捷菜单中选择【粘贴帧】命令。

5. 将"图层 3"中文字颜色改为浅黄色"#FFFF00"。

6. 增加"图层 4"，打开【混色器】面板，选择【填充颜色】，设置渐变颜色，如图 8-11 所示。

7. 在舞台上绘制一个【笔触颜色】为无色的长方形，然后调整出如图 8-12 所示的光束图形。

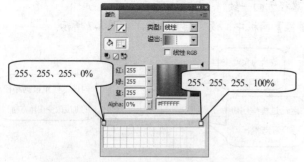

255、255、255、0%

255、255、255、100%

图8-11 设置渐变色

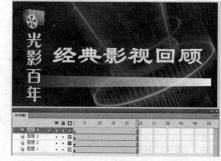

图8-12 制作光束

8. 选择舞台上的光束对象，将其转换为图形元件"遮罩"，使用 工具调整"遮罩"元件实例
的旋转中心，如图 8-13 所示。

9. 调整光束位置，然后将其旋转，如图 8-14 所示。

10. 分别选择"图层1"、"图层2"和"图层3"的第24帧，插入帧。选择"图层4"的第1帧，单击
鼠标右键在弹出的快捷菜单中选择【创建补间动画】命令，准备创建补间动画。

11. 将播放头拖动到第 24 帧，使用 ▥ 工具旋转 "图层 4" 中的 "遮罩" 元件实例，使其位于扫过文字后的位置。

12. 用鼠标右键单击 "图层 4" 的层名，在打开的快捷菜单中选择【遮罩层】命令，"图层 4" 变成遮罩层，其下方的 "图层 3" 自动变成了被遮罩层，两个层都自动被锁定，如图 8-15 所示。

图8-13 调整变形点

图8-14 调整光束

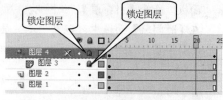

图8-15 改变层类型

13. 在【时间轴】面板中拖动播放头，会看到文字中产生了黄色的过光效果。此例可参见附盘中的 "扫光文字.fla" 文件。

8.3 课堂实训

这一节通过两个例子的制作，讲述补间动画制作中如何应用更多的创作手段，以产生更加复杂的效果。

8.3.1 漆彩生活

创建如图 8-16 所示的油漆广告效果，不同色块上分别飘下不同的字符，明快的色彩、飘动的字符给人以靓丽清新的感觉。

一个运动引导层可以链接多个被引导层，这样就可以实现多个动画对象沿同一条路径运动的效果。同时，一个运动引导层中还可以有多条曲线路径，以引导多个动画对象沿不同的路径运动。这些就是本例的应用重点。

图8-16 漆彩生活

【步骤提示】

1. 打开附盘中的 "漆彩生活（素材）.fla" 文件，将舞台上的元件实例复制出 3 个，并调整颜色、位置和旋转，如图 8-17 所示。

2. 增加 "图层 2"，在舞台上输入 "漆彩生活" 文字。选择文本，执行【修改】/【分离】命令，打散字符 "漆彩生活"，使每个字符成为单个对象，如图 8-18 所示。

图8-17 设置变形比例

图8-18 分离字符

3. 执行【修改】/【时间轴】/【分散到图层】命令，打散后的字符将按输入顺序分配到自动增加的 4 个层中。

4. 依次选择单个字符，转换为相应的影片剪辑元件 "漆"、"彩"、"生" 和 "活"。

5. 选择 "图层 2"，在工具面板选择 ✏ 工具，在【选项】下选择 S.平滑，在舞台上画出 4 条路径曲线，如图 8-19 所示。

6. 确认 "图层 2" 仍被选择，执行【修改】/【时间轴】/【图层属性】命令，打开【图层属性】面板，选择【引导层】，如图 8-20 所示，将 "图层 2" 变为一个普通引导层。

7. 在【时间轴】面板中，拖曳 "漆" 层到 "图层 2" 下方，此时 "图层 2" 由普通引导层变为运动引导层，"漆" 层变为被引导层，如图 8-21 所示。

图8-19 绘制路径曲线

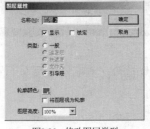
图8-20 修改图层类型

图8-21 改变层类型

8. 依次拖曳 "彩" 层、"生" 层和 "活" 层到 "图层 2" 下方，使其变成被引导层。

9. 同时选择 "漆" 层到 "活" 层的第 25 帧，按 F6 键同时插入了 4 个关键帧。选择 "图层 1" 和 "图层 2" 的第 25 帧，按 F5 键。

10. 同时选择漆"、"彩"、"生" 和 "活" 层第 1 帧，单击鼠标右键在弹出的快捷菜单中选择【创建传统补间】命令。

11. 锁定 "图层 1"，调整各层第 25 帧中的文字吸附到曲线路径的下端，如图 8-22 所示。

12. 依次调整第 1 帧对应各图层中文字的位置，使字符吸附于各条路径的上端，如图 8-23 所示。

吸附到曲线路径的下端
图8-22 调整字符位置

图8-23 调整字符位置

13. 制作运动引导层动画，使文字沿曲线路径运动并随着路径曲率变化产生旋转。

14. 同时选择所有图层的第 40 帧，按 F5 键插入帧，使字符下落后能够静止一段时间。

15. 执行【控制】/【测试影片】命令，读者就会看依次飞出后，字符飘然下落。此例可参见附盘中的 "漆彩生活.fla" 文件。

在这个实例中使用了【分散到图层】命令，它将按舞台上对象的多少增加图层数，最先出现在舞台上的对象，将放在最上面一层，依次类推。各个层按下面的原则命名。

- 对于元件、位图和视频片段，以它们的名称命名层名。
- 对于命名的元件实例，以实例名称命名层名。
- 对于单个字符，以字符命名层名。
- 对于绘制的图形，以 "图层 1"、"图层 2" 等命名层名。

8.3.2 高耸建筑

创建如图 8-24 所示的图像效果，高楼边缘有一道亮光划过，凸显楼层高耸的感觉。遮罩层动画存在一个问题，就是并非所有的可显示对象都可以在遮罩层中产生孔，并使被遮罩层中的对象透出来。比如，用直线工具、铅笔工具、钢笔工具和墨水瓶工具制作的矢量线条，就不能在遮罩层中产生孔。这个实例就主要讲解相应的解决办法。

【步骤提示】

1. 创建一个新 Flash 文档，设置尺寸为 "550×400" 像素。
2. 执行【文件】/【导入】/【导入到舞台】菜单命令，导入光盘文件 "建筑.jpg"，如图 8-25 所示。

图8-24 高耸建筑

图8-25 引入位图

3. 新建 "图层 2"，选择 ＼ 工具，将【笔触颜色】选 "浅蓝色"，【笔触高度】设为 "4"，如图 8-59 所示绘制出高楼的轮廓。
4. 新建 "图层 3"，按 F5 键，延续所有图层到第 25 帧。
5. 打开【颜色】面板，将【笔触颜色】设为无，选择填充颜色的【类型】为 "线性" 渐变类型，选择扩展溢出类型，设置两个色标为白色，但右侧色标【Alpha】数值为 "0%"，如图 8-26 所示。
6. 在【时间轴】面板中选择 "图层 3"，使用 ▢ 工具绘制一个长方形。单击鼠标右键在弹出的快捷菜单中选择【创建补间动画】命令，旋转第 1 帧矩形的角度如图 8-27 所示。

图8-26 绘制边线

图8-27 调整渐变色

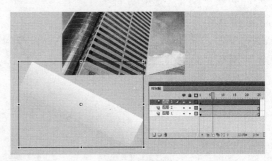

图8-28 调整图形

7. 移动播放头至 25 帧，移动矩形的位置到舞台的右上角，如图 8-29 所示。
8. 双击的层名，在新面板中选择【遮罩层】命令。
9. 拖曳 "图层 3" 至 "图层 2" 下方，使其变为被遮罩层，如图 8-30 所示。
10. 在【时间轴】面板中拖动播放头，你会看到遮罩层动画并没有实现。
11. 取消对 "图层 2" 的锁定，选择第 1 帧，使这一帧中的所有对象被选择。
12. 执行【修改】/【形状】/【将线条转换为填充】命令，将舞台上矢量线转换成矢量图形。
13. 执行【控制】/【测试影片】命令，你会看到遮罩效果产生了，在高楼四周出现了不断划过的亮线，如图 8-31 所示。此例可参见光盘中的 "高耸建筑.fla" 文件。

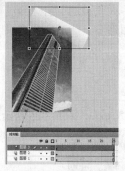
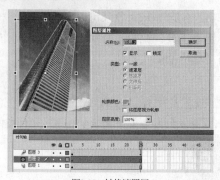

图8-29　移动元件位置　　　　　　　　　　　　图8-30　转换遮罩层　　　　　　　　　　图8-31　测试效果

　　　在这个实例中，执行【修改】/【形状】/【将线条转换为填充】命令将舞台上的矢量线转换成矢量图形，这是能否实现遮罩效果的关键。转换后，虽然从表面看不出任何变化，但对象的性质已经发生了转变。

8.4　综合案例——传统精美折扇

　　　创建如图 8-32 所示的图像效果，要求能够准确地表达出传统文化的韵味，而且动画效果简洁生动。通过这个实例，使大家学习特定命题作品的构思方法和表现技巧。

　　　在制作本例中，先利用旋转复制功能制作扇子的龙骨，并利用【分散到图层】命令将龙骨分散到图层中，顺势推延 1 帧，就比较轻松地模拟出扇骨展开的逐帧动画效果。再利用圆环旋转遮罩动画，制作扇面展开的效果。

【步骤提示】

1.　新建一个 Flash 文档。

2.　新建"扇骨"影片剪辑元件。在工具栏中选择 ▢ 工具，设置边线为黑色，在舞台中绘制木质渐变矩形，如图 8-33 所示。

3.　增加"图层 2"，绘制一个宽、高均为 400 的圆形，并使其相对中心位置对齐。

4.　新建"扇骨-总"影片剪辑元件。选择 ▦ 工具移动元件的旋转中心，使其和舞台中心对齐，复制出一组扇骨，如图 8-34 所示。

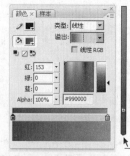

图8-32　传统精美折扇　　　　　　图8-33　调整边线的弧度　　　　　　　　图8-34　旋转复制扇骨

5.　选择舞台中的所有扇骨，在【变形】面板中，设置【旋转】选项参数为"-75 度"，按 Enter 键确定。将扇骨的角度调正。

6.　选择【分散到图层】命令，在"图层1"的下方增加 16 个新图层。

7.　按照从下至上的顺序，除最后 1 层外，依次将新增图层中的关键帧向后移动 1 帧，使每 1 层都间隔 1 帧，延续帧到 16 帧，如图 8-35 所示。

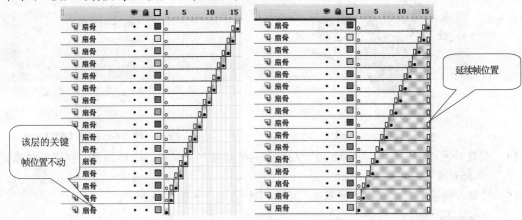

图8-35　创建扇骨展开动画

8.　选择基本椭圆工具 ◎，绘制一个正圆形，如图 8-36 所示。

9.　修改图形改为圆环，效果如图 8-37 所示。

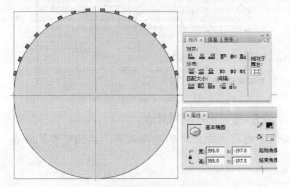

图8-36　设置圆形尺寸

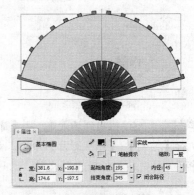

图8-37　调整图形的【内径】

10.　选择圆环，复制对象。选择"图层 18"层第 1 帧，执行【编辑】/【粘贴到当前位置】命令粘贴对象，如图 8-38 所示。

11.　导入光盘对应目录中选择"招贴.jpg"文件，使其填充到扇面上，如图 8-39 所示。

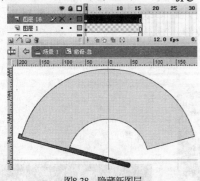

图8-38　隐藏新图层

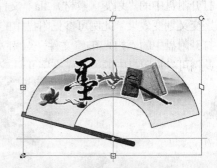

图8-39　调整位图的位置和形状

12.　选择"图层 1"层中的所有对象，转换为元件"扇面"影片剪辑元件，设置透明度为"95%"，如图 8-40 所示。

13.　选择"图层 18"层的圆环，在修改为如图 8-41 所示效果。

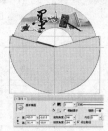

图8-40　设置扇面的透明度　　　　　　　　　　　图8-41　设置基本椭圆工具【属性】面板

14. 创建补间动画。选择"图层 18"层的第 16 帧增加关键帧。选择第 16 帧中的对象，旋转
　　"155.0 度"，如图 8-42 所示。

15. 选择"图层 18"层转化为遮罩层。延续到第 60 帧，如图 8-43 所示。

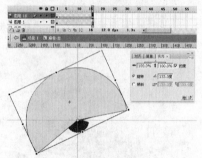

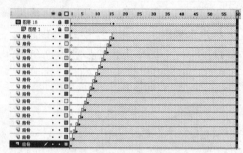

图8-42　旋转半圆形　　　　　　　　　　　　　图8-43　完成后的动画图层排列效果

16. 单击<img>场景 1</img>按钮回到场景 1，从【库】中将"扇骨-总"元件拖到舞台。

17. 执行【控制】/【测试影片】命令，就会看按设定场景依次出现的动画效果。此例可参见附盘
　　中的"传统精美折扇.fla"文件。

8.5　课后作业

1. 打开附盘中的"蜜蜂.fla"文件，利用运动引导层动画使其由花盘旋飞回蜂巢，如图 8-44 所
　　示。此例可参见附盘中的"蜜蜂归巢.fla"文件。

2. 打开附盘中的"划变（素材）.fla"文件，对相关元件进行修改，最终形成如图 8-45 所示的十
　　字交叉划变效果。此例可参见附盘中的"划变.fla"文件。

3. 打开附盘中的"扫光.fla"文件，对相关元件进行修改，最终形成如图 8-46 所示的虚光效果。
　　此例可参见附盘中的"虚光文字.fla"文件。

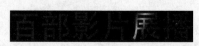

图8-44　蜜蜂归巢　　　　　　　　图8-45　十字交叉划变效果　　　　　　　图8-46　虚光文字

第9讲

3D 工具和骨骼工具

在 Flash CS4 每个影片剪辑实例的属性中包括 z 轴来表示 3D 空间。使用【3D 平移】和 3D 旋转】工具沿着影片剪辑实例的 z 轴移动和旋转影片剪辑实例，可以向影片剪辑实例中添加 3D 透视效果。Flash CS4 新增了反向运动功能，是一种使用骨骼关节结构对一个对象或彼此相关的一组对象进行动画处理的方法。使用骨骼，元件实例和形状对象可以按复杂而自然的方式移动，提升具有骨骼结构形体的动画制作效果。本讲课时为 3 小时。

① 学习目标

- ◆ 掌握三维空间概念。
- ◆ 掌握【3D平移】和【3D旋转】工具。
- ◆ 掌握【骨骼】和【绑定】工具。

9.1 功能讲解

在 Flash 舞台的 3D 空间中移动和旋转影片剪辑创建 3D 效果。Flash 通过在每个影片剪辑实例的属性中包括 z 轴来表示 3D 空间。通过使用【3D 平移】工具和【3D 旋转】工具沿着影片剪辑实例的 z 轴移动和旋转影片剪辑实例，可以向影片剪辑实例中添加 3D 透视效果。

9.1.1 二维空间与三维空间

二维空间（2D）是指仅由长度和宽度（在几何学中为 x 轴和 y 轴）两个要素所组成的平面空间，只在平面延伸扩展，二维空间呈面性。同时也是美术上的一个术语，例如，绘画就是将三度空间的事物，用二度空间来展现。

三维空间（3D）是指长、宽、高构成的立体空间，三维空间呈体性。三维空间的长、宽、高 3 条轴是说明在三维空间中的物体相对原点 O 的距离关系。

在 3D 最重要的理论就是超出 x 和 y 存在的另一个表示深度的维度 z，如图 9-1 所示。对于 Flash 而言，意味着物体远离观察者时 z 轴将增大，临近观察者时 z 轴将减小。

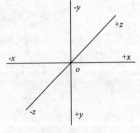

图9-1　3D 坐标系

9.1.2 【3D 旋转】工具

【3D 旋转】工具 可以在三维空间中旋转影片剪辑实例。舞台中的 3D 旋转控件用不同色彩代表不同的旋转操作，其中红色绕 x 轴线旋转、绿色绕 y 轴线旋转、蓝色绕 z 轴线旋转、橙色的自由旋转控件可同时绕 x 和 y 轴旋转，如图 9-2 所示。

【3D 旋转】工具 包括全局模式和局部模式，通过单击【工具】面板的【选项】部分中的【全局转换】 按钮进行转换，如图 9-3 所示。在使用【3D 旋转】工具进行拖动的同时按 D 键可以临时从全局模式切换到局部模式。

【3D 旋转】工具 的使用，涉及【属性】和【变形】面板的使用，如图 9-4 和图 9-5 所示。

图9-2 全局【3D 旋转】工具模式　　图9-3 局部【3D 旋转】工具模式　　图9-4 【属性】面板相关选项　　图9-5 【变形】面板相关选项

【属性】面板相关选项的作用如下。

- 透视角度 ：能够缩放舞台视图。更改透视角度效果与照相机镜头缩放类似。
- 消失点 ：在舞台上能够平移 3D 对象。

每个 FLA 文件只有一个"透视角度"和"消失点"设置。

【变形】面板相关选项的作用如下。

- 3D旋转：参数化设置 x、y、z 方向值。
- 3D中心点：参数化设置 3D 中心点在 x、y、z 轴上的值。

9.1.3 【3D 平移】工具

使用【3D 平移】工具 可以在三维空间中移动影片剪辑实例。在使用该工具选择影片剪辑后，影片剪辑的 x、y 和 z 轴 3 个轴将显示在舞台上对象的顶部。x 轴为红色，y 轴为绿色，而 z 轴为蓝色，如图 9-6 所示。

当鼠标光标变为黑色箭头和轴字母组合的状态时，可以拖曳鼠标平移对象。也可以在【属性】面板的【3D 定位和查看】选项中 x、y 或 z 输入区，精确输入移动参数值。按住 Shift 键并双击其中一个选中对象可将轴控件移动到该对象，如图 9-7 所示。【宽度】和【高度】值是只读值，辅助用户确定当前变形对象尺寸。

图9-6 【3D 平移】工具【选项】区　　　　图9-7 【属性】面板相关选项

9.1.4 反向运动及【骨骼】工具

通过反向运动（IK）可以轻松地创建人物动画，如胳膊、腿和面部表情的自然运动。Flash 包括两个用于处理 IK 的工具。使用【骨骼】工具 ✅ 可以向元件实例或形状添加骨骼。在一个骨骼移动时，与启动运动的骨骼相关的其他连接骨骼也会移动。使用反向运动进行动画处理时，只需指定对象的开始位置和结束位置即可。

一组 IK 骨骼链称为骨架。骨骼之间的连接点称为关节。在父子层次结构中，骨架中的骨骼彼此相连。骨架可以是线性的或分支的。源于同一骨骼的骨架分支称为同级。

在 Flash 中可以按两种方式使用 IK。

- 第 1 种方式：通过添加将每个实例与其他实例连接在一起的骨骼，用关节连接一系列的元件实例，如图 9-8 所示。骨骼允许元件实例链一起移动。例如，用户可能具有一组影片剪辑，其中的每个影片剪辑都表示人体的不同部分。通过将躯干、上臂、下臂和手链接在一起，可以创建逼真移动的胳膊。可以创建一个分支骨架以包括两个胳膊、两条腿和头。

- 第 2 种方式：是向形状对象的内部添加骨架。可以在合并绘制模式或对象绘制模式中创建形状，如图 9-9 所示。通过骨骼，可以移动形状的各个部分并对其进行动画处理，而无需绘制形状的不同版本或创建补间形状。

图9-8　元件实例骨架

图9-9　形状对象骨架

在向元件实例或形状添加骨骼时，Flash 将实例或形状以及关联的骨架移动到时间轴中的新图层。此新图层称为姿势图层，默认图层名称为"骨架_1"。每个姿势图层只能包含一个骨架及其关联的实例或形状。

9.1.5　【绑定】工具

使用【绑定】工具 ✅ 可以调整形状对象的各个骨骼和控制点之间的关系。在默认情况下，形状的控制点连接到离它们最近的骨骼。使用【绑定】工具，可以编辑单个骨骼和形状控制点之间的连接。这样，就可以控制在每个骨骼移动时图形扭曲的方式以获得更满意的结果。

【绑定】工具 ✅ 使用过程中涉及的图标含义，如图9-10 所示。

- 黄色加亮方形控制点：表示已连接当前骨骼的点。

- 红色加亮骨骼：表示当前选定的骨骼。

- 蓝色方形控制点：表示已经连接到某个骨骼的点。

- 三角形控制点：表示连接到多个骨骼的控制点。

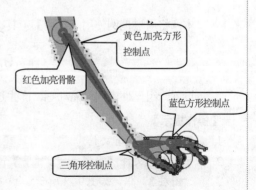

图9-10　【绑定】工具图标含义

【绑定】工具 操作要点主要有以下几个方面。

- 若要向选定的骨骼添加控制点，请按住 Shift 键单击未加亮显示的控制点。也可以通过按住 Shift 键拖动来选择要添加到选定骨骼的多个控制点。
- 若要从骨骼中删除控制点，请按住 Ctrl 键单击以黄色加亮显示的控制点。也可以通过按住 Ctrl 键拖动来删除选定骨骼中的多个控制点。
- 同理，若要向选定的控制点添加其他骨骼，请按住 Shift 键单击骨骼。若要从选定的控制点中删除骨骼，按住 Ctrl 键单击以黄色加亮显示的骨骼。

9.1.6　IK 运动约束

若要创建 IK 骨架的更多逼真运动，可以控制特定骨骼的运动自由度。选定一个或多个骨骼时，可以在【属性】面板中设置【连接:旋转】、【连接:X 平移】和【连接:Y 平移】选项，如图 9-11 所示。

可以启用、禁用和约束骨骼的旋转及其沿 x 或 y 轴的运动。默认情况下，启用骨骼旋转，而禁用 x 和 y 轴平移。启用 x 或 y 轴平移时，骨骼可以不限度数地沿 x 或 y 轴移动，而且父级骨骼的长度将随之改变以适应运动。

若要使选定的骨骼可以沿 x 或 y 轴移动并更改其父级骨骼的长度，请在【属性】面板的【连接:X 平移】或【连接:Y 平移】部分中选择【启用】选项。

若要限制沿 x 或 y 轴启用的运动量，请在【属性】面板的【连接:X 平移】或【连接:Y 平移】部分中选择【约束】选项，然后输入骨骼可以行进的最小距离和最大距离。

若要约束骨骼的旋转，可以在【属性】面板的【连接:旋转】部分中输入旋转的最小度数和最大度数。

图9-11　【属性】面板相关选项

9.2　范例解析

本章将通过范例使用【骨骼】工具 向元件实例和图形添加骨骼的方法。

9.2.1　灵巧的手

设置一组元件实例骨骼动画，产生连贯的挥手动作，如图 9-12 所示。

【操作提示】

1. 新建一个 Flash 文档。
2. 导入附盘文件 "手臂.png"、"手掌.png" 和 "手指.png"，分别放置在 "图层 1"、"图层 2" 和 "图层 3" 中，如图 9-13 所示。
3. 选择 "手臂.png" 单击鼠标右键选择【转换为元件】命令，转换为影片剪辑 "元件 1"。
4. 选择 "手掌.png" 单击鼠标右键选择【转换为元件】命令，转换为影片剪辑 "元件 2"。
5. 选择 "手指.png" 单击鼠标右键选择【转换为元件】命令，转换为影片剪辑 "元件 3"。

6.　选择【任意变形】工具 ，调整手臂元件的旋转中心，如图 9-14 所示。

7.　接着调整手掌和手指两个元件的中心点，改变骨骼链接点的位置，如图 9-15 所示。

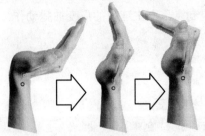

图9-12　挥动的手

图9-13　导入的 3 组图像

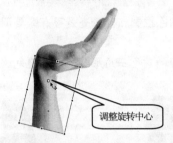

图9-14　调整手臂元件的旋转中心

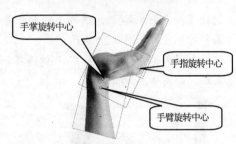

图9-15　元件旋转中心位置

8.　选择【骨骼】工具 ，从下向上依次点击鼠标创建 3 组元件的骨骼联接。

9.　选择手臂处的骨骼，在【属性】面板中勾选【联接：旋转】选项中的【约束】选项，【最小】参数设置为"0"，【最大】参数设置为"1"，如图 9-16 所示。

10.　选择第 1 帧，调整骨骼的姿态。

11.　选择第 25 帧，单击鼠标右键，在弹出的快捷菜单中选择【插入姿势】命令，向左侧调整骨骼姿势，产生挥手效果，如图 9-17 所示。

12.　选择第 50 帧，单击鼠标右键选择【插入姿势】命令，向下弯曲手指骨骼姿势，如图 9-18 所示。

13.　【时间轴】面板效果如图 9-19 所示，测试动画。

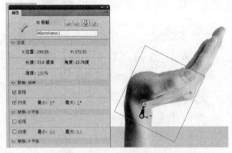

图9-16　设置第一个骨骼的旋转约束

图9-17　挥手效果

图9-18　向下弯曲手指骨骼姿势

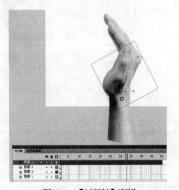

图9-19　【时间轴】面板

9.2.2 晨练

设置一组图形骨骼动画，删除连接到多个骨骼的控制点，产生连贯的形变曲腿动作，如图9-20 所示。

【操作提示】

1. 打开附盘"倒立.fla"文件，另存为"晨练.fla"。
2. 选择【骨骼】工具，创建腿部的骨骼联接，如图 9-21 所示。

> **要点提示** 创建腿部的骨骼时，应按照人体骨骼结构进行，大腿、小腿和脚分别创建 1 组骨骼。另外注意节点最好在关节转折处比较自然。

3. 选择【绑定】工具，选择大腿部的骨骼，查看黄色控制点，检查是否有需要调整的黄色三角形控制点，如图 9-22 所示。
4. 选择小腿部的骨骼，按住 Ctrl 键选择删除鞋带部分的黄色三角形控制点，避免该处的形状被关联，如图 9-23 所示。

图9-20 晨练效果　　　图9-21 创建腿部的骨骼联接　　　图9-22 查看骨骼控制点状态　　　图9-23 选择删除鞋带部分的控制点

5. 选择第 20 帧，单击鼠标右键，在弹出的快捷菜单中选择【插入姿势】命令，向左侧调整骨骼姿势，产生后仰的姿态效果，如图 9-24 所示。
6. 选择第 40 帧，单击鼠标右键，在弹出的快捷菜单中选择【插入姿势】命令，调整脚部骨骼姿势，产生伸直脚尖的姿态，如图 9-25 所示。

图9-24 后仰的姿态效果　　　　　图9-25 伸直脚尖的姿态

9.3 课堂实训

这一节通过两个例子的制作，讲述【3D 旋转】工具和骨骼旋转限制的应用，熟悉空间旋转动画效果和骨骼姿态调整方法。

9.3.1　旋转的相册

旋转两组相册图形，创建如图 9-26 所示的立体旋转效果。图 9-26 所示的旋转效果，主要是 2 组图形的空间关系需事先熟悉，如何在三维空间上组合两组相交叉的图像，随后设置两组图像同步旋转效果。

【步骤提示】

1. 新建一个 Flash 文档，设置文件大小为 "800×600" 像素。
2. 将附盘文件 "动物相册 1.png" 导入到舞台，转换为 "元件 1" 影片剪辑元件，并相对舞台中心对齐，如图 9-27 所示。
3. 选择第 1 帧，单击鼠标右键，在弹出的快捷菜单中选择【创建补间动画】命令，拖曳延续最后一帧至 "40" 帧，准备创建动画，如图 9-28 所示。

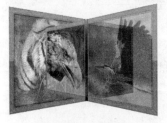
图9-26　旋转的相册

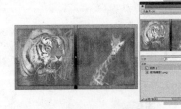
图9-27　导入图像并转换元件

图9-28　延续帧

4. 选择最后一帧的元件，执行【窗口】/【变形】命令，打开【变形】面板，在【变形】面板【3D 选项】选项中设置【Y】轴选项为 "180"，按 Enter 键确认，如图 9-29 所示。
5. 在【时间轴】面板新建 "图层 2"，导入 "动物相册 2.png" 文件，转换为 "元件 2" 影片剪辑元件，并相对舞台中心对齐。
6. 选择 "图层 2" 第 1 帧，单击鼠标右键，在弹出的快捷菜单中选择【创建补间动画】命令，如图 9-30 所示。
7. 选择 "图层 2" 第 1 帧的元件，在【变形】面板【3D 选项】选项中设置【Y】轴选项为 "90"，按 Enter 键确认，如图 9-31 所示。

要点提示　软件初始状态时，【属性】面板中的【透视角度】选项 ☐ 1.0 参数为 "1.0"，如果此参数为其他数值时动画效果不理想，要注意检查该选项参数数值。

图9-29　设置【Y】轴

图9-30　导入图像并转换元件

图9-31　设置【Y】轴

8. 选择 "图层 2" 第 40 帧的元件，在【变形】面板【3D 选项】选项中设置【Y】轴选项为 "-90"，按 Enter 键确认，如图 9-32 所示。

9. 选择任何一个元件，在【属性】面板设置【透视角度】 选项为 "55"，缩小透视比例，如图 9-33 所示。

10. 测试动画效果。

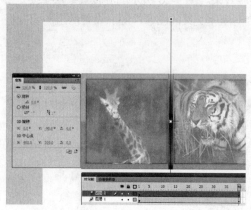

图9-32 设置【Y】轴选项

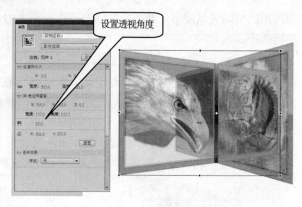

图9-33 设置【透视角度】

通过对【变形】面板中【3D 旋转】参数的调整，使元件延 y 轴自由旋转，形成自然连贯的立体旋转效果。

9.3.2 机械臂

骨骼联接 3 组元件，实现相互制约联动的机械臂效果，如图 9-34 所示。要实现如图 9-34 所示的机械臂效果，首先创建 3 组元件，接着创建元件之间的骨骼链接，并调整关节点的位置，最后制作联动动画效果。

【步骤提示】

1. 新建一个 Flash 文档。选择【基本矩形工具】 ，绘制矩形边角半径为 "100" 的红色倒角矩形，如图 9-35 所示。

2. 选择图形，单击鼠标右键，在弹出的快捷菜单中选择【转换为元件】命令，转换为 "元件 1" 影片剪辑元件。

图9-34 机械臂

3. 双击打开元件，新建 "图层 2"，选择【椭圆工具】 ，绘制两个黑色圆形，放置在红色倒角矩形的两端，如图 9-36 所示。

4. 选择【库】面板中的 "元件 1"，单击鼠标右键，在弹出的快捷菜单中选择【直接复制】命令，将 "元件 1" 直接复制为 "元件 2"。修改 "元件 2" 中的倒角矩形为绿色，如图 9-37 所示。

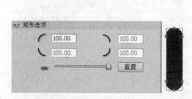

图9-35 绘制倒角矩形

图9-36 绘制圆形

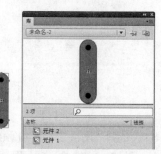

图9-37 调整颜色

5. 选择【库】面板中的 "元件 1"，单击鼠标右键，在弹出的快捷菜单中选择【直接复制】命令，将 "元件 1" 直接复制为 "元件 3"。修改 "元件 3" 中的倒角矩形为蓝色，如图 9-38 所示。

6. 删除 "元件 1" 下方的黑色圆点，选择【矩形工具】▭绘制竖长的蓝色矩形，如图 9-39 所示。

7. 返回到【场景 1】，拖曳【库】中的 "元件 2" 和 "元件 3" 到舞台，按照图 9-39 所示的方式排列，并使 3 个对象在垂直方向上相对舞台中心对齐。

8. 选择【骨骼】工具✐，创建 3 个元件之间的链接，如图 9-40 所示。

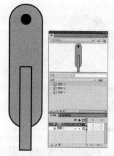

图9-38　调整图形　　　　　　　　　　图9-39　排列图形　　　　　　　　　　图9-40　链接元件骨骼

9. 选择【任意变形工具】▦，分别调整 3 个元件的中心点，改变骨骼链接点的位置，如图 9-41、图 9-42 和图 9-43 所示。

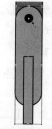

图9-41　调整 "元件 1" 的中心点　　　图9-42　调整 "元件 2" 的中心点　　　图9-43　调整 "元件 3" 的中心点

10. 选择最上面的骨骼，在【属性】面板中勾选【联接: 旋转】选项中的【约束】选项，参数保持默认值，如图 9-44 所示。

11. 选择最中间的骨骼，在【属性】面板中勾选【联接: 旋转】选项中的【约束】选项，【最小】参数设置为 "-90"，【最大】参数设置为 "90"，如图 9-45 所示。

12. 调整第 1 帧中元件骨骼姿势，如图 9-46 所示。

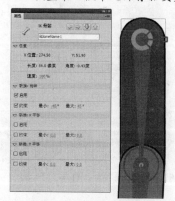

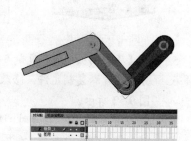

图9-44　设置骨骼的旋转约束　　　　　图9-45　设置骨骼的旋转约束　　　　　图9-46　调整元件骨骼姿势

13. 在"骨架_1"层第 30 帧，单击鼠标右键，在弹出的快捷菜单中选择【插入姿势】命令，调整骨骼姿势如图 9-47 所示。

14. 在"骨架_1"层第 60 帧，单击鼠标右键，在弹出的快捷菜单中选择【插入姿势】命令，调整骨骼姿势如图 9-48 所示。

15. 测试动画效果。

图9-47　插入姿势

图9-48　调整元件骨骼姿势

　　在本实例中，主要尝试限制骨骼旋转角度的方法，使关联元件更符合物体的自然动作限制。

9.4　综合案例——三维立方体

　　绘制三维空间六面体，并制作立方体旋转动画，如图 9-49 所示。在制作动画过程中，首先搭建六面体的 6 个面，再利用 3D 旋转功能旋转立方体。

【步骤提示】

1. 新建一个 Flash 文档，设置尺寸为"600×400"像素，并以文件名"三维立方体.fla"进行保存。

2. 选择【矩形】工具　，在舞台上绘制一个宽、高均为"120"，Alpha 值为"50"的半透明黄色正方形，利用【对齐】面板与舞台居中对齐，如图 9-50 所示。

3. 选择矩形，单击鼠标右键，在弹出的快捷菜单中选择【转换为元件】命令，转换为"元件 1"影片剪辑元件。

4. 双击元件进入编辑状态，新建图层，选择【文字】工具 **T**，输入红色"1"，设置字体大小为"95"，字体样式为"Times New Roman"，如图 9-51 所示。

图9-49　三维立方体

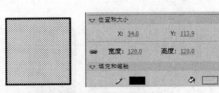

图9-50　绘制半透明矩形

图9-51　输入数字

5. 在【库】面板中直接复制 5 份，分别依序改名"元件 2"～"元件 6"。

6. 分别打开新复制元件，修改元件内的数字为"2"～"6"，改变矩形色为其他喜好的颜色，如图 9-52 所示。

7. 返回【场景 1】，在【时间轴】面板新建"图层 2"～"图层 6"，选择复制"图层 1"第 1帧，粘贴到其他图层，如图 9-53 所示。

图9-52 复制元件

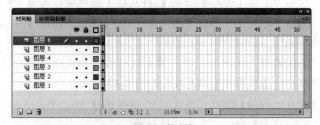

图9-53 粘贴帧

8. 选择"图层 2"~"图层 6"中的元件，利用右键快捷菜单中的【交换元件】命令，对应替换为相应元件，如图 9-54 所示。

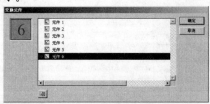

图9-54 交换元件

> **要点提示** 舞台的纵深就是 z 轴，这个 z 轴的形象思维需要始终牢记。

9. 选择"图层 1"中的"元件 1"，在【属性】面板【3D 定位和查看】选项中设置【透视角度】选项 为 "55"。

10. 选择"图层 1"中的"元件 1"，在【属性】面板【3D 定位和查看】选项中设置【Z】选项为 "-60"，如图 9-55 所示。

11. 选择"图层 2"中的"元件 2"，在【属性】面板【3D 定位和查看】选项中设置【X】选项为 "240"。在【变形】面板【3D 旋转】选项中设置【Y】轴选项为 "90"，如图 9-56 所示。

图9-55 设置【Z】选项

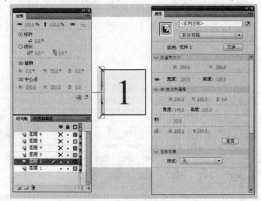

图9-56 设置【Y】轴选项

12. 选择"图层 3"中的"元件 3"，在【属性】面板【3D 定位和查看】选项中设置【X】选项为 "360"。在【变形】面板【3D 旋转】选项中设置【Y】轴选项为 "-90"。

13. 选择"图层 4"中的"元件 4"，在【属性】面板【3D 定位和查看】选项中设置【Y】选项为

"140"。在【变形】面板【3D 旋转】选项中设置【X】轴选项为 "-90"。

14. 选择 "图层 5" 中的 "元件 5"，在【属性】面板【3D 定位和查看】选项中设置【Y】选项为 "260"。在【变形】面板【3D 旋转】选项中设置【X】轴选项为 "90"。

15. 选择 "图层 6" 中的 "元件 6"，在【属性】面板【3D 定位和查看】选项中设置【Z】选项为 "60"。

16. 选择舞台上的所有元件，单击鼠标右键，在弹出的快捷菜单中选择【转换为元件】命令，转换为 "总" 影片剪辑元件，如图 9-57 所示。

17. 在【时间轴】面板 "图层 6"，选择第 1 帧，单击鼠标右键，在弹出的快捷菜单中选择【创建补间动画】命令，准备创建动画。

18. 选择最后一帧，在【变形】面板【3D 选项】选项中设置【Y】轴选项为 "180"，如图 9-58 所示。

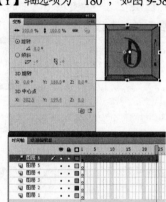

图9-57 转换元件   图9-58 设置【Y】轴选项

19. 测试立方体旋转效果。

9.5 课后作业

1. 创建如图 9-59 所示的五角星空间透视效果。
2. 创建如图 9-60 所示的双矩形立体空间效果。
3. 调整骨骼中心点位置到圆形的中心位置，如图 9-61 所示。

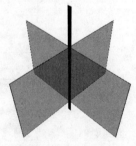

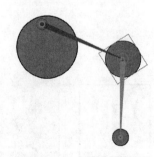

图9-59 数字效果   图9-60 竖排文本   图9-61 调整中心点

脚本应用基础

Flash CS4 除了能够设计出美妙的矢量动画外，还有一个其他动画制作软件无法比拟的优点，那就是利用 ActionScript 对动画进行编程，从而实现种种精巧玄妙的变化，产生许多独特的效果。正是 ActionScript 的应用，才使 Flash 受到广泛的拥戴。Flash CS4 使用的 ActionScript 3.0 功能比以前更加强大，执行速度更快，同时，也更加复杂一些。本讲课时为 4 小时。

学习目标

- ◆ ActionScript基本概念。
- ◆ ActionScript语法基础。
- ◆ ActionScript基本用法。
- ◆ 常用语句和函数。
- ◆ 事件的概念和处理方法。

10.1 功能讲解

ActionScript 是一种面向对象编程（OOP）、通过解释执行的脚本语言。它在 Flash 内容和应用程序中实现了交互性、数据处理以及其他许多功能。如果读者以前使用过脚本语言，如 Basic 等，就会发现 ActionScript 的与其他脚本语言非常类似。不过，即使刚刚开始学习编程，ActionScript 基础知识也不难学。虽然相对于以前的版本，ActionScript 3.0 更加复杂一些，但是基于普通用户的基础应用，无需考虑过难的技巧，读者可以从简单的命令入手，了解一些最常用的基本概念和程序设计方法。

10.1.1 ActionScript 基础概念

和其他脚本撰写语言一样，ActionScript 遵循自己的语法规则，保留关键字，提供运算符，并且允许使用变量存储和获取信息。ActionScript 包含内置的对象和函数，并且允许用户创建自己的对象和函数。

ActionScript 程序一般由语句、函数和变量组成，主要涉及变量、函数、数据类型、表达式和运算符等，它们是 ActionScript 的基石。可以由单一动作组成，如指示动画停止播放的操作，也可以由一系列动作语句组成，如先计算条件，再执行动作。

ActionScript 是一种面向对象的编程语言。对象是 ActionScript 3.0 语言的核心，程序所声明的每个变量、编写的每个函数以及创建的每个实例都是一个对象。

事实上，用户已经在 Flash 中处理过元件，这些元件就是对象。假设定义了一个影片剪辑元件（假设它是一幅矩形的图画），并且将它的一个副本放在了舞台上，那么该影片剪辑元件就是 ActionScript 中的一个对象，即 MovieClip 类的一个实例。

在 ActionScript 面向对象的编程中，任何对象都可以包含 3 种类型的特性。

- 属性：表示与对象绑定在一起的若干数据项的值，如矩形的长、宽、颜色。
- 方法：可以由对象执行的操作，如动画播放、停止或跳转等。
- 事件：由用户或系统内部引发的、可被 ActionScript 识别并响应的事情，如鼠标单击、用户输入、定时时间到等事件。

这些元素共同用于管理程序使用的数据块，并用于确定执行哪些动作以及动作的执行顺序。ActionScript 为响应特定事件而执行某些动作的过程称为"事件处理"。在编写执行事件处理代码时，Flash 需要识别 3 个重要元素。

- 事件源：发生该事件的是哪个对象。
- 事件：将要发生什么事情，以及程序希望响应什么事情。
- 响应：当事件发生时，程序希望执行哪些步骤。

无论何时编写处理事件的 ActionScript 代码，都会包括这 3 个元素，并且代码将遵循以下基本结构。

```
function eventResponse(eventObject:EventType):void
{
    //此处是为响应事件而执行的动作。
}
eventSource.addEventListener(EventType.EVENT_NAME, eventResponse);
```

此代码执行两个操作。首先，定义一个函数，这是指定为响应事件而要执行的动作的方法。接下来，调用源对象的 addEventListener()方法，实际上就是为指定事件"订阅"该函数，以便当该事件发生时，执行该函数的动作。

"函数"提供一种将若干个动作组合在一起、用类似于快捷名称的单个名称来执行这些动作的方法。函数与方法完全相同，只是不必与特定类关联（事实上，方法可以被定义为与特定类关联的函数）。在创建事件处理函数时，必须选择函数名称（本例中为 eventResponse），还必须指定一个参数（本例中的名称为 eventObject）。指定函数参数类似于声明变量，所以还必须指明参数的数据类型。将为每个事件定义一个 ActionScript 类，并且为函数参数指定的数据类型始终是与要响应的特定事件关联的类。最后，在左大括号与右大括号之间（{...}），编写用户希望计算机在事件发生时执行的指令。

一旦编写了事件处理函数，就需要通知事件源对象（发生事件的对象，如按钮）程序希望在该事件发生时调用函数。可通过调用该对象的 addEventListener()方法来实现此目的（所有具有事件的对象都同时具有 addEventListener()方法）。addEventListener()方法有两个参数。

- 第一个参数是希望响应的特定事件的名称。同样，每个事件都与一个特定类关联，而该类将为每个事件预定义一个特殊值；类似于事件自己的惟一名称（应将其用于第一个参数）。
- 第二个参数是事件响应函数的名称。请注意，如果将函数名称作为参数进行传递，则在写入函数名称时不使用括号。

10.1.2 变量

一、变量的声明

变量可用来存储程序中使用的值。要声明变量，必须将 var 语句和变量名结合使用。可通过在变量名后面追加一个后跟变量类型的冒号（:）来指定变量类型。例如，下面的代码声明一个 int 类型的变量 *i*：

```
var i:int;
```

二、变量的赋值

可以使用赋值运算符（=）为变量赋值。例如，下面的代码声明一个变量 *i* 并将值 20 赋给它：

```
var i:int;
i = 20;
```

也可以在声明变量的同时为变量赋值，如下面的示例所示：

```
var i:int = 20;
```

如果要声明多个变量，则可以使用逗号运算符（,）来分隔变量，从而在一行代码中声明所有这些变量。例如，下面的代码在一行代码中声明 3 个变量：

```
var a:int, b:int, c:int;
```

也可以在同一行代码中为其中的每个变量赋值。例如，下面的代码声明 3 个变量（*a*、*b* 和 *c*）并为每个变量赋值：

```
var a:int = 10, b:int = 20, c:int = 30;
```

尽管可以使用逗号运算符来将各个变量的声明组合到一条语句中，但是这样可能会降低代码的可读性。

三、默认值

"默认值"是在设置变量值之前变量中包含的值。首次设置变量的值实际上就是"初始化"变量。如果用户声明了一个变量，但是没有设置它的值，则该变量便处于"未初始化"状态。未初始化的变量的值取决于它的数据类型。一般来说，Boolean 类型变量的默认值为"false"，int 类型变量的默认值为 0。

如果用户声明某个变量，但是未声明它的数据类型，则将应用默认数据类型*，这实际上表示该变量是无类型变量。如果用户没有用值初始化无类型变量，则该变量的默认值是 undefined。

10.1.3 语法

ActionScript 语言的语法定义了在编写可执行代码时必须遵循的规则。

一、区分大小写

ActionScript 3.0 是一种区分大小写的语言。只是大小写不同的标识符会被视为不同。例如，下面的代码创建两个不同的变量：

```
var num1:int;
var Num1:int;
```

二、点语法

可以通过点运算符（.）来访问对象的属性和方法。使用点语法，可以使用后跟点运算符和属性名或方法名来引用对象的属性或方法。例如：

```
ball.x=100;              //对象 ball 的 x 坐标为 100
ball.alpha=50;          //对象 ball 的透明度值为 50
```

三、分号

可以使用分号字符（;）来终止语句。如果省略分号字符，则编译器会认为每行代码代表单个语句。不过，最好还是使用分号，因为这样可增加代码的可读性。

使用分号终止语句可以在一行中放置多个语句，但是这样会使代码变得不易阅读。

四、小括号

在 ActionScript 3.0 中定义函数时，可以通过三种方式来使用小括号（()）。

（1）可以使用小括号来更改表达式中的运算顺序。组合到小括号中的运算总是最先执行。例如，小括号可用来改变如下代码中的运算顺序：

```
trace(2 + 3 * 4);    // 输出: 14
trace( (2 + 3) * 4); //输出: 20
```

（2）可以结合使用小括号和逗号运算符（,）来计算一系列表达式并返回最后一个表达式的结果，如下面的示例所示：

```
var a:int = 2;
var b:int = 3;
trace((a++, b++, a+b)); //输出: 7
```

（3）可以使用小括号来向函数或方法传递一个或多个参数，如下面的示例所示，此示例向 trace()函数传递一个字符串值：

```
trace("hello"); //输出: hello
```

五、注释

ActionScript 3.0 代码支持两种类型的注释：单行注释和多行注释。编译器将忽略标记为注释的文本。

（1）单行注释以两个正斜杠字符（//）开头并持续到该行的末尾。例如，下面的代码包含一个单行注释：

```
var someNumber:Number = 3; // 单行注释
```

（2）多行注释以一个正斜杠和一个星号（/*）开头，以一个星号和一个正斜杠（*/）结尾。

```
/*这是一个可以跨
多行代码的多行注释。*/
```

10.1.4 运算符

运算符是一种特殊的函数，它们具有一个或多个操作数并返回相应的值。"操作数"是被运算符用作输入的值，通常是数值、变量或表达式。例如，在下面的代码中，将加法运算符（+）和乘法运算符（*）与 3 个操作数（2、3 和 4）结合使用来返回一个值。赋值运算符（=）随后使用该值将所返回的值 14 赋给变量 sumNumber。

```
var sumNumber:uint = 2 + 3 * 4; // uint = 14
```

运算符的优先级和结合律决定了运算符的处理顺序。虽然对于熟悉算术的人来说，编译器先处理乘法运算符（*）然后再处理加法运算符（+）似乎是自然而然的事情，但实际上编译器要求显式指定先处理哪些运算符。此类指令统称为"运算符优先级"。ActionScript 定义了一个默认的运算符优先级，可以使用小括号运算符（()）来改变它。例如，下面的代码改变上一个示例中的默认优先级，以强制编译器先处理加法运算符，然后再处理乘法运算符：

```
var sumNumber:uint = (2 + 3) * 4; // uint == 20
```

表 10-1 按优先级递减的顺序列出了 ActionScript 3.0 中的运算符。该表内同一行中的运算符具有相同的优先级。在该表中，每行运算符都比位于其下方的运算符的优先级高。

表 10-1   ActionScript 3.0 中的运算符

组	运算符		说明
主要运算符	[]	初始化数组	主要运算符用来创建 Array 和 Object 字面值、对表达式进行分组、调用函数、实例化类实例以及访问属性的运算符
	{x:y}	初始化对象	
	()	对表达式进行分组	
	f(x)	调用函数	
	new	调用构造函数	
	x.y x[y]	访问属性	
XML	<></>	初始化 XMLList 对象	在 XML 文本中定义 XML 标签
	@	访问属性	标识 XML 或 XMLList 对象的属性
	::	限定名称	指定属性、方法、XML 属性或 XML 特性的命名空间
	..	访问子级 XML 元素	定位到 XML 或 XMLList 对象的后代元素，或者（与 @ 运算符一起使用）查找匹配的后代属性
后缀运算符	x++	递增（后缀）	后缀运算符只有一个操作数，具有更高的优先级和特殊的行为
	x--	递减（后缀）	
一元运算符	++x	递增（前缀）	一元运算符只有一个操作数。这一组中的递增运算符（++）和递减运算符（--）是"前缀运算符"，这意味着它们在表达式中出现在操作数的前面。前缀运算符与它们对应的后缀运算符不同，因为递增或递减操作是在返回整个表达式的值之前完成的
	--x	递减（前缀）	
	+	一元+	
	-	一元-（非）	
	~	逻辑"非"	
	!	按位"非"	
	delete	删除属性	
	typeof	返回类型信息	
	void	返回 undefined 值	
乘法运算符	*	乘法	乘法运算符具有两个操作数，它执行乘、除或求模计算
	/	除法	
	%	求模	

组	运算符		说明
加法运算符	+	加法	加法运算符有两个操作数，它执行加法或减法计算
	-	减法	
按位移位运算符	<<	按位向左移位	按位移位运算符有两个操作数，它将第一个操作数的各位按第二个操作数指定的长度移位
	>>	按位向右移位	
	>>>	按位无符号向右移位	
关系运算符	<	小于	关系运算符有两个操作数，它比较两个操作数的值，然后返回一个布尔值
	>	大于	
	<=	小于或等于	
	>=	大于或等于	
	as	检查数据类型	
	in	检查对象属性	
	instanceof	检查原型链	
	is	检查数据类型	
等于运算符	==	等于	等于运算符有两个操作数，它比较两个操作数的值，然后返回一个布尔值
	!=	不等于	
	===	严格等于	
	!==	严格不等于	
按位逻辑运算符	&	按位"与"	按位逻辑运算符有两个操作数，它执行位级别的逻辑运算。按位逻辑运算符具有不同的优先级
	^	按位"异或"	
	|	按位"或"	
逻辑运算符	&&	逻辑"与"	有两个操作数，它返回布尔结果。逻辑运算符具有不同的优先级
	||	逻辑"或"	
条件运算符	?:		条件运算符是一个三元运算符，也就是说它有 3 个操作数
赋值运算符	= *= /= %= += -= <<= >>= >>>= &= ^= |=		赋值运算符有两个操作数，它根据一个操作数的值对另一个操作数进行赋值
逗号	,		用于分隔变量等

10.1.5 条件语句

ActionScript 3.0 提供了 3 个可用来控制程序流的基本条件语句。

一、if..else

if..else 条件语句用于测试一个条件，如果该条件存在，则执行一个代码块，否则执行替代代码块。例如，下面的代码测试 x 的值是否超过 20，如果是，则生成一个 trace()函数，否则生成另一个 trace()函数：

```
if (x > 20)
{
    trace("x is > 20");
}
else
{
    trace("x is <= 20");
}
```

如果用户不想执行替代代码块，可以仅使用 if 语句，而不用 else 语句。

二、if..else if

可以使用 if..else if 条件语句来测试多个条件。例如，下面的代码不仅测试 x 的值是否超过 20，而且还测试 x 的值是否为负数：

```
if (x > 20)
{
    trace("x is > 20");
}
else if (x < 0)
{
    trace("x is negative");
}
```

如果 if 或 else 语句后面只有一条语句，则无需用大括号括起后面的语句。例如，下面的代码不使用大括号：

```
if (x > 0)
    trace("x is positive");
else if (x < 0)
    trace("x is negative");
else
    trace("x is 0");
```

 一般建议始终使用大括号，因为以后在缺少大括号的条件语句中添加语句时，可能会出现意外的行为。

三、switch

如果多个执行路径依赖于同一个条件表达式，则 switch 语句非常有用。其功能相当于一系列 if..else if 语句，但是更便于阅读。switch 语句不是对条件进行测试以获得布尔值，而是对表达式进行求值并使用计算结果来确定要执行的代码块。代码块以 case 语句开头，以 break 语句结尾。例如，下面的 switch 语句基于由 Date.getDay()方法返回的日期值输出星期日期：

```
var someDate:Date = new Date();
var dayNum:uint = someDate.getDay();
switch(dayNum)
{
```

```
        case 0:
            trace("星期天");
            break;
        case 1:
            trace("星期一");
            break;
        case 2:
            trace("星期二");
            break;
        case 3:
            trace("星期三");
            break;
        case 4:
            trace("星期四");
            break;
        case 5:
            trace("星期五");
            break;
        case 6:
            trace("星期六");
            break;
        default:
            trace("我也不知道是星期几");
            break;
    }
```

10.1.6 循环语句

循环语句允许使用一系列值或变量来反复执行一个特定的代码块。一般始终用大括号（{}）来括起代码块。尽管在代码块中只包含一条语句时可以省略大括号，但是就像在介绍条件语言时所提到的那样，不建议这样做，原因也相同：因为这会增加无意中将以后添加的语句从代码块中排除的可能性。

一、for

for 循环用于循环访问某个变量以获得特定范围的值。必须在 for 语句中提供 3 个表达式：一个设置了初始值的变量，一个用于确定循环何时结束的条件语句，以及一个在每次循环中都更改变量值的表达式。例如，下面的代码循环 5 次。变量 i 的值从 0 开始到 4 结束，输出结果是从 0 到 4 的 5 个数字，每个数字各占一行。

```
    var i:int;
    for (i = 0; i < 5; i++)
    {
```

```
        trace(i);
    }
```

二、for..in

for..in 循环用于循环访问对象属性或数组元素。例如，可以使用 for..in 循环来循环访问通用对象的属性（不按任何特定的顺序来保存对象的属性，因此属性可能以看似随机的顺序出现）：

```
var myObj:Object = {x:20, y:30};
for (var i:String in myObj)
{
    trace(i + ": " + myObj[i]);
}
// 输出:
// x: 20
// y: 30
```

还可以循环访问数组中的元素：

```
var myArray:Array = ["one", "two", "three"];
for (var i:String in myArray)
{
    trace(myArray[i]);
}
// 输出:
// one
// two
// three
```

三、while

while 循环与 if 语句相似，只要条件为 true，就会反复执行。例如，下面的代码与 for 循环示例生成的输出结果相同：

```
var i:int = 0;
while (i < 5)
{
    trace(i);
    i++;
}
```

使用 while 循环（而非 for 循环）存在的一个缺点是，编写的 while 循环中更容易出现无限循环。如果省略了用来递增计数器变量的表达式，则 for 循环示例代码将无法编译，而 while 循环示例代码仍然能够编译。若没有用来递增 i 的表达式，循环将成为无限循环。

四、do..while

do..while 循环是一种 while 循环，它保证至少执行一次代码块，这是因为在执行代码块后才会检查条件。下面的代码显示了 do...while 循环的一个简单示例，即使条件不满足，该示例也会生成输出结果：

```
var i:int = 5;
do
{
    trace(i);
    i++;
} while (i < 5);
//输出: 5
```

10.1.7 函数

函数在 ActionScript 中始终扮演着极为重要的角色，是执行特定任务并可以在程序中重用的代码块。

一、调用函数

可通过使用后跟小括号运算符（()）的函数标识符来调用函数。要发送给函数的任何函数参数都要括在小括号中。例如，贯穿于本书始末的 trace() 函数，它是 Flash Player API 中的顶级函数：

```
trace("Use trace to help debug your script");
```

如果要调用没有参数的函数，则必须使用一对空的小括号。例如，可以使用没有参数的 Math.random() 方法来生成一个随机数：

```
var randomNum:Number = Math.random();
```

二、定义自己的函数

在 ActionScript 3.0 中可通过使用函数语句来定义函数。函数语句是在严格模式下定义函数的首选方法。函数语句以 function 关键字开头，后跟：

- 函数名
- 用小括号括起来的逗号分隔参数列表
- 用大括号括起来的函数体，即在调用函数时要执行的 ActionScript 代码

例如，下面的代码创建一个定义 1 个参数的函数，然后将字符串"hello"用作参数值来调用该函数：

```
function traceParameter(aParam:String)
{
    trace(aParam);
}
traceParameter("hello"); // hello
```

 也可以使用赋值语句和函数表达式来声明函数，这是一种较为繁杂的方法，在早期的 ActionScript 版本中广为使用。

三、从函数中返回值

要从函数中返回值，请使用后跟要返回的表达式或字面值的 return 语句。例如，下面的代码返回一个表示参数的表达式：

```
function doubleNum(baseNum:int):int
{
```

```
        return (baseNum * 2);
    }
```

请注意，return 语句会终止该函数。因此，不会执行位于 return 语句下面的任何语句，如下所示：

```
function doubleNum(baseNum:int):int {
    return (baseNum * 2);
    trace("after return"); // 不会执行这条 trace 语句。
}
```

在严格模式下，如果用户选择指定返回类型，则必须返回相应类型的值。例如，下面的代码在严格模式下会生成错误，因为它们不返回有效值：

```
function doubleNum(baseNum:int):int
{
    trace("after return");
}
```

10.1.8 【动作】面板

在 Flash CS4 中，使用【动作】面板可以创建和编辑对象或帧的 ActionScript 代码。选择帧、按钮或影片剪辑实例可以激活【动作】面板。同时，根据选择的内容的不同，【动作】面板标题也会变为【按钮动作】、【影片剪辑动作】或【帧动作】。

执行【窗口】/【动作】命令，打开【动作】面板，如图 10-1 所示。【动作】面板由 3 个窗格构成：动作工具箱、脚本导航器和脚本窗格。

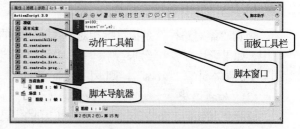

图10-1　【动作】面板

一、动作工具箱

使用动作工具可以箱浏览 ActionScript 语言元素（函数、类、类型等）的分类列表，然后将其插入到脚本窗口中。要将脚本元素插入到脚本窗口中，可以双击该元素，或直接将它拖动到脚本窗口中。还可以使用面板工具栏中的 ✛（添加）按钮来将语言元素添加到脚本中。

二、脚本导航器

脚本导航器可显示包含脚本的 Flash 元素（影片剪辑、帧和按钮）的分层列表。使用脚本导航器可在 Flash 文档中的各个脚本之间快速移动。

如果单击脚本导航器中的某一项目，则与该项目关联的脚本将显示在脚本窗口中，并且播放头将移到时间轴上的相应位置。如果双击脚本导航器中的某一项，则该脚本将被固定（就地锁定）。

三、脚本窗口

在脚本窗口中键入代码。脚本窗口提供了一个全功能 ActionScript 编辑器，包括代码的语法格式设置和检查、代码提示、代码着色、调试以及其他一些简化脚本创建的功能。

四、面板工具栏

面板工具栏包含了一些常用的功能按钮，如图 10-2 所示。使用【动作】面板的工具栏可以访

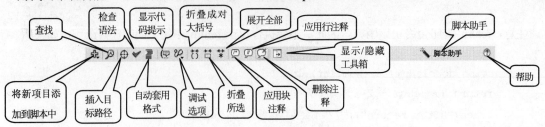

问代码帮助功能，这些功能有助于简化在 ActionScript 中进行的编码工作。

图10-2　脚本窗口上的功能按钮

(1)　插入目标路径

单击 ⊕ 按钮后，会出现如图 10-3 所示【插入目标路径】对话框。利用该对话框可以选择语句或函数要操作的目标对象。路径分"相对路径"和"绝对路径"两种，一般选择前者。

所谓"相对"路径是指目标相对于当前对象的位置。标识符"this"代表了当前对象或影片剪辑实例。在脚本执行时，"this"引用包含该脚本的影片剪辑实例。在调用方法时，"this"包含对包括所调用方法的对象的引用，在附加到按钮的"on"事件处理函数动作中，

图10-3　插入目标路径

"this"引用包含该按钮的时间轴。在附加到影片剪辑的"onClipEvent()"事件处理函数动作中，"this"引用该影片剪辑自身的时间轴。

所谓"绝对路径"是指目标相对于主时间轴的位置。标识符"_root"代表了指向主时间轴的引用。如果影片有多个级别，则影片主时间轴位于包含当前正在执行脚本的级别上。例如，如果级别 1 中的脚本计算"_root"，则返回"_level1"。

(2)　检查语法

选择 ✔ 按钮后，系统会自动对脚本窗口中的代码进行检查。如果代码有错误，则弹出图 10-4（a）所示的提示对话框，同时，打开【编译器错误】面板，显示错误信息，如图 10-4（b）所示。

（a）

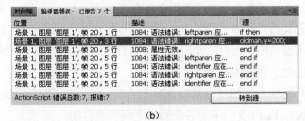

（b）

图10-4　检查语法

(3)　调试选项

在脚本中设置和删除断点，以便在调试 Flash 文档时可以停止，然后逐行跟踪脚本中的每一行。设置断点后，在该语句的行号前会出现一个红点。

(4) 脚本助手

单击 按钮，【动作】面板会变化为
"脚本助手"模式。这时，每当用户向脚本窗口中
添加一条语句，面板就会提示用户输入脚本元素，
如图 10-5 所示。这对于那些不喜欢编写自己的脚
本，或者对函数参数不熟悉的用户来说，是非常有
帮助的。

利用  按钮，用户能够很方便地在"脚本
助手"模式和"动作脚本"模式之间进行切换。

图10-5 脚本助手模式

要点提示 在本书的讲解中，会根据需要在这两种模式之间进行切换。

在左侧的动作工具箱中，通过下拉框，可以选择不同的 ActionScript 版本，如图 10-6 所示。虽然
Flash CS4 支持 ActionScript 3.0，但是 ActionScript 3.0 的主要特点是面向对象的编程思想和方法，对于
普通用户而言，还需要使用大量的 ActionScript 2.0 甚至 1.0 中的函数和方法。

当用户想使用某个语句时，既可以通过左侧的动作工具箱来选择语句，也可以通过弹出式菜
单添加语句，如图 10-7 所示。当然，还可以通过直接向脚本窗口写入代码的方式来添加脚本。

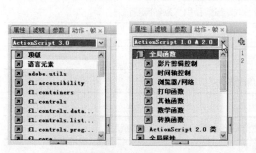

图10-6 选择不同的 ActionScript 版本

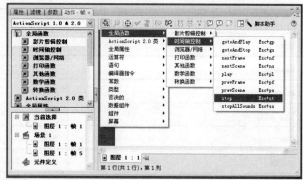

图10-7 添加语句的方法

要点提示 如果当前选择的是帧，则【动作】面板表现的就是帧动作语句；如果选择某个对象，就会出现该对象的动
作语句。

10.2 范例解析

前面讲了很多的概念和语法，也许有些读者会觉得 ActionScript 太复杂了。其实，其使用方法
并不复杂。在接下来的章节中，通过一些实例来了解 ActionScript 的具体使用方法。

10.2.1 改变属性——辛苦的工人

由于 ActionScript 中经常要讨论对象的坐标、位置等参数，所以明白计算机屏幕坐标关系是非
常有必要的。

通常，采用一对数字的形式（如 5,12 或 17,-23）来定位舞台上的对象，这两个数字分别是 x 坐标和 y 坐标。可以将屏幕看作是具有水平（x）轴和垂直（y）轴的平面图形。屏幕上的任何位置（或"点"）可以表示为 x 和 y 值对，即该位置的"坐标"。通常，舞台坐标原点（x 轴和 y 轴相交的位置，其坐标为 0,0）位于显示舞台的左上角。正如在标准二维坐标系中一样，x 轴上的值越往右越大，越往左越小；对于原点左侧的位置，x 坐标为负值。但是，与传统的坐标系相反，在 ActionScript 中，屏幕 y 轴上的值越往下越大，越往上越小（原点上面的 y 坐标为负值）。

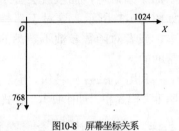

图10-8　屏幕坐标关系

屏幕坐标关系如图 10-8 所示。x 轴正向为从左到右，y 轴正向为从上到下。图中表示的坐标值是制计算机屏幕大小为 1024×768。

一般舞台上对象的原点（基准点）的位置都在对象的左上角。

影片剪辑对象共有 14 种属性，涉及对象位置、大小、角度、透明度等属性的值，如表 10-2 所示。

表 10-2　　　　　　　　　　　　　　　　　对象的属性

属性	含义
alpha	对象的透明度，"0"为全透明，"1"为全不透明
focusrect	是否显示对象矩形外框
height	对象的高度
highquality	用数值定义了对象的图像质量
name	对象的名称
quality	用字符串 "low"、"Medium"、"High" 定义图像质量
rotation	对象的放置角度
soundbuftime	对象的音频播放缓冲时间
visible	定义对象是否可见
width	对象的宽度
x	对象在 x 轴方向上的位置
scaleX	对象在 x 轴方向上的缩放比例
y	对象在 y 轴方向上的位置
scaleY	对象在 y 轴方向上的缩放比例

例如，下面的代码，将舞台对象 ball 的 x 坐标和 y 坐标都设置为 20。

```
ball.x=20;
ball.y=20;
```

下面通过具体的实例来讲解如何给影片剪辑的属性赋值。

辛苦的工人

两个工人在辛苦地工作，还会变换自己的工作位置。动画画面效果如图10-9所示。

图10-9 辛苦的工人

【步骤提示】

1. 创建一个新的 Flash 文档，保存文档名称为"辛苦的工人.fla"。
2. 执行【文件】/【导入】/【导入到库】命令，将一个名为"工人.GIF"的文件导入到库中，如图 10-10 所示。

 可以看到，这个 gif 文件是一个连续的位图动画，它被导入到库中后，会自动生成一个名称为"元件1"的元件，其总长度为 84 帧。

3. 在舞台上创建 2 个"元件 1"的实例，分别放置在舞台的左右侧，如图 10-11 所示。

图10-10 将图像导入到库   图10-11 创建元件的两个实例

4. 选择左侧的实例对象，在【属性】面板中设置其名称为"worker1"，设置右侧实例对象的名称为"worker2"，如图 10-12 所示。

 对象的坐标原点在其左上角。因此，对于 oldman 对象位置的指定，实际上是对其原点的位置指定。也就是说，如果定义对象的坐标为（100，100），那么就是对象的左上角的坐标为（100，100）。

5. 在【时间轴】面板中选择第 20 帧，按下 F6 键，插入一个关键帧。如图 10-13 所示。

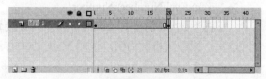

图10-12 定义实例名称   图10-13 在第20帧插入一个关键帧

6. 选择第 20 帧，然后打开【动作】面板，在脚本窗口输入代码：

```
worker1.x=180;
worker1.y=100;
```

如图 10-14 所示。

 这两条语句的作用是设置影片剪辑对象 worker1 的 x 轴坐标为 180，y 轴坐标为 100。

7. 同理，在第 40 帧按下 F6 键，插入一个关键帧。

8. 选择第 40 帧，然后打开【动作】面板；在脚本窗口输入代码：

```
worker2.x=50;
worker2.y=30;
```

如图 10-15 所示。

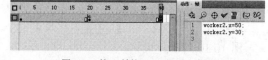

图10-14　在第 10 帧输入 ActionScript 代码　　　　图10-15　第 20 帧的 ActionScript 代码

 这两条语句的作用是设置影片剪辑对象 worker2 的坐标为（100，200）。

9. 执行【控制】/【测试影片】命令，测试动画，可见首先是 worker1 变换了位置，然后 worker2 也改变了自己的位置。

10.2.2 随机取值——驿动的心

在 Flash 动画的 ActionScript 脚本中，经常要用到一些数学函数和公式，这就需要使用 Math 类了。Math 类包含了许多常用数学函数和常数，主要有：

- abs(val:Number):Number
  计算并返回由参数 val 指定的数字的绝对值。
- cos(angleRadians:Number):Number
  以弧度为单位计算并返回指定角度的余弦值。
- max(val1:Number,val2:Number,...rest):Number
  计算 val1 和 val2（或更多的值）并返回最大值。
- min(val1:Number,val2:Number,...rest):Number
  计算 val1 和 val2（或更多的值）并返回最小值。
- random():Number
  返回一个伪随机数 n，其中 $0 \leqslant n < 1$。
- round(val:Number):Number
  将参数 val 的值向上或向下舍入为最接近的整数并返回该值。

这里，以取随机数为例，说明 Math 类中方法的使用。

random()是数学类 Math 的一个方法，能够产生一个 0～1 之间的随机数。下式可以得到一个 0～100 之间的随机值：

```
Math.random()*100
```

但是如果用户需要得到一个 50～100 之间的随机数，该如何得到呢？那就需要如下运算：

```
Math.random()*50+50
```

将 Math.random() 乘上 50 就意味着在 0～50 之间取值；再加上 50 后，表达式的取值范围就是 50～100 之间。同理，可以获得任意区间的随机数。

驿动的心

一颗跳动的红心，每次都出现在一个随机的位置上。同时，它的透明度、角度也都会发生变化。动画的效果如图 10-16 所示。

图10-16　驿动的心

【步骤提示】

1. 新建一个 Flash 文件。
2. 导入一幅红心图片到库中。
3. 执行【插入】/【新建元件】命令，创建一个"影片剪辑"类型的元件"元件 1"，如图 10-17 所示。
4. 从【库】面板中将图片拖入到"元件 1"的编辑窗口。
5. 选中图片对象，从【动画预设】面板的"默认预设"文件夹中，选择"脉搏"，将其应用到图片对象上，创建一个红心跳动的动画，如图 10-18 所示。

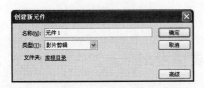

图10-17　新建一个元件

图10-18　创建一个红心跳动的动画

6. 回到【场景 1】，在舞台上创建"元件 1"的一个实例，使其与舞台中心对齐。

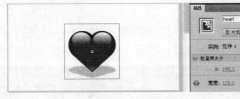

图10-19　定义实例名称

7. 在【属性】面板中定义实例名称为"heart"，如图 10-19 所示。
8. 在【时间轴】面板上，选择第 20 帧，插入一个关键帧。

9. 打开动作面板，将其中的属性赋值语句修改为利用随机数进行赋值的语句，如图 10-20 所示。

图10-20　利用随机数进行赋值

说明：

```
heart.x=Math.random()*200+100;        //定义 x 轴坐标值为 100～300 之间的随机数
heart.y=Math.random()*100+50;     //定义 y 轴坐标值为 50～150 之间的随机数
```

 一定要注意 Math 的首字母是大写，而 random 须全部小写字母。

10. 在第 40 帧再插入一个关键帧，输入两条语句，设置对象的透明度和旋转角度，如图 10-21 所示。

图10-21　设置对象的透明度和旋转角度

说明：

```
heart.alpha=Math.random();        //定义透明度为 0～1 之间的随机数
heart.rotation=Math.random()*180;     //定义旋转角度为 0～180 之间
```

 alpha 属性用于定义显示对象的透明度（更确切地说是不透明度），可以取介于 0 和 1 之间的任何值，其中 0 表示完全透明，1 表示完全不透明。

11. 测试动画，可见跳动的心每隔片刻就会移动到一个新的随机位置，并且透明度和角度都会随机变化。

10.3　课堂实训

下面通过两个实训来练习动作脚本的使用。

10.3.1 画面跳转——表情变幻

在某种条件下，使动画跳转到特定的画面，这也是动画制作过程中经常要使用的方法。这一般需要使用 ActionScript 中的跳转语句 gotoAndPlay() 来实现。

用法：

```
public function gotoAndPlay(frame:Object, scene:String = null):void
```

跳转到指定的帧并继续播放 SWF 文件。

- frame:Object——表示播放头转到的帧编号的数字，或者表示播放头转到的帧标签的字符串。如果用户指定了一个数字，则该数字是相对于用户指定的场景的。如果不指定场景，Flash Player 使用当前场景来确定要播放的全局帧编号。如果指定场景，播放头会跳到指定场景的帧编号。
- scene:String (default = null)——要播放的场景的名称。此参数是可选的。

下面的代码使用 gotoAndPlay() 方法指示 mc1 影片剪辑的播放头从其当前位置前进 5 帧:

```
mc1.gotoAndPlay(mc1.currentFrame + 5);
```

下面的代码使用 gotoAndPlay() 方法指示 mc1 影片剪辑的播放头移到名为"Scene 12"的场景中标记为"intro"的帧:

```
mc1.gotoAndPlay("intro", "Scene 12");
```

类似的还有 gotoAndStop() 方法,其功能是跳转到指定的帧,但是要暂停播放。

表情变幻

表情不断地随机变幻,有高兴、伤心,也有害羞、惊讶。动画的效果如图 10-22 所示。

图10-22 表情变幻

图 10-23 说明了动画的设计要点。

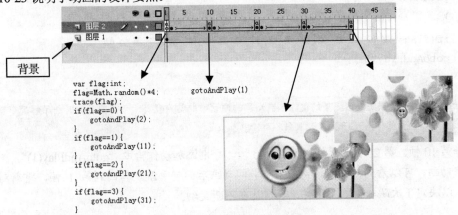

```
var flag:int;
flag=Math.random()*4;
trace(flag);
if(flag==0){
    gotoAndPlay(2);
}
if(flag==1){
    gotoAndPlay(11);
}
if(flag==2){
    gotoAndPlay(21);
}
if(flag==3){
    gotoAndPlay(31);
}
```

gotoAndPlay(1)

图10-23 设计思路分析

【操作提示】

1. 在"图层 1"中导入一幅花的图片,用来做动画背景。
2. 在第 40 帧位置插入帧,将动画长度扩充到 40 帧。
3. 将几幅表情图片导入到【库】面板中。
4. 新建一个图层,选择其第 2 帧,插入关键帧;然后从库中拖动一个笑脸表情图片到舞台上。
5. 选择第 10 帧,插入关键帧;然后调整笑脸表情图片的大小、位置。
6. 选择第 2 帧,单击鼠标右键,从快捷菜单中选择"创建传统补间"命令,则创建了一个补间动画,如图 10-24 所示。

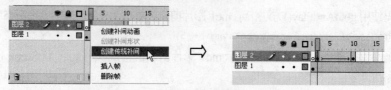

图10-24　创建关键帧

7. 在第 11 帧插入一个关键帧，删除前面的表情图片，重新从库中拖入另外一个表情图片到舞台上，再创建一个 10 帧的补间动画。如此类推，创建各补间动画。

8. 在第 1 帧中添加动作脚本如下：

```
var flag:int;                //定义一个标志变量，类型为整型
flag=Math.random()*4;        //使变量取值为 0~3 之间的整数，也即 0、1、2
trace(flag);                 //跟踪输出变量的值
if(flag==0){                 //用条件语句判断变量是否等于 0
gotoAndPlay(2);              //是，则跳转到第 2 帧
}
if(flag==1){                 //若变量等于 1，则跳转到第 11 帧
gotoAndPlay(11);
}
if(flag==2){                 //若变量等于 2，则跳转到第 21 帧
gotoAndPlay(21);
}
if(flag==3){                 //若变量等于 3，则跳转到第 31 帧
gotoAndPlay(31);
}
```

要点提示 trace()语句用于跟踪输出变量的值。这在动画的调试中非常有意义，可以使我们时刻了解到变量值的变化。在生成最终作品后，trace()语句就不再输出了。

9. 选择第 10 帧、第 20 帧、第 30 帧和第 40 帧，分别添加动作脚本"gotoAndPlay(1)"。

10. 测试动画，可以看到，每显示完一个小补间动画后，动画就跳转回到第 1 帧，重新对变量求值，以决定下次跳转位置。这样，表情就在不断变幻。

10.3.2 事件的响应和处理——调皮的皮卡丘

在 Flash 动画作品中，经常需要对一些情况进行响应，如鼠标的运动、时间的变化、用户的操作等，这些情况统称为事件。在 ActionScript 3.0 中，对于事件类型的区分更加丰富，对于事件的操作也更加复杂一些。一般来说，对于事件的响应都是要通过函数和事件侦听器来实现的。

下面用一个具体的事件处理实例来说明事件处理的方法。

enterFrame（进入帧）事件是 Flash 动画中最常用到的事件之一。当动画播放头进入一个新帧时就会触发此事件。如果动画只有一帧，则会按照设定的帧频（默认为 12 帧/秒）持续触发此事件。在这个事件发生后，系统就会要求所有侦听此事件的对象同时开始相应的事件来处理函数。

下面来设计一个使用 enterFrame 事件的实例。

在开始设计实例之前，首先来分析一下舞台上两个位置点 A（x1，y1）和 B（x2，y2）之间的坐标关系，如图 10-25 所示。

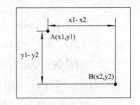

图10-25 舞台上两个位置点之间的坐标关系

A、B 两点的水平间距为 $x1-x2$，垂直间距为 $y1-y2$。若 B 点向 A 点靠近，则 B 点在坐标变化为：

```
x2=x2+(x1-x2)
y2=y2+(y1-y2)
```

若 B 点是逐渐向 A 点靠近，则需要将间距划分为若干小段，然后反复进行位置判断，直至两点位置重合。例如划分为 5 段，则：

```
x2=x2+(x1-x2)/5
y2=y2+(y1-y2)/5
```

下面就按照这个算法来设计实例。

🔑 调皮的皮卡丘

调皮的皮卡丘喜欢上了鼠标，鼠标移动到哪里，皮卡丘就跑到哪里。动画效果如图 10-26 所示。

【操作提示】

1. 将皮卡丘导入到【库】面板中。
2. 创建"元件 1"，将图片拖入其舞台。
3. 按 Ctrl + B 快捷键把图片"分离"，然后使用【套索】工具的"魔术棒"选项，将图片的白色背景清除，如图 10-27 所示。

图10-26 调皮的皮卡丘

图10-27 将图片的白色背景清除

4. 返回"场景 1"，将元件 1 拖动到舞台上，设置实例名称为"pkq"。
5. 选择第 1 帧，打开【动作】面板。
6. 在脚本窗口中，输入如图 10-28 所示的代码。这段代码的作用是判断皮卡丘的坐标与鼠标是否一致，若不相同就逐渐变化逼近鼠标位置。

图10-28 使对象向鼠标靠近

代码说明：

```
//定义一个followmouse函数，能够响应任何事件，且没有返回值
function followmouse(event:Event):void {
//如果对象的x坐标不等于鼠标的x坐标
if (pkq.x!=mouseX) {
    //改变对象的x坐标
    pkq.x= pkq.x+(mouseX- pkq.x)/5;
}
if (pkq.y!=mouseY) {
    pkq.y= pkq.y+(mouseY- pkq.y)/5;
}
}
//为对象添加一个侦听器，一旦发生enterFrame事件，就执行followmouse函数
pkq.addEventListener(Event.ENTER_FRAME, followmouse);
```

7. 测试动画，可以看到不管鼠标移动到哪里，皮卡丘都会慢慢地跟随过去。

 皮卡丘的坐标原点在左上角，所以当皮卡丘的左上角到达鼠标位置后，就会停止移动。

10.4 综合案例——绿野仙踪

在 Flash 动画中，经常要显示一些变量的值。在动画调试时，可以使用 trace()函数，但是这个函数在真正动画播放时，是不会显示的。所以，一般需要利用动态文本来显示动态数据值。

继续为 10.3.2 的作品添加一个背景；皮卡丘还会跟随鼠标移动，不过在窗口左下角能够实时显示它的位置了。如图 10-29 所示。

图10-29 绿野仙踪

图 10-30 所示说明了动画的操作要点。

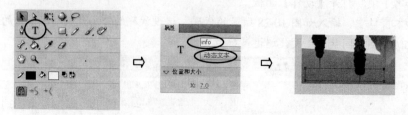

图10-30 操作思路分析

【操作提示】

1. 将"调皮的皮卡丘.fla"另存为"绿野仙踪.fla"文件。

2. 新建图层"图层 2"，在其中引入一幅背景图像；然后将该层置于"图层 1"的下面。

3. 回到"图层 1"，选择文本工具 **T**，在舞台的左下角绘制一个文本框，如图 10-31 所示。

4. 选择文本框，在【属性】面板中，设置文本类型为"动态文本"、实例名称为"info"，并适当设置字体、大小等属性，如图 10-32 所示。

图10-31 绘制一个文本框

图10-32 设置文本框属性

5. 选择第 1 帧，打开【动作】面板。在 followmouse 函数中添加一条代码，用于在 info 中显示变量的值，如图 10-33 所示。

对于文本的赋值，可以将字符串和变量的混合应用，用"＋"号将它们连接起来。注意字符串必须用""标识出来。

6. 测试动画，会发现文本框显示的值有太长的小数位，如图 10-34 所示。

图10-33 在 info 中显示变量的值

图10-34 文本框显示的值有太长的小数位

Flash CS4 默认的 Number 类型的小数位数为 20，在我们一般的动画设计中，这个精确度太高，根本用不到。在实际应用中，一般取 1～2 位小数就可以了。

7. 在代码中添加一个函数，使显示值仅保留 1 位小数。同时，修改显示坐标值的代码，调用这个函数，以便使用更简洁的形式显示坐标值，如图 10-35 所示。

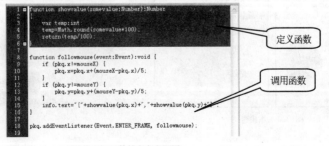
图10-35 函数的定义和调用

代码说明：

```
//定义一个函数 showvalue，输入参数为 Number 类型，输出也是 Number 类型
function showvalue(somevalue:):Number
{
var temp:int;                              //定义一个整型的临时变量
//调用 Math.round()函数，将输入值乘 10 后四舍五入为最接近的整数
temp=Math.round(somevalue*10);
return(temp/10);        //函数返回一个 Number 值
}
……
info.text="["+showvalue(pkq.x)+","+showvalue(pkq.y)+"]";
……
```

要点提示 在该代码中，首先将数值乘以 10，然后四舍五入为最接近的整数，然后再除以 10，可以使 Flash 将该数字四舍五入为 1 位小数。这将得到一个更简洁的分数。

8. 再次测试动画，可见这时文本框中最多就显示 1 位小数，从而使对象的坐标位置能够很简洁地显示出来。

在 Flash CS4 有许多动作语句和函数，全部熟记是很困难的，也是不必要的，因为 Flash CS4 提供了丰富的在线帮助信息，供读者在使用时参考。从【帮助】菜单中选择【Flash 帮助】命令，会出现 Flash CS4 的【帮助】面板，其中不仅有 Flash 常用功能的帮助，还有 ActionScript 2.0/3.0 的语言参考等。

ActionScript 是 Flash 的精髓，是 Flash 动画精妙绝伦的根源，它的内容非常丰富，希望通过认真学习和反复练习，最终能够很好地掌握这个强大的设计工具。

10.5　课后作业

1. 试修改范例“辛苦的工人”，使对象的位置随机变化。
2. 试修改范例“绿野仙踪”，使文本框显示整数坐标值。
3. “四季的水果我都爱，拿来一个猜一猜”，试设计一个能够随机显示水果图片的动画“水果秀”，效果如图 10-36 所示。每个画面能够停留片刻，并且用文本说明当前水果的名称。
4. “情绪如风，难觅其踪；嬉笑哀乐，俱由心生”，试设计动画“心情”，效果如图 10-37 所示。圆脸图像随机地从一个位置移动到另外一个位置，同时表情也不断地发生变化。

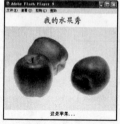

图10-36　水果秀　　　　　　　　　　　　　　　　图10-37　心情

交互式动画

ActionScript 可以使 Flash CS4 产生奇妙的动画效果，但是这并不是 ActionScript 的全部，它更重要的作用是使动画具有交互性。这种交互性提供了用户控制动画播放的手段，使用户由被动的观众变为主动的操作者，可以根据需要播放声音、操纵对象、获取信息等。正是这种交互性，使得 Flash 在动画设计上更加灵活方便，也使它能够实现其他动画设计工具所未能企及的功能。本讲课时为 4 小时。

学习目标

- ◆ 理解交互的概念。
- ◆ 了解按钮的结构。
- ◆ 掌握动画的控制。
- ◆ 掌握对象的拖放和复制。

11.1 功能讲解

Flash 具有强大的编程能力，其动画形式、设计方法千变万化。动画交互控制有很多种方式，针对不同的情况，需要使用不同的交互手段来实现动画效果。下面首先来了解交互、按钮和控制的基本概念。

11.1.1 交互的概念

如果读者使用过多媒体软件（教学或娱乐）的话，对"交互"的概念就不会太陌生。所谓"交互"，就是由用户利用各种方式，如按钮、菜单、按键、文字输入等，来控制和影响动画的播放。交互的目的就是使计算机与用户进行对话（操作），其中每一方都能对另一方的指示做出反应，使计算机程序（动画也是一种程序）在用户可理解、可控制的情况下顺利运行。

交互式动画是指在动画作品播放时支持事件响应和交互功能的一种动画，也就是说，动画播放时可以接受用户控制，而不是像普通动画一样从头播放到尾。交互的实现一般是利用鼠标对按钮的操作来完成，此外也可以通过键盘事件来响应。

为了使读者对交互式动画有一个直观的认识。读者可以打开在本书的配套附盘中有一个动画文件"snip-frame_by_frame.swf"，这是早期的版本 Flash 5 所带的范例。播放该动画，如图 11-1 所示。这是一个典型的交互式动画，可以利用按钮控制动画的播放、暂停或逐帧变化。

那么，这种交互动作是如何实现的呢？它是通过一系列的 ActionScript 代码来实现的。利用 ActionScript 的函数、方法和时间，能够方便地为动画添加交互功能。

图11-1　交互式动画

动作语句的调用必须是在某种事件的触发下进行，而且这种事件一般是由用户的操作触发的。这里所谓的事件，实际上就是用户对动画的某种设定或交互。动画帧只有一种事件，即被载入（播放）时，其中的动作脚本（如果有的话）就能够得到执行。相对而言，对象（按钮或影片剪辑）的事件就丰富了许多。

11.1.2 鼠标的事件

对象的事件，一般都来源于用户的操作。而这种操作，大多是利用鼠标或键盘来实现的。因此，首先来了解一下常用的鼠标操作事件。

在 Flash CS4 的 ActionScript 3.0 中，鼠标一般具有表 11-1 所示的事件。

表 11-1　　　　　　　　　　　　　　　　　鼠标事件及含义

事件名称	说明
CLICK	鼠标左键在对象上单击的事件
DOUBLE_CLICK	鼠标左键在对象上双击的事件
MOUSE_DOWN	鼠标左键在对象上被按下的事件
MOUSE_UP	鼠标左键在对象上被松开的事件
MOUSE_MOVE	鼠标移动的事件
MOUSE_OUT	鼠标离开对象的事件
MOUSE_OVER	鼠标移动到对象上的事件

下面通过一个实例来说明鼠标的各种事件。

创建一个影片剪辑对象，使之能够对各种鼠标事件进行响应，并在一个文本框中显示鼠标事件的名称。如图 11-2 所示。

图11-2　鼠标事件

【步骤提示】
1. 新建一个 Flash 文档，并保存为"鼠标事件.fla"。
2. 执行【插入】/【新建元件】命令，创建一个"影片剪辑"类型的元件"元件 1"。

3. 在"元件 1"中，绘制一个矩形框，如图 11-3 所示。矩形的色彩、边框线的样式，都可以根据读者的爱好选择。

4. 返回"场景 1"中，将"元件 1"拖入舞台，在【属性】面板中，设置实例名称为"mc"，如图 11-4 所示。

5. 使用 T 工具创建一个静态文本框，输入文本"理解按钮事件"。

6. 再创建一个文本框，设置为"动态文本"，实例名称为"info"，如图 11-5 所示。

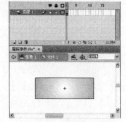

图11-3 绘制一个矩形

图11-4 设置实例名称为"mc

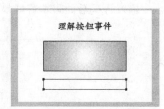

图11-5 创建一个动态文本框

7. 选择【时间轴】窗口中的第 1 帧，打开【动作】面板，输入如下代码：

```
//侦听鼠标进入事件
mc.addEventListener(MouseEvent.MOUSE_OVER, mouseOverHandler);
//侦听鼠标离开事件
mc.addEventListener(MouseEvent.MOUSE_OUT, mouseOutHandler);
//侦听鼠标按下事件
mc.addEventListener(MouseEvent.MOUSE_DOWN, mouseDownHandler);
//侦听鼠标松开事件
mc.addEventListener(MouseEvent.MOUSE_UP, mouseUpHandler);
//侦听鼠标单击事件
mc.addEventListener(MouseEvent.CLICK, mouseClickHandler);
//处理鼠标单击事件
function mouseClickHandler(event:MouseEvent):void {
    info.text="鼠标单击";
}
//处理鼠标进入事件
function mouseOverHandler(event:MouseEvent):void {
    info.text="鼠标进入";
}
//处理鼠标离开事件
function mouseOutHandler(event:MouseEvent):void {
    info.text="鼠标离开";
}
//处理鼠标按下事件
function mouseDownHandler(event:MouseEvent):void {
    info.text="鼠标按下";
}
```

从零开始

```
//处理鼠标松开事件
function mouseUpHandler(event:MouseEvent):void {
    info.text="鼠标松开";
}
```

 "//" 后面的内容为注释语句；注释语句可以不输入。

8. 输入代码后的脚本窗口如图 11-6 所示。

```
mc.addEventListener(MouseEvent.MOUSE_OVER, mouseOverHandler);
mc.addEventListener(MouseEvent.MOUSE_OUT, mouseOutHandler);
mc.addEventListener(MouseEvent.MOUSE_DOWN, mouseDownHandler);
mc.addEventListener(MouseEvent.MOUSE_UP, mouseUpHandler);
mc.addEventListener(MouseEvent.CLICK, mouseClickHandler);

function mouseClickHandler(event:MouseEvent):void {
    info.text="鼠标单击";
}

function mouseOverHandler(event:MouseEvent):void {
    info.text="鼠标进入";
}

function mouseOutHandler(event:MouseEvent):void {
    info.text="鼠标离开";
}

function mouseDownHandler(event:MouseEvent):void {
    info.text="鼠标按下";
}

function mouseUpHandler(event:MouseEvent):void {
    info.text="鼠标松开";
}
```

图11-6　输入代码后的脚本窗口

9. 测试动画。可以看到，当鼠标进行各种操作时，相应的输出信息就会在 "输出" 文本框中显示出来。

 通过这个动画，读者能够更好地理解鼠标事件的含义。当然也可以根据需要在各个事件中添加更加丰富的处理方式，实现跳转、控制等各种功能。

11.1.3 按钮的结构

按钮是交互式动画的最常用控制方式。Flash CS4 中，按钮是作为一个元件来制作的。下面通过案例来了解一下按钮的结构。

【操作提示】

1. 创建一个新的 Flash 文档。
2. 执行【插入】/【新建元件】命令，创建一个 "按钮" 类型的元件，如图 11-7 所示。
3. 单击 ┌确定┐ 按钮，就能够创建一个按钮元件；从元件的时间轴上，可以看到该按钮的结构，如图 11-8 所示。

图11-7　创建 "按钮" 类型的元件

图11-8　按钮的 4 帧时间轴结构

可以看到，Flash CS4 的按钮有一个 4 帧的时间轴，分别表示按钮在【弹起】、【指针经过】、【按下】和【点击】状态下的外观。这说明，按钮实际上是一个可交互的影片剪辑，不过它的时间轴并不能直接播放，而是根据鼠标的操作跳转到相应的帧上。

【点击】状态定义了操作按钮的有效区域，即可以对按钮进行操作的区域，它在动画中不显示。如果内容为空，则以按钮【弹起】状态下的图形区域为有效区域。

4. 在【弹起】状态帧中绘制一个渐变填充的椭圆，如图 11-9 所示。
5. 在其他各状态帧分别按 F6 键，插入关键帧，然后根据需要分别修改各帧图形的颜色，甚至形状也可以任意修改，如图 11-10 所示。

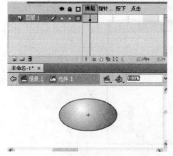

图11-9　在【弹起】状态帧中绘制椭圆　　　　　　图11-10　修改各帧的椭圆

6. 返回"场景 1"中，将制作的按钮元件拖入舞台中。测试动画，可以看到当按钮处在不同的状态下时，表现出不同的外观。

可见，按钮的结构很简单，但是它能够很好地响应用户的操作。读者可以根据需要设计不同的按钮，在各状态帧中添加文字、光环、声响等。

 实际设计按钮时，一般不需要在【点击】状态帧建立什么内容。

为了方便用户的使用，Flash CS4 系统自带了一个公用按钮库。在系统菜单中执行【窗口】/【公用库】/【按钮】命令，就能够打开公用按钮库，如图 11-11 所示。

选择其中的一个按钮，拖入到舞台，就能够使用。图 11-12 所示是一个按钮的结构。可见，在设计按钮时不仅可以在不同状态帧中绘制图形，还可以添加图层，进行更复杂的设计。

图11-11　公用按钮库　　　　　　图11-12　多层的按钮结构

11.2　范例解析

交互的概念不难理解，但是重点的是如何在 Flash 中实现这种交互。在 Flash 动画中，最常用的交互操作就是控制动画的播放和停止。利用按钮能够很方便地实现这个功能。

不过，针对主时间轴动画和影片剪辑，其动画的播放控制语句也略微有所不同。下面通过具体实例来说明。

11.2.1 控制动画——飞鸟翩翩

所谓主时间轴动画，是指直接在动画的主时间轴上建立的补间动画或逐帧动画。利用 stop()语句和play()语句可以直接控制这种动画。

本节通过实例来了解一下主时间轴动画。原野上，一只小鸟翩翩飞翔，时远时近。利用画面上的按钮，可以控制小鸟的飞翔，画面效果如图 11-12 所示。

图11-13　飞鸟翩翩

1. 创建一个新的 Flash 文档，并将文档命名为"飞翔的小鸟.fla"。
2. 导入一幅图片到舞台，并设置舞台大小与图片大小相同，使图片能够完全覆盖舞台。
3. 修改"图层 1"的名称为"背景"。
4. 选择第 60 帧，按下 F5 键，将动画延长到 60 帧。
5. 新建一个"影片剪辑"类型的元件"飞鸟"。
6. 在"飞鸟"的编辑状态下，将一个小鸟飞翔的文件"鸟.gif"导入到舞台。
7. 回到【场景 1】，在【时间轴】面板中，单击 按钮，添加一个新层，将图层名称修改为"飞鸟"。
8. 将元件"飞鸟"拖入到舞台中，放置在舞台左侧，创建一个"飞鸟"元件的实例对象，如图 11-14 所示。
9. 选择"飞鸟"层的第 1 帧，单击鼠标右键，从快捷菜单中选择"创建补间动画"命令，如图 11-15 所示。

图11-14　将元件"飞鸟"拖入到舞台

图11-15　增加引导层

10. 选择第 60 帧，然后将"飞鸟"实例对象拖动到舞台的右侧，则创建了一条运动路径，如图 11-16 所示。
11. 在第 20 帧插入一个关键帧，然后拖动对象到舞台上方的某个位置，如图 11-17 所示。

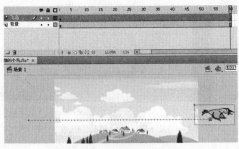
图11-16 创建一条运动路径

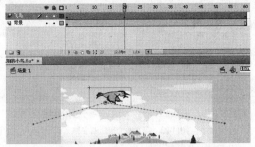
图11-17 在第20帧修改对象属性

12. 同理，在第 60 帧增加一个关键帧。拖动实例图片，使其移动到舞台靠下的位置，如图 11-18 所示。

13. 使用 工具和 工具，修改路径，使其比较光滑，如图 11-19 所示。

图11-18 在第40帧修改对象属性

图11-19 使路径光滑

14. 选择各关键帧，再选择实例对象，调整图片的旋转角度和缩放比例，使对象能够沿路径飞翔，并且呈现远小近大的效果，如图 11-20 所示。

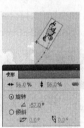
图11-20 调整各关键帧中图片的旋转角度和缩放比例

15. 测试动画，可以看到飞鸟沿着设置好的路径翩翩飞翔。

16. 下面要用按钮来控制小鸟的飞翔。打开公用按钮库，从 "playback flat" 文件夹中选择 "flat blue play" 按钮元件，这是一个带有播放标志的按钮元件。
将它拖动到 "背景" 层的第 1 帧中。

17. 再选择该文件夹下的 "flat blue stop" 按钮元件，这是一个带有停止标志的按钮元件，将它也拖动到 "背景" 层的第 1 帧中，如图 11-19 所示，这样建立了两个用于控制播放和停止的按钮。

图11-21 添加控制按钮

18. 在【属性】面板中，分别定义两个按钮的名称为 "playBtn" 和 "stopBtn"，如图 11-20 所示。

19. 选择 "背景" 层的第 1 帧，打开【动作】面板。在脚本窗口输入控制动画播放的代码，如图 11-23 所示。

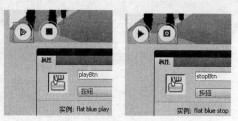

图11-22 定义两个按钮的名称

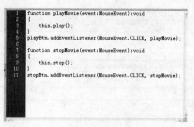

图11-23 在脚本窗口输入控制动画播放的代码

代码说明：

//定义一个函数playMovie，使其能够接收鼠标事件

function playMovie(event:MouseEvent):void

{

   this.play();　　　　//调用play()函数，开始当前动画播放

}

//为 playBtn 按钮添加一个侦听器，监听发生在其上的鼠标单击事件；若鼠标单击该按钮，则调用 playMovie 函数

playBtn.addEventListener(MouseEvent.CLICK, playMovie);

//为 stopBtn 按钮添加函数和侦听器，原理同上。

function stopMovie(event:MouseEvent):void

{

   this.stop();

}

stopBtn.addEventListener(MouseEvent.CLICK, stopMovie);

 this 是表示"当前对象"的特殊名称。用在时间轴上，就表示当前时间轴对象。

20. 测试动画，可见小鸟翩翩飞翔。单击 ■ 按钮，则小鸟就会停止在空中；再单击 ▶ 按钮，则小鸟继续飞翔。

21. 保存文件。

11.2.2 控制元件——隐形的翅膀

在上面的例子中，单击 ■ 按钮，小鸟会停止飞翔，但仍然不停地挥动翅膀。可见，在主时间轴上使用 play()语句和 stop()语句可以控制主时间轴上动画的播放和暂停，但是无法控制舞台上引用的影片剪辑元件的实例。那么，该如何控制这种元件实例的播放呢？这就需要对其单独进行控制了。

下面在前面例子的基础上，说明如何对小鸟翅膀挥动进行控制。

1. 将上例另存为"隐形的翅膀.fla"。在"飞鸟"图层的第 1 帧，选中实例图片，定义实例名称为"bird"，如图 11-24 所示。

2. 选择"背景"层第 1 帧，然后打开【动作】面板，在脚本窗口中增加一条代码，如图 11-25 所示。其作用是使对象"bird"停止播放。

图11-24 定义左侧实例名称

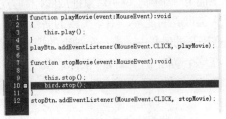

图11-25 使对象"bird"暂停播放

3. 测试动画，单击 ▪ 按钮，你会发现小鸟不仅停止了向前飞翔，其翅膀的挥动也停止了。单击 ▶ 按钮，小鸟开始向前飞翔，但是其翅膀仍然不动。这说明对影片剪辑元件实例的控制需要专门指出其名称。

4. 在脚本窗口中再增加一条代码，如图 11-26 所示，用以控制元件的播放。

 如果读者搞不清楚该如何选择对象（特别是在对象多层嵌套的情况下），可以利用⊕（插入目标路径）按钮来帮忙。如图 11-27 所示。

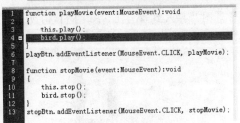

图11-26 控制元件的播放

图11-27 使用【插入目标路径】按钮

11.2.3 对象拖放——失落的圆明园

对象的拖动是 Flash 作品重经常用到的一种操作，例如拼图练习、打靶游戏等。利用 ActionScript 能够轻松实现这种功能。

一、startDrag 函数

```
startDrag(lockCenter:Boolean = false, bounds:Rectangle = null)
```

作用：

- 允许用户拖动指定的对象。该对象将一直保持可拖动，直到通过调用 stopDrag()方法来明确停止，或直到将另一个对象变为可拖动为止。在同一时间只有一个对象是可拖动的。

参数：

- lockCenter:Boolean (default = false)——指定是将可拖动的对象锁定到鼠标位置中央(true)，还是锁定到用户首次单击该对象时所在的点上（false）。默认值为 false。
- bounds:Rectangle (default = null)——相对于对象父级的坐标的值，用于指定对象约束矩形。默认值为无。

二、stopDrag 函数

```
stopDrag()
```

结束 startDrag()方法。

下面用一个例子说明对象拖放的控制方法。

人类世界的瑰宝、中华民族的骄傲，美丽的圆明园，在侵略者的烈火中永远消逝了。梦中回眸，在平凡的风景中，有一个神奇的视窗，透过它，还能够看到那失落的大观。

在这个动画中，当按下鼠标，就能够拖动一个圆形的观察窗口，松开鼠标，窗口停止；单击放大镜，能够放大观察窗口。动画的效果如图 11-28 所示。

图11-28 失落的圆明园

1. 创建一个新的 Flash 文档，保存为"失落的圆明园"。
2. 执行【插入】/【新建元件】命令，创建一个"影片剪辑"类型的元件，名称为"背景"，如图 11-29 所示。
3. 单击 确定 按钮，进入元件编辑状态。导入一幅背景图片导入到舞台上，如图 11-30 所示。

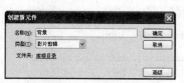

图11-29 新建一个元件

图11-30 导入背景图片

4. 执行【插入】/【新建元件】命令，创建一个"影片剪辑"类型的元件，名称为"观察窗"。
5. 在"观察窗"中绘制一个圆形，如图 11-31 所示。

要点提示 图形用什么颜色都可以，只要是有一个图形在这里就可以了。当其处于遮罩层中，所有有图形的地方都会透明的。

6. 再创建一个"按钮"类型的元件"放大"；导入一幅放大镜图片到其舞台上，使按钮各帧中图片的位置有一些变化，并添加不同色彩的文字，这样就能够体现鼠标操作的效果，如图 11-32 所示。

图11-31 导入鲜花图片　　　　　　图11-32 创建放大按钮

7. 返回"场景 1"中，选择"图层 1"的第 1 帧，从库中将"背景"元件拖入到舞台；调整元件实例的大小，使其与舞台大小一致。
8. 定义该实例的名称为"back"，如图 11-33 所示。

9. 将"放大"元件拖入到舞台左下角，定义实例名称为"big"，如图 11-34 所示。

10. 在【时间轴】面板加"图层 2"。

11. 选择"图层 2"的第 1 帧，然后将一幅圆明园图片导入到舞台上，如图 11-35 所示。

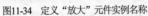

图11-33　定义背景实例的名称　　　　图11-34　定义"放大"元件实例名称　　　　图11-35　在"图层 2"中导入圆明园图片

12. 再添加一个新的图层"图层 3"。选择其第 1 帧，然后从库中将"观察窗"元件拖入舞台。如图 11-36 所示。

13. 选择"观察窗"元件的实例，命名为"view"，如图 11-37 所示。

14. 在"图层 3"上，单击鼠标右键，弹出快捷菜单，如图 11-38 所示。

图11-36　将"观察窗"拖入舞台　　　　　图11-37　命名实例　　　　　图11-38　时间轴快捷菜单

15. 选择"遮罩层"命令，则"图层 3"成为"图层 2"的遮罩层，如图 11-39 所示。这时，【时间轴】面板的两个图层的图标已经发生了变化，同时，舞台上"图层 2"的内容只能透过"图层 3"中的对象来观看。

16. 选择"图层 1"的第 1 帧，打开【动作】面板，在脚本窗口输入如图 11-40 所示代码，用于控制观察窗的拖放。

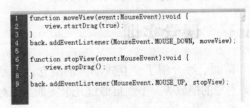

```
1  function moveView(event:MouseEvent):void {
2      view.startDrag(true);
3  }
4  back.addEventListener(MouseEvent.MOUSE_DOWN, moveView);
5
6  function stopView(event:MouseEvent):void {
7      view.stopDrag();
8  }
9  back.addEventListener(MouseEvent.MOUSE_UP, stopView);
```

图11-39　"图层 3"成为"图层 2"的遮罩层　　　　　图11-40　输入代码

代码说明：

```
function moveView(event:MouseEvent):void {        //定义一个函数
view.startDrag(true);          //开始拖动 view 对象
}
```

```
//鼠标按下时，开始调用函数 moveView
back.addEventListener(MouseEvent.MOUSE_DOWN, moveView);

function stopView(event:MouseEvent):void {          //定义一个函数
view.stopDrag();                    //停止拖动 view 对象
}
//鼠标松开时，开始调用函数 stopView
back.addEventListener(MouseEvent.MOUSE_UP, stopView);
```

17. 测试动画，可以看到，圆明园图片被遮挡，只有透过观察窗才能够看到。在观察窗上按住鼠标左键，就能够拖动窗口；松开鼠标，窗口就停止拖动。

18. 为了使"放大"按钮能够起到放大观察窗的效果，需要再添加一些代码，如图 11-41 所示。

```
1  function moveView(event:MouseEvent):void {
2      view.startDrag(true);
3  }
4  back.addEventListener(MouseEvent.MOUSE_DOWN, moveView);
5
6  function stopView(event:MouseEvent):void {
7      view.stopDrag();
8  }
9  back.addEventListener(MouseEvent.MOUSE_UP, stopView);
10
11 function bigView(event:MouseEvent):void {
12     view.scaleX=1.2*view.scaleX;
13     view.scaleY=1.2*view.scaleY;
14 }
15 big.addEventListener(MouseEvent.MOUSE_UP, bigView);
```

图11-41　使用按钮放大观察窗

代码说明：

```
back.addEventListener(MouseEvent.MOUSE_DOWN, moveView);

function bigView(event:MouseEvent):void {          //定义一个函数
view.scaleX=1.2*view.scaleX;          //设置对象在 x、y 方向的比例是当前比例的 1.2 倍
view.scaleY=1.2*view.scaleY;
}
//鼠标按下时，开始调用函数 moveView
big.addEventListener(MouseEvent.MOUSE_UP, bigView);
```

19. 再次测试动画，单击放大镜按钮，就能够将观察窗放大。

20. 至此，动画设计完成，保存作品。

11.3　课堂实训

前面已经介绍了交互式动画的概念，并结合范例说明了交互式动画的实现方法，如动画控制、对象的拖放等。下面再通过几个实训加深对这些知识的理解。

11.3.1　鼠标控制——跳舞的女孩

一个女孩，在画面上左右跳动着跳舞；在图像上单击鼠标左键，则女孩站在原地跳舞；再次单击鼠标，则女孩又开始左右跳动。效果如图 11-42 所示。

图11-42 跳舞的女孩

【步骤提示】

1. 创建一个"影片剪辑"类型的元件，导入"跳舞的女孩.GIF"图像到元件的舞台上，如图 11-43 所示。

2. 返回"场景 1"将影片剪辑元件拖入的第 1 帧的舞台上，命名元件实例名称为"girl"。

3. 选择实例对象，从【动画预设】面板中选择"默认设置"文件夹中的"波形"，将其应用到实例对象上，创建一个左右移动的波动动画效果，如图 11-44 所示。

图11-43 创建元件并导入图像

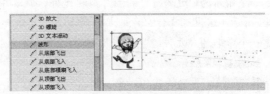

图11-44 应用波形动画效果

4. 添加一个新的图层"图层 2"，如图 11-45 所示。因为预设动画的关键帧不能添加脚本代码，所以这里必须添加一个新的图层。

5. 选择"图层 2"的第 1 帧，添加脚本代码，如图 11-46 所示。

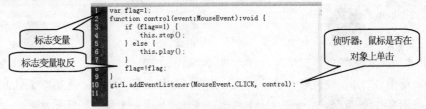

```
var flag=1;
function control(event:MouseEvent):void {
    if (flag==1) {
        this.stop();
    } else {
        this.play();
    }
    flag=!flag;
}
girl.addEventListener(MouseEvent.CLICK, control);
```

标志变量
标志变量取反
侦听器：鼠标是否在对象上单击

图11-45 为对象添加鼠标单击事件

要点提示 为了检测女孩跳舞的状态，首先要定义一个标志变量 flag。初始时其值为 1，表明女孩处于活动状态。添加一个对"鼠标在对象上单击"事件的侦听器，同时定义一旦时间发生，就调用函数 controlgirl，并在此使女孩跳舞或暂停。

6. 测试作品，可以看到，在女孩图像上单击鼠标，女孩就会在原地跳舞；再单击鼠标，她又开始左右跳动着舞蹈。

11.3.2 遮罩动画——小镇雾景

在这个动画里，一个雾气笼罩的风景小镇，一个缓慢旋转的万花筒，透过这个万花筒，就能够看到小镇美丽的风貌。动画效果如图 11-46 所示。

思路分析：

- 创建一个旋转的万花筒；
- 创建风景小镇的元件；
- 使用遮罩技术将万花筒设置为风景小镇的观察窗口；
- 在前景中的风景小镇设置为半透明。

【步骤提示】

1. 创建一个命名为"前景"的影片剪辑元件，在其中导入一幅风景图片，如图 11-47 所示。

图11-46 小镇雾景

图11-47 导入风景图片

2. 创建一个命名为"元件 1"的影片剪辑元件，在其中绘制 1 个六角图形，色彩选择红色，如图 11-48 所示（这里选择什么色彩都是对动画的实现无任何影响）。

3. 创建一个命名为"元件 2"的影片剪辑元件，将"元件 1"拖入其舞台，然后建立一个补间动画，如图 11-49 所示。

4. 选择第 30 帧，再选择实例对象，将其旋转 360°，如图 11-50 所示。这样，该补间动画就会产生旋转一周的效果。

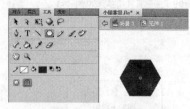

图11-48 绘制六角图形

图11-49 创建旋转的万花筒

图11-50 将对象旋转360°

5. 返回"场景 1"中，将元件"前景"拖入舞台，与舞台居中对齐，设置其【Alpha】为 25%，定义实例名称为"back"，如图 11-51 所示。这就产生了一个朦胧的雾气效果。

6. 添加"图层 2"，然后再次将"前景"元件拖入舞台，与舞台居中对齐，如图 11-52 所示。不需要设置其【Alpha】值，这是一个清晰的图片。

图11-51 设置朦胧前景效果

图11-52 在"图层 2"添加清晰图片

7. 添加"图层3"，将元件"元件2"拖入舞台，设置其实例名称为"view"。

8. 设置"图层3"为遮罩层，如图 11-53 所示。

图11-53 设置"图层3"为遮罩层

9. 在"图层1"的第1帧中，创建动作脚本，如图 11-54 所示。

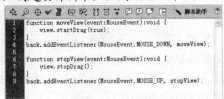

图11-54 创建动作脚本

这样，当拖动这个旋转的万花筒时，就可以透过前面的迷雾，清晰地看到美丽的风景。

11.4 综合案例——五彩飞花

在 Flash CS4 中，可以利用复制的方法，使影片播放时，产生许多相同对象，从而实现雨雪、气泡等效果。下面首先了解几个重要的概念和方法。

一、动态创建元件实例

在 Flash 中向屏幕中添加内容的一个方法是将资源从库中拖放到舞台上，这种方法最简便直观，但对于一些需要在动画播放期间动态添加元件实例的情况，这种方法就不适用了。这就需要考虑用 ActionScript 来创建实例。

默认情况下，Flash 文档库中的影片剪辑元件实例不能以动态方式创建，也就是说不能使用 ActionScript 创建。因此，为了使元件可以在 ActionScript 中使用，必须指定为 ActionScript 导出该元件。后面将结合实例说明导出元件定义的方法。

这种动态创建元件实例的方法具有多个优点：代码易于重用、编译时速度加快，可以在 ActionScript 中进行更复杂的修改。

二、创建对象实例

在 ActionScript 中使用对象之前，要确定该对象首先必须存在。创建对象的步骤之一是声明变量。然而，声明变量仅仅是在计算机的内存中创建一个空位置。必须首先为变量指定实际值，即创建一个对象并将它存储在该变量中，然后再尝试使用或处理该变量。创建对象的过程称为对象"实例化"。也就是说，创建特定类的实例。

有一种创建对象实例的简单方法完全不必涉及 ActionScript。在 Flash 中，当将一个影片剪辑元件、按钮元件或文本字段放置在舞台上，并在【属性】面板中为其指定实例名时，Flash 会自动声明一个拥有该实例名的变量、创建一个对象实例并将该对象存储在该变量中。但是对于要动态创建的对象，必须使用 new 运算符来声明。

要创建一个对象实例，应将 new 运算符与类名一起使用，如：

```
var raceCar:MovieClip = new MovieClip();    //声明一个影片剪辑类型的变量
var birthday:Date = new Date(2006, 7, 9);   //声明一个日期类型的变量
```

通常，将使用 new 运算符创建对象称为"调用类的构造函数"。"构造函数"是一种特殊方法，在创建类实例的过程中将调用该方法。当用此方法创建实例时，需要在类名后加上小括号，有时还可以指定参数值。

对于可使用文本表达式创建实例的数据类型，也可以使用 new 运算符来创建对象实例。例如，下面的两行代码执行的是相同的操作：

```
var someNumber:Number = 6.33;
var someNumber:Number = new Number(6.33);
```

三、addChild ()方法

在 ActionScript 3.0 中，当以编程方式创建影片剪辑（或任何其他显示对象）实例时，只有通过对显示对象容器调用 addChild()或 addChildAt()方法将该实例添加到显示列表中后，才能在屏幕上看到该实例。允许用户创建影片剪辑、设置其属性，甚至可在向屏幕呈现该影片剪辑之前调用方法。

```
public function addChild(child:DisplayObject):DisplayObject
```

下面通过一个综合案例来说明这些概念和方法。

在美丽的原野中，每次单击鼠标，就会有一个花朵从鼠标位置飞出，然后随机摇摆着飘落。动画效果如图 11-55 所示。

图11-55 五彩飞花

首先，讲解处理鲜花的方法。

【操作提示】

1. 创建一个新的 Flash 文档，设置舞台背景颜色为灰色。
2. 将名为"花.jpg"的图片导入到【库】面板中。这是一个图片格式的鲜花图像。
3. 创建一个名称为"分散花"，类型为"图形"的元件。
4. 从库中将"花.jpg"图片拖入到"分散花"的舞台上，如图 11-56 所示。
5. 选择舞台上的图片对象，然后单击鼠标右键，在弹出的快捷菜单中选择"分离"命令，如图 11-57 所示。这样位图图像就被分离为舞台上连续的像素点。

图11-56 将花朵图片拖入舞台　　　　　　　　　　图11-57 选择"分离"命令

6. 选择 ⌓ 工具，再在选项区选择 "魔术棒" 工具，然后在舞台上的空白区域（没有花的位置）单击鼠标，如图 11-58 所示。则此时所有底色像素点都被选择了。

7. 按 Delete 键，可见底色像素点基本都被删除了。如图 11-59 所示。

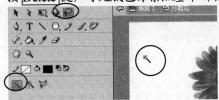 

图11-58　选择底色像素点　　　　　　　　　　图11-59　底色像素点基本都被删除

8. 选择【工具】面板中的【选择】工具、【橡皮擦】工具等，将几朵花分离开，如图 11-60 所示。

图11-60　将几朵花分离开

其次，讲解制作 "花朵" 元件的方法。

【操作提示】

1. 将动画舞台的颜色重新调整为白色。

2. 新建一个命名为 "花朵" 的影片剪辑元件。

3. 在 "花朵" 元件的第 1 帧，将 "分散花" 元件拖入到舞台。

4. 选择第 2 帧，按下 F6 键，添加一个关键帧。同样，在第 3 帧、第 4 帧也都添加一个关键帧，如图 11-61 所示。

5. 选择第 1 帧。执行【修改】/【分离】命令将 "分散花" 元件分离，仅保留其中一个花朵，删除其余 3 个花朵；同样，在第 2、3、4 帧也都仅保留一个花朵，如图 11-62 所示。注意各帧的花朵都是不同的。

图11-61　将各帧都设置为关键帧　　　　　　　图11-62　各帧仅保留一个花朵

6. 打开【动作】面板，为每一帧都添加一个 "stop()" 语句，如图 11-63 所示。

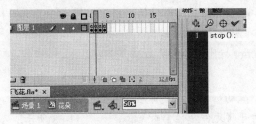

图11-63　为各帧都添加一个 "stop()" 语句

至此，花朵元件制作完成。接下来，讲解制作"飘动"元件的方法。

【操作提示】

1. 新建一个命名为"飘动"的影片剪辑元件。
2. 选择第 1 帧，将"花朵"元件拖入到舞台，打开【对齐】面板，使其与舞台中心对齐。
3. 打开【变形】面板，将实例大小调整到 30%，如图 11-64 所示。
4. 在【属性】面板中，将实例名称定义为"leaf"，如图 11-65 所示。

图11-64 将实例大小调整到 30%

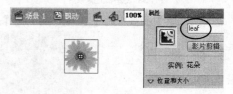

图11-65 定义实例名称为"leaf"

5. 打开【动作】面板，在代码窗口中输入如图 11-66 所示的代码，对"leaf"对象的位置进行设置。

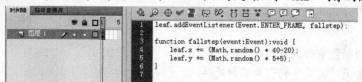

图11-66 对"leaf"对象的位置进行设置

代码分析：

- leaf.addEventListener(Event.ENTER_FRAME, fallstep);

    为对象 leaf 添加一个侦听器，判断如果"进入"帧，就调用 fallstep 函数。因此，fallstep 函数被执行的次数，就与作品设置的帧频有关。一般默认为 24 帧/秒，这也是函数被执行的次数。

- function   fallstep (event:Event):void {}

    检测是否有事件和调用发生，若有，就执行函数体中的语句。

- leaf.x += (Math.random() * 40-20);

    定义 leaf 对象的 x 坐标每次在原值的基础上，增加一个-20~20 之间的随机值。这样，leaf 对象就会产生一个左右摇摆的随机动作。

> **要点提示** Math.random()产生一个 0~1 之间的随机值；与 40 相乘后，得到一个 0~40 之间的随机值；再与 20 相减，就可以得到-20~20 之间的随机值。

- leaf.y += (Math.random() * 5+5);

    定义 leaf 对象的 y 坐标每次在原值的基础上，增加一个 5~10 之间的随机值。这样，leaf 对象就会不断向下移动。

下面讲解为为 ActionScript 导出"飘动"元件的方法。

【操作提示】

1. 选择【库】面板中的"飘动"元件，鼠标右键单击，打开快捷菜单，如图 11-67 所示。
2. 选择【属性】命令，打开【元件属性】对话框，如图 11-68 所示。

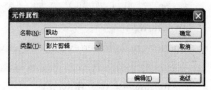

图11-67　快捷菜单　　　　　　　　　　　　　图11-68　【元件属性】对话框

3. 单击 高级 按钮，展开其链接属性。

4. 勾选【为 ActionScript 导出（X）】复选项，要求定义导出的类名称和基类名称，设置如图 11-69 所示。这样，就创建了一个新的类"flower"。

> **要点提示**　默认情况下，"类"的名称会用元件的名称命名（本例默认的名称为"飘动"），但是为了在编程中使用方便，一般要修改为英文名称。"基类"字段的值默认为 flash.display.MovieClip，一般不需要改变。

5. 单击 确定 按钮，出现如图 11-70 所示的对话框。这是由于 Flash 找不到包含指定类的定义的外部 ActionScript 文件，一般来说，如果库元件不需要超出 MovieClip 类功能的独特功能，则可以忽略此警告消息。

图11-69　为 ActionScript 导出

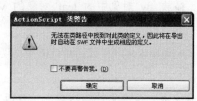

图11-70　类警告信息

6. 单击 确定 按钮，则创建了一个新的类"flower"。

下面具体讲解在 ActionScript 中使用"flower"类来创建新的实例对象的方法。

【操作提示】

1. 新建一个"影片剪辑"类型的元件"背景"。

2. 选择第 1 帧，导入一幅图片"青山.jpg"到舞台上，与舞台中心对齐。

3. 返回"场景 1"中，选择第 1 帧，将"背景"元件拖入到舞台，调整大小使其与舞台基本相符，并与舞台中心对齐，并定义其实例名称为"bg"，如图 11-71 所示。

图11-71　定义"背景"元件的实例名称

4. 选择第 1 帧，打开【动作】面板，在脚本窗口输入如图 11-72 所示的代码，用以创建新的 flower 对象并定义其位置。

图11-72　创建新的 flower 对象

代码说明：

- bg.addEventListener(MouseEvent.MOUSE_DOWN, createflower);
  为 bg 对象（背景）添加一个侦听器，一旦鼠标在其中按下，就调用函数 createflower。
- function createflower(event:MouseEvent)
  函数，用于响应鼠标按下的事件。
- var fw:flower = new flower();
  创建一个新的 flower 类型的实例，实例名称为 fw。
- fw.x = mouseX;
  实例 fw 的 x 坐标等于鼠标的 x 坐标。
- fw.y = mouseY;
  实例 fw 的 y 坐标等于鼠标的 y 坐标。
- addChild(fw);
  将 flower 实例 fw 添加到当前时间轴。
- var whichframe:int = Math.random() * 4;
  定义一个整型变量，取值为 0~3 之间的整数。
- fw.leaf.gotoAndPlay(whichframe+1);
  播放 fw 对象中的 leaf 对象的 whichframe+1 帧。这样就可以随机地显示不同的花朵。

 要点提示 "Math.random() * 4" 得到的是 0~4 之间的随机数，是包括小数的随机实数。将其赋值给一个整型变量，则自动将后面的小数删除，只保留前面的整数。所以得到的值就只能是 0、1、2、3 四个整数中的一个。

5. 设计完成，保存文件；然后测试动画，可见在画面的任何位置单击鼠标，一朵朵的小花就会在鼠标位置出现，然后慢慢飘落下来。

11.5 课后作业

1. 制作一个按钮，在【正常】状态和【鼠标经过】状态下都包含有动画效果，如图 11-73 所示。

2. 为"失落的圆明园"动画添加一个按钮，单击能够缩小观察窗，如图 11-74 所示。

图11-73 动态按钮

3. 修改"隐形的翅膀"动画，用鼠标在小鸟上单击来控制小鸟翅膀的挥动。

4. 试修改"五彩飞花"，不需要单击鼠标，鲜花就能够跟随鼠标不停地自动产生，如图 11-75 所示。

图11-74 缩小观察窗

图11-75 鲜花就能够跟随鼠标自动产生

面向对象编程

Flash CS4 使用的 ActionScript 与其他版本最大的不同，就是其彻底的面向对象的编程思想和方法。面向对象的编程（OOP）是一种组织程序代码的方法，它将代码划分为对象，即包含信息（属性）和功能（方法）的单个元素。这样，就能够通过访问对象的属性和方法来对其进行操纵。面向对象的编程方法使 ActionScript 3.0 功能更加强大，能够更好地与其他软件和环境交换数据。不过，相对其他版本，ActionScript 3.0 也更加复杂一些。本章对 OOP 的概念做一些基础性的说明，为了方便叙述，文中某些地方将 ActionScript 3.0 简写为 AS 3.0。本讲课时为 4 小时。

ⓘ 学习目标

◆ 面向对象编程的基本概念。

◆ 类的定义。

◆ 访问类和对象。

◆ 使用脚本生成实例。

12.1 功能讲解

早期面向过程的编程就是要处理一个个函数，而现在的面向对象编程则要处理函数加数据，在形式上有点儿差别。也许用户在刚接触它时它会感到有些困难，这很正常。一旦真正了解它，那你一定会爱上它。所以，请大家不要畏惧，技术永远向着更方便，更简单，更高效的方向发展，而不会向越来越难，越来越复杂发展。对于面向对象程序设计而言，代表着越来越接近人类的自然语言，越来越接近人类的思维，因此一切都会变得越来越简单。

12.1.1 OOP 的基本概念

先前将计算机程序定义为计算机执行的一系列步骤或指令。那么从概念上讲可能认为计算机程序只是一个很长的指令列表。然而，在面向对象的编程中，程序指令被划分到不同的对象中——代码构成的功能块。因此相关类型的功能或相关的信息被组合到一个容器中。

通过使用面向对象的方法来组织程序，可以将特定信息及其关联的功能或动作组合在一起，称为"对象"。这能为程序的设计带来很多好处，其中包括只需跟踪单个变量而非多个变量、将相关功能组织在一起，以及能够以更接近实际情况的方式构建程序。

例如，若将将计算机程序比作一个房子。当使用面向过程编程时，这栋房子就是一个单元。如果想为房子换个门窗，就必须替换整个单元，重新建造一栋房屋。如果使用 OOP 技术，就可以在建造时将房屋设计成一个个独立的模块（对象）。如果需要换玻璃，只需要选择门窗，调换玻璃就可以；如果需要改变风格，只需要重新调整房屋的颜色和布局就可以。这就是 OOP 编程的优势。

事实上，在前面讲到的元件，就是一个对象。例如，定义了一个影片剪辑元件（假设它是一幅矩形的图画），并且已将它的一个副本放在了舞台上。从严格意义上来说，该影片剪辑元件也是 ActionScript 中的一个对象，即 MovieClip 类的一个实例。

可以修改该影片剪辑的不同特征。例如，当选中该影片剪辑时，可以在【属性】面板中更改许多值，如其坐标、宽度，进行各种颜色调整，或对它应用投影滤镜。这些修改工作，同样可以在 ActionScript 中通过更改 MovieClip 对象的各数据片断来实现。

OOP 中有两个重要的概念，分别是对象和类。

(1) 对象

对象是 OOP 应用程序的一个重要组成部件。这个组成部件封装了部分应用程序，这部分应用程序可以是几个过程、数据或更抽象的实体。在前面的学习中已经多次用到了对象的概念，舞台中的每个实体都可以被看作是一个对象。

(2) 类

类是一种用户定义的数据类型，它有自己的说明（属性）和操作（方法），类中含有内部数据和过程，或函数形式的对象方法，通常用来描述一些非常相似的对象所具有的共同特征和行为。任何类都可以包含 3 种类型的特性：属性、方法、事件。这些元素共同用于管理程序使用的数据块，并用于确定执行哪些动作以及动作的执行顺序。

类由封装在一起的数据和方法构成。封装是指对类中数据的访问会受到一定限制，要通过一定的方法才能访问数据。从外部来看，类就像一个部分可见的黑匣子。可见部分称为接口，通过这个接口可以访问类中不可见的数据部分。其优点是可以减少因直接访问数据而造成的错误。

一个类定义了可区分一系列对象的所有属性，在使用时，需要将该类实例化。例如，"Sound" 类泛指动画中所有的声音类型，如果要讨论对某一个声音的控制，就是将 "Sound" 类实例化。"类" 仅仅是数据类型的定义，就像用于该数据类型的所有对象的模板，例如 "所有 Example 数据类型的变量都拥有这些特性：A、B 和 C"。而 "对象" 仅仅是类的一个实际的实例；可将一个数据类型为 MovieClip 的变量描述为一个 MovieClip 对象。下面几条陈述虽然表达的方式不同，但意思是相同的。

- 变量 myVariable 的数据类型是 Number。
- 变量 myVariable 是一个 Number 实例。
- 变量 myVariable 是一个 Number 对象。
- 变量 myVariable 是 Number 类的一个实例。

要点提示 对象与类是 OOP 中极其重要的两个概念。要注意，类和对象是两个完全不同的东西，它们之间的关系就像类型与变量的关系。对象是类的实例，是由类定义的数据类型的变量。

12.1.2 类、包和文档类

通常一个类有两项内容与之相关：属性（数据或信息）和行为（动作或它可以做的事情）。

属性本质上不存放与类相关的信息的变量，而行为相当于函数，有时也称为方法。

一、类的定义

我们知道，可以在库中创建一个元件，然后用这个元件可以在舞台上创建出很多的实例。与元件和实例的关系相同，类就是一个模板，而对象（如同实例）就是类的一个特殊表现形式。

ActionScript 3.0 类定义语法中要求 class 关键字后跟类名。类体要放在大括号({})内，且放在类名后面。

下面来看一个类的例子：

```
    package {                    //包的声明
public class MyClass {           //类的定义
    public var myproperty:Number = 100;
    public function myMethod() {
                    trace("天天课堂 www.ttketang.com");
            }
}
        }
```

这个类的名字为 MyClass，后面跟一对大括号。在这个类中有两种要素，一个是名为 myproperty 的变量，另一个是名为 myMethod 的函数。

public 是访问关键字。访问关键字是一个用来指定其他代码是否可访问该代码的标识。 public (公有类) 关键字指该类可被外部任何类的代码访问。如果创建的属性或方法只用于类本身的使用，则可以标记为 private（私有），它会阻止类外部任何代码的访问。

类在编写完成后，需要保存在一个外部的文本文件中，文件名与类名相同，使用的后缀为.as，例如 MyClass.as。一般类说，这个类文件应当与 fla 文件位于同一目录下。但是如果使用包来组织，那么可以将类文件放在某个相对子目录下，但是需要在包结构中声明。

二、包（package）

包主要用于组织管理类，也是一种代码封装的概念。AS 3.0 中的 class 必须放在 package 里面。包是根据类所在的目录路径所构成的，并可以嵌套多层。包名所指的是一个真正存在的文件夹，用 "." 进行分隔。例如，有一个名为 utils 的类，存在于文件夹 syb/test/myclass 中（使用域名作为包名是一个不成文的规定，目的是保证包名是唯一的）。这个类就被写成 syb.test.myclass.utils。

在 AS 3.0 中，包名写在包的声明处，类名写类的声明处，例如：

```
    package syb.test.myclass {
public class utils {
    ……
}
        }
```

想象一下，每次要使用这个类的方法时都要输入 syb.test.myclass.utils，是不是太过烦琐太过死板了？别担心，导入（import） 语句可以解决这个问题。在这个例子中，可以把下面这句放在 package 中类定义的上面：

```
    import syb.test.myclass.utils;
```

导入语句只需要写一次，然后在文件中就可以方便引用这个类的属性和方法了。

三、构造函数

构造函数是指一个名字与类名相同的方法。当该类被实例化时，该函数会被自动调用，也可以传入参数，例如：

首先，创建一个类：

```
package {
        public class MyClass {
                public function MyClass(arg:String) {
                        trace("constructed");
                        trace("you passed " + arg);
                }
        }
}
```

然后，在 Flash CS4 的时间轴上创建该实例：

```
var myInstance:MyClass = new MyClass("hello");
```

结果输出：

```
constructed
you passed hello
```

只要使用 new 关键字创建了类实例，就会执行构造函数方法中包括的所有代码。

四、继承

一个类可以从另一个类中继承（inherit）和扩展（extend）而来。这就意味着它获得了另一个类所有的属性和方法（除了那些被 private 掩盖住的属性）。下面分别创建两个类来说明这种继承关系。

注意，每个类都必须在其自身的文件中，文件名为该类的类名，扩展名.as，所以必须要有 MyBaseClass.as 文件和 MySubClass.as 文件。因此，在使用 Flash CS4 时，保存的 fla 文件要与这两个类在同一个文件夹。

文件 MyBaseClass.as 的内容：

```
package {
public class MyBaseClass{
                public function sayHello():void{
                        Trace("Hello from MyBaseClass");
                }
}
        }
```

文件 MySubClass.as 的内容：

```
package {
public class MySubClass extends MyBaseClass{
                public function sayGoodbye():void{
                        Trace("Goodbye from MySubClass");
```

```
        }
    }
```

在 Flash CS4 的时间轴上，写入下面代码，以生产两个实例：

```
var base:MyBaseClass = new MyBaseClass();
base.sayHello();
var sub:MySubClass = new MySubClass();
sub.sayHello();
sub.sayGoodbye();
```

第 1 个实例没什么可说的，值得注意的是第 2 个实例中的 sayHello 方法，虽然在 MySubClass 中没有定义 sayHello，但它却是继承自 MyBaseClass 类的。另一个值得注意的是，增加了一个新的方法 sayGoodbye，这是父类所没有的。

五、MovieClip/Sprite 子类

用户可以自己写一个类，然后让另一个类去继承它。在 AS 3.0 中，所有代码都不是写在时间轴上的，那么它们一开始都要继承自 MovieClip 或 Sprite。MovieClip 类是影片剪辑对象属性和方法的 ActionScript 模板。它包括我们所熟悉的属性，如：影片的 (x,y) 坐标、缩放等。

AS 3.0 还提供了 Sprite 类，通常把它理解为不在时间轴上的影片剪辑。很多情况下，只使用代码操作对象，并不涉及时间轴和帧，这时就应该使用 Sprite 这个轻型的类。如果一个类继承自 MovieClip 或 Sprite，那么它会自动拥有该类所有的属性和方法，我们还可以为这个类增加特殊的属性和方法。

例如，如果设计一个飞机对象，用户希望它拥有一个图形，并且能够在屏幕的某个位置移动、旋转，并为动画添加 enterFrame 侦听器，还有鼠标、键盘的侦听等。这些都可以由 MovieClip 或 Sprite 来完成，所以就要继承自它们。同时，还可以增加一些属性，如：速度（speed）、油量（fuel）、损坏度（damage），还有像起飞（takeoff）、坠落（crash）、射击（shoot）等方法。那么这个类大概是下面的模样。

```
    package {
import flash.display.MovieClip;
    public class spaceship extends MovieClip{
            private var speed :Number=0;
            private var damage:Number=0;
            private var fuel:Number=1000;
            public function takeoff():void{
                //… …
            }
            public function crash():void{
                //… …
            }
            public function shoot():void{
                //… …
            }
```

```
    }
  }
```

注意在最开始时必须要先导入 MovieClip 类，它存在于 flash.display 包中。如果决定扩展自 Sprite 类，那么通用需要从相同的包中导入 Sprite 类：flash.display.Sprite。

六、创建文档类

AS 3.0 引入了一个全新的概念：文档类（document class）。一个文档类就是一个继承自 Sprite 或 MovieClip 的类，并作为 SWF 的主类。读取 SWF 时，这个文档类的构造函数会被自动调用。它就成为了程序的入口，任何想要做的事都可以写在上面，如：创建影片剪辑、画图、读取资源等。在 Flash CS4 中写代码，可使用文档类，也可以选择继续在时间轴上写代码。但是使用文档类文件，更利于代码的共享、分析和扩展。

以下是一个文档类的框架：

```
package {
  import flash.display.Sprite;
  public class Test extends Sprite {
    public function Test() {
      init();
    }
    private function init():void {
      //代码 … …
    }
  }
}
```

使用默认包，导入并继承 Sprite 类。构造函数只有一句，调用 init 方法。当然，也可以把所有代码写在构造函数里，但是要养成一个好习惯，就是尽量减少构造函数中的代码，所以把代码写到了另一个方法中。

Flash CS4 是实现文档类的最方便的工具。把上述的类选择一个文件夹进行保存，文件名为 Test.as。打开 Flash CS4，创建一个 FLA 文件，保存到一这个类相同的目录下。在属性面板中，出现了一个名为文档类（Document Class）的区域，只需输入类名：Test，如图 12-1 所示。

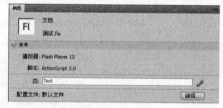

图12-1　设置文档类

请注意，用户输入的是类名，而不是文件名。所以这里不需要输入扩展名.as。如果这个类文件位于 FLA 文件目录下的某个子目录，那么就需要输入类的完整路径，例如：syb.test.myclass.Test。

12.1.3 图形绘制的基本概念

ActionScript 3.0 功能强大，不仅可以控制对象的运动，还可以直接利用代码生成实例。Graphics 类包含一组可用来创建矢量形状的方法，支持绘制的显示对象包括 Sprite 和 Shape 对象。每个 Shape、Sprite 和 MovieClip 对象都具有一个 graphics 属性，是 Graphics 类的一个实例。

Graphics 类包含用于绘制线条、填充和形状的属性和方法。如果要将显示对象仅用作内容绘制画布，则可以使用 Shape 实例。Shape 实例的性能优于其他用于绘制的显示对象，因为它不会产生 Sprite 和 MovieClip 类中的附加功能的开销。如果希望能够在显示对象上绘制图形内容，并且还希望该对象包含其它显示对象，则必须使用 Sprite 实例。

在本章的案例中，要用到下面一些基本概念。

一、moveTo ()方法

```
public function moveTo(x:Number, y:Number):void
```

将当前绘画位置移动到 (x, y)。

二、lineTo ()方法

```
public function lineTo(x:Number, y:Number):void
```

使用当前线条样式绘制一条从当前绘画位置开始到(x, y)结束的直线；当前绘画位置随后会设置为 (x, y)。如果正在其中绘制的显示对象包含用 Flash 绘画工具创建的内容，则调用 lineTo()方法将在该内容下面进行绘制。如果在对 moveTo()方法进行任何调用之前调用了 lineTo()，则当前绘画的默认位置为 $(0, 0)$。

三、lineStyle ()方法

```
public function lineStyle(thickness:Number, color:uint = 0, alpha:Number
=1.0, pixelHinting:Boolean = false, scaleMode:String = "normal", caps:String =
null, joints:String = null, miterLimit:Number = 3):void
```

指定一种线条样式，Flash 可将该样式用于随后调用对象的其他 Graphics 方法（如 lineTo()或 drawCircle()）。线条样式在整个绘画过程中持续有效，直到使用新的 lineStyle()方法为止。

- 参数 thickness:Number——一个整数，以磅为单位表示线条的粗细；有效值为 0 到 255。如果未指定数字，或者未定义该参数，则不绘制线条。如果传递的值小于 0，则默认值为 0。值 0 表示极细的粗细；最大粗细为 255。
- color:uint (default = 0)——线条的十六进制颜色值（例如，红色为 0xFF0000，蓝色为 0x0000FF 等）。如果未指明值，则默认值为 0x000000（黑色）。
- alpha:Number (default = 1.0)——表示线条颜色的 Alpha 值的数字；有效值为 0 到 1。如果未指明值，则默认值为 1（纯色）。如果值小于 0，则默认值为 0。
- pixelHinting:Boolean (default = false)——用于指定是否提示笔触采用完整像素的布尔值。它同时影响曲线锚点的位置以及线条笔触大小本身。如果未提供值，则线条不使用像素提示。
- scaleMode:String (default = "normal")——用于指定要使用哪种缩放模式的 LineScaleMode 类的值。
  LineScaleMode.NORMAL——在缩放对象时总是缩放线条的粗细（默认值）。
  LineScaleMode.NONE ——从不缩放线条粗细。
  LineScaleMode.VERTICAL ——如果仅垂直缩放对象，则不缩放线条粗细。
  LineScaleMode.HORIZONTAL——如果仅水平缩放对象，则不缩放线条粗细。
- caps:String (default = null) ——用于指定线条末端处端点类型的 CapsStyle 类的值。有效值为：CapsStyle.NONE、CapsStyle.ROUND 和 CapsStyle.SQUARE。如果未指示值，则 Flash 使用圆头端点。

- joints:String (default = null) ——JointStyle 类的值，指定用于拐角的连接外观的类型。有效值为：JointStyle.BEVEL、JointStyle.MITER 和 JointStyle.ROUND。如果未指示值，则 Flash 使用圆角连接。
- miterLimit:Number(default=3)——一个表示将在哪个限制位置切断尖角的数字。有效值的范围是 1 到 255（超出该范围的值将舍入为 1 或 255）。此值只可用于 jointStyle 设置为 "miter" 的情况下。miterLimit 值表示向外延伸的尖角可以超出角边相交所形成的结合点的长度。

四、beginFill ()方法

```
public function beginFill(color:uint, alpha:Number = 1.0):void
```

指定一种简单的单一颜色填充，Flash player 可将该填充用于随后调用对象的其他 Graphics 方法（如 lineTo()或 drawCircle()）。

在调用 endFill()方法之前，Flash player 不会呈现填充。

- 参数 color:uint ——填充的颜色(0xRRGGBB)。
- alpha:Number (default = 1.0) ——填充的 Alpha 值（从 0.0 到 1.0）。

五、endFill ()方法

```
public function endFill():void
```

对从上一次调用 beginFill()、beginGradientFill()或 beginBitmapFill()方法之后添加的直线和曲线应用填充。Flash 使用的是对 beginFill()、beginGradientFill()或 beginBitmapFill()方法的先前调用中指定的填充。

如果当前绘画位置不等于 moveTo()方法中指定的上一个位置，而且定义了填充，则用线条闭合该路径，然后进行填充。

六、drawCircle ()方法

```
public function drawCircle(x:Number, y:Number, radius:Number):void
```

绘制一个圆。必须在调用 drawCircle()方法之前，通过调用 linestyle()、lineGradientStyle()、beginFill()、beginGradientFill()或 beginBitmapFill()方法来设置线条样式和/或填充。

参数：

- x:Number ——圆心的 x 位置（以像素为单位）
- y:Number ——圆心的 y 位置（以像素为单位）
- radius:Number ——圆的半径（以像素为单位）

12.2 范例解析

下面通过一些具体的例子来说明面向对象编程的方法。

12.2.1 类的构造——Hello,world

下面来创建一个类，保存为.as 文件，然后 Flash 中引用，并传递一个简单的参数。
1. 新建一个 ActionScript 文件，如图 12-2 所示。
2. 在创建的【脚本-1】文件，输入如图 12-3 所示的代码。

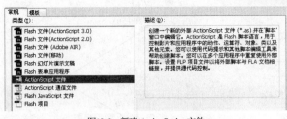
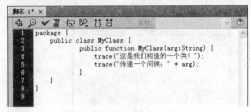

图12-2 新建 ActionScript 文件　　　　　　　　　　　　图12-3 输入代码

代码说明：

```
package {                   //包
    public class MyClass {              //创建类 MyClass
        public function MyClass(arg:String) {          //类的构造函数
            trace("这是我们构造的一个类！");
            trace("传递一个问候：" + arg);
        }
    }
}
```

3. 保存文件为"MyClass.as"，一定要注意文件名要与类名完全一致，包括字母的大小写。

4. 再新建一个标准的 Flash 文件，如图 12-4 所示。

图12-4　新建一个 Flash 文件

5. 在其时间轴的第 1 帧，输入如图 12-5 所示的代码，创建 MyClass 类的一个实例。

图12-5　创建 MyClass 类的实例

6. 保存文件为"HelloWorld.fla"文件。注意一定要将这个文件与前面的"MyClass.as"文件保存在同一个文件夹下。

7. 运行程序，在【输出】面板中，会出现类自身输出的文字，以及 Flash 中传递过来的参数，如图 12-6 所示。

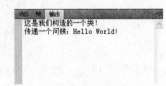

图12-6　输出的信息

这是一个很简单的例题。用户创建的类，仅仅显示一个信息，所以不需要从现有基类中继承属性和方法。但是如果我们希望利用类来绘制一个图形等，那就需要继承 Sprite 类或 MovieClip 类。

12.2.2 类的继承——绘制箭头

利用文档类，绘制一个箭头，如图 12-7 所示。

首先分析一个箭头的坐标位置关系，如图 12-8 所示。

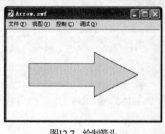

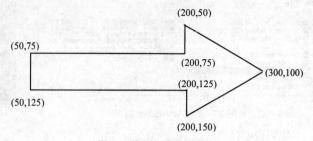

图12-7 绘制箭头　　　　　　　　　　　　　　图12-8 箭头的坐标位置关系

【操作提示】

1. 新建一个 ActionScript 文件，在创建的脚本文件中，输入如图 12-9 所示的代码。
2. 保存文件为 "Arrow.as"，一定要注意文件名要与类名完全一致，包括字母的大小写。
3. 再新建一个标准的 Flash 文件，保存文档为 "Arrow.fla" 文件。
4. 设置文档属性，如图 12-10 所示，定义当前文档所包含的文档类为 "Arrow"。

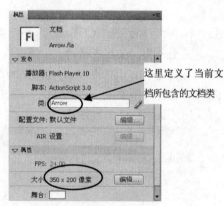

图12-9 输入代码　　　　　　　　　　　　　　图12-10 设置文档属性

5. 测试文档，就可以看到舞台上绘制了一个箭头。可见，虽然用户没有在舞台上绘制任何东西，但是利用文档类就可以实现图形对象。

12.2.3 类的方法——鼠标操作

　　利用文档类，绘制一个圆形。当鼠标经过时，圆形的透明度变为 50%；离开后，透明度恢复正常。在圆形上单击鼠标，圆形会跳动到一个随机位置。动画效果如图 12-11 所示。

图12-11 鼠标操作

【操作提示】

1. 新建一个 ActionScript 文件，保存文件为 "FirstCircle.as"。
2. 在创建的脚本文件中，输入如图 12-12 所示的代码。

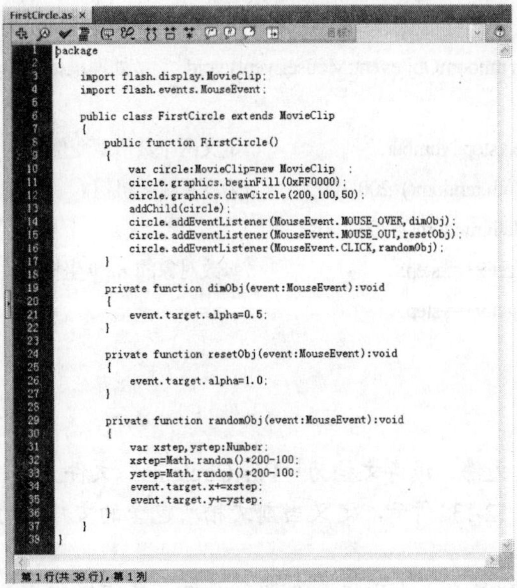

图12-12 输入代码

代码说明：

```
package                            //包
{
    import flash.display.MovieClip;           //导入 MovieClip 类
    import flash.events.MouseEvent; //导入鼠标事件类
    public class FirstCircle extends MovieClip      // 自定义类扩展自 MovieClip 类
{
    public function FirstCircle()          //构造函数
    {
        var circle:MovieClip=new MovieClip   ;           //创建一个 MovieClip 对象
        circle.graphics.beginFill(0xFF0000);             //设置填充颜色为红色
        circle.graphics.drawCircle(200,100,50);          //绘制圆形
        addChild(circle);                                //增加对象，使对象实例化
        circle.addEventListener(MouseEvent.MOUSE_OVER,dimObj);      //检测鼠标经过事件
        circle.addEventListener(MouseEvent.MOUSE_OUT,resetObj);     //检测鼠标离开事件
        circle.addEventListener(MouseEvent.CLICK,randomObj);        //检测鼠标单击事件
    }
    private function dimObj(event:MouseEvent):void        //处理鼠标经过事件
    {
        event.target.alpha=0.5;          //事件目标对象的透明度变化为 50%
    }
    private function resetObj(event:MouseEvent):void //处理鼠标离开事件
    {
        event.target.alpha=1.0;          //事件目标对象的透明度变化为 100%
```

```
        }
        private function randomObj(event:MouseEvent):void        //处理鼠标单击事件
        {
                var xstep,ystep:Number;                //定义两个数值型变量
                xstep=Math.random()*200-100;           //为变量赋随机值
                ystep=Math.random()*200-100;
                event.target.x+=xstep;                 //修改对象的 x、y 坐标值
                event.target.y+=ystep;
        }
}
        }
```

图12-13　设置文档属性

3. 新建一个标准的 Flash 文件，保存文档为 "FirstCircle.fla" 文件。
4. 设置文档属性，如图 12-13 所示，定义当前文档所包含的文档类为 "FirstCircle"。
5. 测试文档，就可以看到舞台上出现了一个圆形对象。鼠标操作，就会出现相应的反应。

12.3　课堂实训

下面请读者通过几个例子来实际练习一下。

12.3.1 实训一：多彩小树

用文档类绘制一个树的图形，树冠为绿色，树干为粉红色，效果如图 12-14 所示。

【操作提示】

1. 新建一个 ActionScript 文件，保存文件为 "ColorTree.as"。
2. 在创建的脚本文件中，输入如图 12-15 所示的代码。
3. 再新建一个标准的 Flash 文件，保存文档为 "多彩小树.fla" 文件。
4. 设置文档属性，如图 12-16 所示，定义当前文档所包含的文档类为 "ColorTree"。

图12-14　多彩小树

图12-15　输入代码

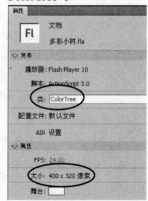

图12-16　设置文档属性

5. 测试文档，就可以看到舞台上出现了一个彩色的小树。

12.3.2 实训二：定时画圆

在文档类中，使用定时器，每隔 0.5s 绘制一个小圆圈，圆圈的大小、位置都是随机的，画面效果如图 12-17 所示。

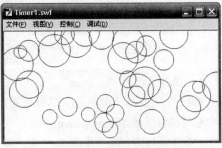

图12-17 定时画圆

【操作提示】

1.　新建一个 ActionScript 文件，保存文件为 "Timer1.as"。
2.　在创建的脚本文件中，输入如图 12-18 所示的代码。
3.　再新建一个标准的 Flash 文件，保存文档为 "Timer1.fla" 文件。
4.　设置文档属性，如图 12-19 所示，定义当前文档所包含的文档类为 "Timer1"。

```
package{
    import flash.display.Sprite;
    import flash.display.MovieClip;
    import flash.utils.Timer;
    import flash.events.TimerEvent;

    public class Timer1 extends Sprite{
        private var timer:Timer;
        public function Timer1(){
            init();
        }
        private function init():void{
            timer=new Timer(500);
            timer.addEventListener(TimerEvent.TIMER, onTimer);
            timer.start();
        }
        private function onTimer(timer:TimerEvent):void{
            var circle:MovieClip = new MovieClip();
            var cx:Number=Math.random()*400;
            var cy:Number=Math.random()*200;
            var cr:Number=Math.random()*20+10;
            circle.graphics.lineStyle(1,0xFF0000);
            circle.graphics.drawCircle(cx,cy,cr);
            addChild(circle);
        }
    }
}
```

图12-18 输入代码

图12-19 设置文档属性

5.　测试文档，就可以看到，每隔 500 毫秒，舞台上就会随机出现了一个红色的小圆圈。

12.4　综合案例——反弹小球

利用文档类，使画面上随机产生 20 个小球。小球向某个方向运动，遇到画面边缘后，会折射反弹，继续运动，画面效果如图 12-20 所示。

【操作提示】

1.　新建一个 ActionScript 文件，保存文件为 "myBall.as"。
2.　在创建的脚本文件中，输入如图 12-21 所示的代码。其作用是定义一个类 myBall，能够在舞台上绘制一个红色边缘、绿色填充、半径为 10 的小圆球。

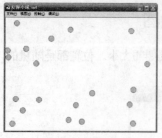

图12-20 反弹小球

图12-21 myBall.as

3. 再新建一个 ActionScript 文件，保存文件为 "main.as"。

4. 在创建的脚本文件中，输入如图 12-22 所示的代码。其作用是创建一个类 main，其中包含了一个能够移动 MovieClip 对象的函数（方法）myMove。

5. 新建一个标准的 Flash 文件，保存文档为 "反弹小球.fla" 文件。

6. 设置文档属性，如图 12-23 所示，定义当前文档所包含的文档类为 "main"。

图12-22 main.as

图12-23 设置文档属性

7. 在时间轴的第 1 帧中，输入的代码如图 12-24 所示。

图12-24 时间轴代码

代码说明：

```
var mc:myBall;              //定义一个myBall 类的变量
for (var i:uint; i<20; i++)
{
mc=new myBall();              //将变量实例化
mc.x=stage.stageWidth*Math.random();    //按照舞台大小随机定义 x, y 值
mc.y=stage.stageHeight*Math.random();
```

```
addChild(mc);              //在舞台上创建该实例
myMove(mc);                //调用 main 类中的函数（方法）
}
```

8. 测试文档，就可以看到，舞台上有 20 个小球在随机向各个方向运动。

9. 设计完成，保存文件。

　　ActionScript 是由 Flash player 中的 ActionScript 虚拟机（AVM）来执行的。ActionScript 代码通常被编译器编译成"字节码格式"（一种由计算机编写且能够为计算机所理解的编程语言）。字节码嵌入 SWF 文件中，SWF 文件由运行环境 Flash player 执行。

　　正是 ActionScript 的出色表现，才使得 Flash 动画作品实现了交互性、数据处理以及其他许多功能。这是目前其他动画作品所望尘莫及的。

　　本章仅是初步讲解了面向对象编程的基本思想、概念和初级用法，目的是让读者对这种编程思想有一个初步的认识。ActionScript 3.0 具有更加全面、强大的功能，但是其更加复杂的编程技术也使很多初级用户感到困难，毕竟大多数动画爱好者不是计算机出身的程序高手。也许正是考虑到这种情况，Flash CS4 允许用户使用 ActionScript 2.0 来编程。对于普通用户来说，ActionScript 2.0 的功能已经完全能够满足应用的需要了。

12.5　课后作业

1. 试修改第 11 章的"五彩飞花"，用计时器控制花朵每 0.5 秒出现一朵。

2. 在 12.2.3 的范例中，鼠标单击圆形，圆形会随机变换位置。但是位置有时会超出舞台窗口。试修改其文档类，是圆形无法超出舞台范围。

3. 制作一个"随机连线"的动画，线条会在画面上随机进行连接，效果如图 12-25 所示。

图12-25　随机连线

第**13**讲

组件应用

为了简化操作步骤和降低制作难度，Flash CS4 为用户提供了组件工具，使程序设计与软件界面设计分离，提高代码的可复用性。借助这些工具，用户可以方便地实现一些复杂的交互性效果，从而大大拓展了 Flash 的应用领域。本章就来了解一些常见组件的功能和用法。本讲课时为 4 小时。

i 学习目标

◆ 掌握常用组件参数的含义。

◆ 掌握组件的一般应用。

◆ 掌握幻灯片演示文稿的应用。

13.1 功能讲解

组件的应用要依赖于动作脚本的编写，相信通过前面章节的学习，读者有了一定的动作脚本编写基础，因此在这一节将主要针对某些具体组件的参数进行讲述。

组件是用来简化交互式动画开发的一门技术，一次性制作，可以多人反复使用，旨在让开发人员重用和共享代码，封装复杂功能，使用户方便而快速地构建功能强大且具有一致外观和行为的应用程序。组件是带参数的影片剪辑，其中所带的预定义参数由用户在创作时进行设置。每个组件还有一组独特的动作脚本方法、属性和事件，也称为 API（应用程序编程接口），使用户在运行Flash 时能够设置参数和其他选项。

Flash CS4 包括 ActionScript 2.0 组件以及 ActionScript 3.0 组件，不能将这两种组件混合。这里主要讲述应用基于 ActionScript 3.0 的用户界面组件。

Flash CS4 的组件中，有两种类型的组件。

(1) 基于 FLA 的组件

这种组件是具有内置外观的基于 FLA 的文件，用户可以通过在舞台上双击组件访问此类文件，也可以对其进行编辑。这种组件的外观及其他资源位于时间轴的第 2 帧上。双击这种组件时，Flash 将自动跳到第 2 帧并打开该组件外观的调色板。图 13-1 就是 Button 组件的外观调色板。

(2) 基于 SWC 的组件

这种组件也有一个 FLA 文件和一个 ActionScript 类文件，但它们已经编辑并导出为 SWC。SWC

文件是一个由预编译的 Flash 元件和 ActionScript 代码组成的包，使用它可以避免重新编译原始文件。FlVPlayback 和 FLVPlaybackCaptioning 就是基于 SWC 的组件。将在下一章再详细讲解其用法。

创建一个新的"Flash (ActionScript 3.0)"文档，执行【窗口】/【组件】菜单命令，打开【组件】面板，如图 13-2 所示。

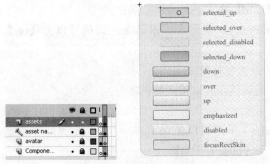

图13-1　Button 组件的外观调色板

图13-2　组件面板

下面简单介绍"User Interface"文件夹下的几个常用组件及其常用参数。

(1)　Button 组件

Button 组件是一个可调整大小的矩形用户界面按钮，其参数设置如下。

- label：设置按钮上显示的字符。
- emphasized：指示当按钮处于弹起状态时，按钮周围是否绘有边框。
- toggle：将按钮转变为切换开关。如果值为【true】，则按钮在按下后保持按下状态，直到再次按下时才返回到弹起状态。如果值为【false】，则按钮的行为就像一个普通按钮；默认值为 false。
- selected：如果【toggle】参数的值是【true】，则该参数指定按钮是处于按下状态（true）还是释放状态（false）。
- labelPlacement：确定按钮上的标签文本相对于图标的方向。

(2)　CheckBox 组件

CheckBox 组件是复选框，被选中后框中会出现一个复选标记，其参数设置如下。

- selected：将复选项的初始值设为选中（true）或取消选中（false）。

(3)　ComboBox 组件

ComboBox 组件是组合框，既可以是静态的，也可以是可编辑的。使用静态组合框，用户可以从下拉列表中做出一项选择。使用可编辑的组合框，用户可以在列表顶部的文本字段中直接输入文本，也可以从下拉列表中选择一项。其参数设置如下。

- editable：确定"ComboBox"组件是可编辑的（true）还是静态的（false）。默认值为 false。
- prompt：设置在列表顶部的文本字段中显示的字符，没有设置时就显示下拉列表中第一项。
- dataProvider：设置相互关联的一个文本值（下拉列表中各项的显示文本）和数据值。
- rowCount：设置在不使用滚动条的情况下一次最多可以显示的项目数。

(4)　RadioButton 组件

是单选按钮，用于至少有两个 RadioButton 实例的组，其参数设置如下。

- **value：** 是与单选按钮相关的值。
- **groupName：** 是单选按钮的组名称。

(5) TextArea 组件

TextArea 组件一个带有边框和可选滚动条的多行文本字段，TextInput 组件是单行文本字段。它们的参数设置如下。

- **condenseWhite：** 确定是否从包含的 HTML 文本中删除额外空白。
- **horizontalScrollPolicy** 和 **verticalScrollPolicy：** 显示水平滚动条。该值可以为【on】、【off】或【auto】（默认值）。
- **maxChars：** 设置在文本字段中输入的最大字符数。
- **restrict：** 限制用户可输入的字符集。默认值为可以输入任何字符。
- **text：** 指明显示的内容。
- **htmlText：** 指明文本是（true）否（false）采用 HTML 格式。
- **editable：** 指明组件中字符是（true）否（false）可编辑。
- **password：** 指明字段是（truc）否（falsc）为密码字段。
- **wordWrap** 指明文本是（true）否（false）自动换行。

(6) ScrollPane 组件

ScrollPane 组件是滚动窗格，在一个可滚动的有限区域中显示影片剪辑、JPEG 文件和 SWF 文件。其参数设置如下。

- **source：** 指明要加载到滚动窗格中的内容。该值可以是本地 SWF、JPEG 文件的相对路径，或 Internet 上文件的相对或绝对路径，也可以是设置为"为动作脚本导出"的库中影片剪辑元件的类名称。
- **horizontalLineScrollSize** 和 **verticalLineScrollSize：** 指明每次按下箭头按钮时水平滚动条和垂直滚动条移动多少个单位.。
- **horizontalPageScrollSize** 和 **verticalPageScrollSize：** 指明每次按轨道时水平滚动条和垂直滚动条移动多少个单位。
- **scrollDrag：** 是一个布尔值，它允许（true）或不允许（false）用户在滚动窗格中拖动内容。

(7) Slider 组件

Slider 组件是一个滑块轨道，通过移动端点之间的滑块来选择值。

- **direction：** 设置滑块的方向。
- **liveDragging：** 确定用户在移动滑块时，是否实时调度 SliderEvent.CHANGE 事件。
- **maximum：** 允许的最大值。
- **minimum：** 允许的最小值。
- **snapInterval：** 用户移动滑块时增加或减小的数值。
- **tickInterval：** 相对于组件最大值的刻度线间距。
- **value：** 设置滑块位置，也就是当前数值。

13.2 范例解析

每个 ActionScript 3.0 组件都是基于一个 ActionScript 3.0 类构建的，该类位于一个包文件夹中，其名称格式为 fl.packagename.className。例如，Button 组件是 Button 类的实例，其包名称为 fl.controls.Button。将组件导入应用程序中时，必须引用包名称。一般可以用下面的语句导入 Button 类：

```
import fl.controls.Button
```

下面利用一些具体的实例来说明组件和幻灯片演示文稿的应用。

13.2.1 Button 与 NumericStepper

在下面的动画示例中，使用 Button 组件来控制 NumericStepper 组件的显示和有效性，操作 NumericStepper 的按钮，能够改变下面 Label 组件显示的数值，如图 13-3 所示。

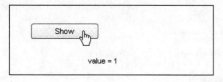 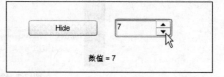

图13-3　Button 与 NumericStepper

1. 新建 1 个 "Flash (ActionScript 3.0)" 文档。
2. 从【组件】面板中拖动 "Button" 组件到舞台上，定义实例名称为 "aButton"。
3. 在【组件检查器】面板中设置【Label】属性为 "Show"，如图 13-4 所示。

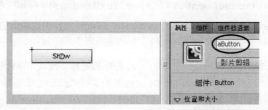 

图13-4　设置组件属性

4. 再拖动一个 "NumberStepper" 组件到舞台上，在【属性】面板中设置其实例名称为 "aNs"，如图 13-5 所示，其余属性不变。

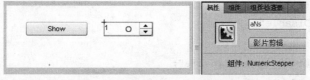

图13-5　设置 "NumberStepper" 组件属性

5. 再拖动一个 "Label" 组件到舞台上，设置其实例名称为 "aLabel"，如图 13-6 所示。

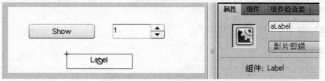

图13-6　设置 "Label" 组件属性

6. 在【时间轴】面板上，选择第 1 帧，打开【动作】面板，输入如图 13-7 所示的代码，以关联各个组件之间的动作关系。

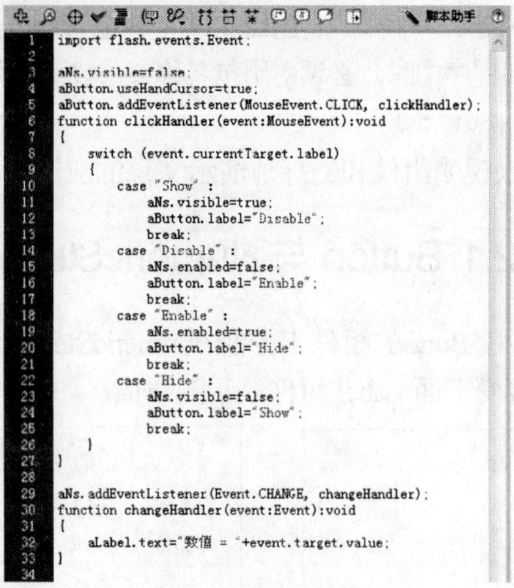

图13-7 输入脚本代码

代码说明：

```
import flash.events.Event;          //导入事件类
aNs.visible=false;                  //定义"NumberStepper"组件不可见
aButton.useHandCursor=true;         //在按钮上使用手形光标
aButton.addEventListener(MouseEvent.CLICK, clickHandler);//侦听单击事件
function clickHandler(event:MouseEvent):void   //处理鼠标单击事件的函数
{
  switch (event.currentTarget.label)            //根据按钮标签来决定执行语句
{
    case "Show" :
        aNs.visible=true;                       //设置"NumberStepper"组件可见
        aButton.label="Disable";                //设置按钮的标签
        break;                                  //跳出 switch
    case "Disable" :
        aNs.enabled=false;
        aButton.label="Enable";
        break;
    case "Enable" :
        aNs.enabled=true;
        aButton.label="Hide";
        break;
    case "Hide" :
        aNs.visible=false;
        aButton.label="Show";
        break;
    }
}
```

```
aNs.addEventListener(Event.CHANGE, changeHandler);//侦听 aNs 数值变化事件
function changeHandler(event:Event):void
{
    aLabel.text="数值 = "+event.target.value;          //设置标签的文本内容
}
```

7. 测试影片，单击按钮，"NumberStepper"组件会在可见、无效、有效、隐藏等状态之间变换，按钮的标签也会改变；改变"NumberStepper"组件的数值，Label 组件的标签内容也会随之改变。

13.2.2 CheckBox 与 RadioButton

在下面的动画示例中，选择题目，则下面的选项有效；选择不同选项，在动态文本框中会给出不同的反馈信息。如图 13-8 所示。

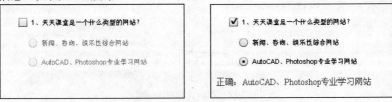

图13-8 CheckBox 与 RadioButton

1. 新建 1 个"Flash (ActionScript 3.0)"文档。
2. 从【组件】面板中拖动"CheckBox"组件到舞台上，定义实例名称为"homeCh"。
3. 在【组件检查器】面板中，设置【Label】属性为题目内容，如图 13-9 所示。

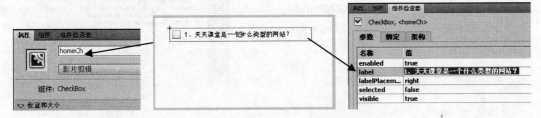

图13-9 设置"CheckBox"组件属性

4. 拖动一个"RadioButton"组件到舞台上，在【属性】面板中设置其实例名称为"Rb1"，【groupName】属性为"rbGroup"，【label】属性为选项的文字内容，如图 13-10 所示。

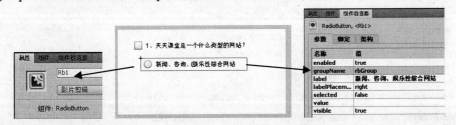

图13-10 设置"RadioButton"组件属性

5. 拖动一个"RadioButton"组件到舞台上，设置其实例名称为"Rb1"，【groupName】属性为"rbGroup"，【label】属性为选项的文字内容，如图 13-11 所示。

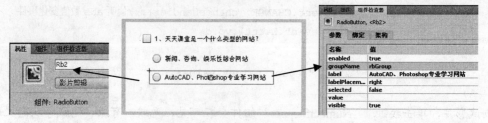

图13-11 设置第2个 "RadioButton" 组件属性

要点提示 两个 "RadioButton" 组件的【groupName】属性一定要相同，否则系统会认为这是两个不同的选项组，可以同时选择了。

6. 使用文本工具，绘制一个动态文本框，如图 13-12 所示，在【属性】面板中设置其实例名称为 "info"。

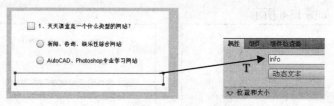

图13-12 绘制一个动态文本框

7. 在时间轴上，选择第 1 帧，打开【动作】面板，输入如图 13-13 所示代码，以关联各个组件之间的动作关系。

代码说明：

//侦听 "CheckBox" 组件上的鼠标单击事件

homeCh.addEventListener(MouseEvent.CLICK, clickHandler);

Rb1.enabled=false;   //设置 Rb1 无效

Rb2.enabled=false;   //设置 Rb2 无效

图13-13 输入脚本代码

//处理 "CheckBox" 组件上的鼠标单击事件，如果鼠标事件的目标（"CheckBox" 组件）被选中，则 Rb1、Rb2 有效；否则无效

```
function clickHandler(event:MouseEvent):void {
    Rb1.enabled=event.target.selected;
    Rb2.enabled=event.target.selected;
}
```

//侦听 Rb1、Rb2 上的鼠标单击事件

Rb1.addEventListener(MouseEvent.CLICK, rbHandler);

Rb2.addEventListener(MouseEvent.CLICK, rbHandler);

//处理 Rb1、Rb2 上的鼠标单击事件，如果 Rb1 被选中，则显示错误信息和事件对象的标签内容；否则显示正确信息。

```
function rbHandler(event:MouseEvent):void {
```

```
        if (Rb1.selected) {
            info.text="错误: "+event.target.label;
        } else {
            info.text="正确: "+event.target.label;
        }
    }
```

8. 测试作品，可以看到，通过对题目的选择，可以控制内容的显示。

13.2.3 ColorPicker 组件

在下面的动画示例中，使用 ColorPicker 组件创建一个色彩选择按钮。单击按钮，会出现一个色彩选择窗口，选择某个颜色后，作品就会自动在舞台上绘制两个图形，如图 13-14 所示。

图13-14　ColorPicker 组件

1. 新建 1 个 "Flash (ActionScript 3.0)" 文档。
2. 从【组件】面板中拖动 ColorPicker 组件到舞台上，定义实例名称为 "aCp"，如图 13-15 所示。
3. 在时间轴上，选择第 1 帧，打开【动作】面板，输入如图 13-16 所示代码，以定义 ColorPicker 组件发生变化的事件。

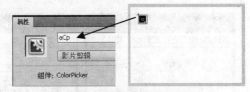

图13-15　设置 ColorPicker 组件属性

图13-16　输入脚本代码

代码说明：

```
import fl.events.ColorPickerEvent;     //导入 ColorPicker 组件的事件类
aCp.addEventListener(ColorPickerEvent.CHANGE,changeHandler);//侦听
function changeHandler(event:ColorPickerEvent):void//处理选择了颜色的事件
{
```

```
var aBox:MovieClip = new MovieClip(); //定义一个影片剪辑类型的变量
drawBox(aBox, event.target.selectedColor);//用选定颜色绘制矩形
addChild(aBox);                     创建该实例
}
function drawBox(box:MovieClip,color:uint):void
{
box.graphics.lineStyle(1,color);          //设置线条宽度为1,色彩为传递变量
box.graphics.drawRect(10, 10, 280, 180);        //绘制矩形
box.graphics.beginFill(color, 1);             //设置填充色彩和透明度
box.graphics.drawRect(50, 50, 190, 90);        //绘制另外一个矩形
box.graphics.endFill();                    //结束填充
}
```

4.　测试影片,可见功能完全符合用户的要求。

13.2.4 ComboBox 组件

在下面的动画示例中,使用 ComboBox 组件创建一个下拉列表框;单击列表框中的某个网站选项,就会打开该网站的页面,如图 13-17 所示。

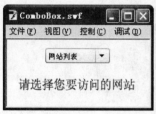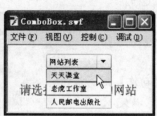

图13-17　ComboBox 组件

1.　创建一个新的 "Flash (ActionScript 3.0)" 文档。
2.　从【组件】面板中拖动 "ComboBox" 组件到舞台上,定义实例名称为 "ComboBox1",如图 13-18 所示。
3.　用文本工具绘制一个静态文本框,输入文本内容 "请选择您要访问的网站"。
4.　在时间轴上,选择第 1 帧,打开【动作】面板,输入如图 13-19 所示的代码,以定义 ComboBox 组件发生变化的事件。

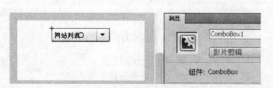

图13-18　设置 ComboBox 组件属性　　　　图13-19　输入脚本代码

代码说明:

```
var web=["天天课堂","老虎工作室","人民邮电出版社"];  //定义一个字符串数组
var url=["http://www.ttketang.com",                //再定义一个字符串数组
    "http://www.laohu.net",
    "http://www.ptpress.com.cn"];
for (var n=0; n<web.length; n++)          //用循环语句为 ComboBox 添加项目
{
    ComboBox1.addItem({label:web[n]});
}
ComboBox1.addEventListener(Event.CHANGE, myComboBox);  //侦听变化事件
function myComboBox(evt:Event)            //处理事件
{
for (var n=0; n<web.length; n++)          //用数组长度作为循环控制值
{
    if (evt.target.selectedLabel==web[n])//若选择项目的标签与数组值相等
    {
        navigateToURL(new URLRequest(url[n]));        //跳转到相应网址
    }
}
}
```

5. 测试动画,单击某个网站名称,就能够打开网页,显示网站内容。

13.2.5 ProgressBar 组件

在下面的动画示例中,使用 ProgressBar 组件创建一个下载进度条。单击【开始下载】按钮,会出现当前帧下载的进度,下载完成后,能够在舞台上显示载入的图形,如图 13-20 所示。

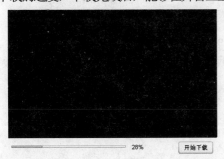 

图13-20　下载进度条

1. 新建 1 个的 "Flash(ActionScript 3.0)" 文档,将其保存在某个文件夹下。
2. 从【组件】面板中拖动 UILoader 组件到舞台上,定义实例名称为 "myLoader",在【组件检查器】面板中设置【maintainAspectRatio】属性为 "false",如图 13-21 所示。这样 UILoader 组件就会将载入的对象拉伸填充整个窗口。

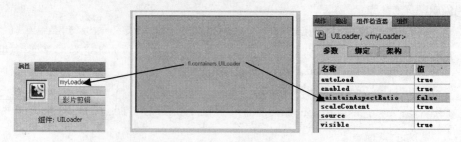

图13-21　设置 UILoader 组件属性

 UILoader 组件是一个容器工具，能够显示包括 SWF、JPEG、PNG 和 GIF 等文件。

3. 拖动 ProgressBar 组件到舞台上，定义实例名称为"aPb"，如图 13-22 所示。

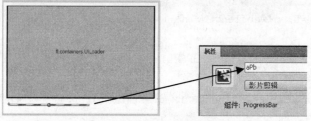

图13-22　设置 ProgressBar 组件属性

4. 拖动 Label 组件到舞台上，定义实例名称为"progLabel"。

5. 拖动 Button 组件到舞台上，定义实例名称为"loadButton"，在【组件检查器】中设置【label】属性为"开始下载"，如图 13-23 所示。

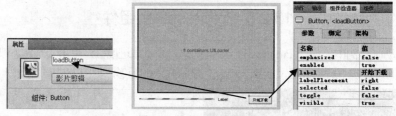

图13-23　设置 Button 组件属性

6. 在时间轴上，选择第 1 帧，打开【动作】面板，输入如图 13-24 所示的代码，以定义各个组件的事件处理方法。

```
1  myLoader.addEventListener(ProgressEvent.PROGRESS, loadListener);
2
3  function loadListener(event:ProgressEvent) {
4      var percentLoaded:int = event.target.bytesLoaded / event.target.bytesTotal * 100;
5      progLabel.text = percentLoaded + "%";
6      trace("下载进度: " + percentLoaded + "%");
7  }
8  loadButton.addEventListener(MouseEvent.CLICK, clickHandler);
9  function clickHandler(event:MouseEvent) {
10     myLoader.source= "pic070.jpg";
11     aPb.source = myLoader;
12 }
13
```

图13-24　输入脚本代码

代码说明：

```
myLoader.addEventListener(ProgressEvent.PROGRESS, loadListener);
```

```
                                            //侦听UILoader组件进度事件
function loadListener(event:ProgressEvent) { //处理进度事件
 var percentLoaded:int=event.target.bytesLoaded/event.target.bytesTotal * 100;
                                //已载入字节数除以总字节数
 progLabel.text = percentLoaded + "%";        //Label标签显示比值，并添加%
  trace("下载进度: " + percentLoaded + "%");        //在输出窗口显示比值
}
loadButton.addEventListener(MouseEvent.CLICK, clickHandler);
                                //侦听按钮的鼠标单击事件
function clickHandler(event:MouseEvent) { //处理按钮的鼠标单击事件
 myLoader.source= "pic070.jpg";      //让UILoader组件载入当前文件文件夹中的图片
  aPb.source = myLoader; //设置进度条的source属性为UILoader组件对象
 }
```

7. 测试作品。由于本地文件加载太快，必须模拟下载环境。设置下载带宽为 56K，再选择【模拟下载】菜单命令，如图 13-25 所示。
8. 这样，进度条就能够表现出图片下载的进度情况。同时，在【输出】窗口也会显示下载的进度值，如图 13-26 所示。这是因为我们在代码中使用了"trace"语句。

图13-25 模拟下载环境   图13-26 在【输出】窗口也会显示下载的进度值

13.3 课堂实训

下面再通过一些具体示例的施训，讲述组件的具体应用。

13.3.1 Slider——可控的运动

在下面的动画示例中，通过拖动滑块，可以实时改变对象的运动位置，效果如图 13-27 所示。

【操作提示】

1. 新建一个"Flash(ActionScript 3.0)"文档。
2. 创建一个影片剪辑类型的元件"滑雪"，然后导入一幅图片到其舞台上。
3. 将图片对象创建为一个 40 帧的补间动画，如图 13-28 所示。
4. 为使动画具有较好的表现效果，在第 15、25、40 帧增加关键帧，调整对象的大小、位置，以表现一个有远近大小变化的滑雪动画效果，如图 13-29 所示。

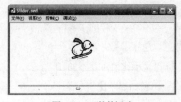
图13-27 可控的运动

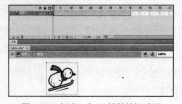
图13-28 创建一个40帧的补间动画

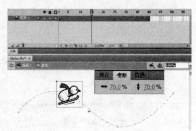
图13-29 有远近大小变化的滑雪动画

5. 返回"场景1"中，从【库】面板中将元件"滑雪"拖到舞台上，为其实例命名为"snow"。

6. 从【组件】面板中将 Slider 组件拖到舞台上，设置组件实例的名称为"mSlider"，宽度为 430，如图 13-30 所示。

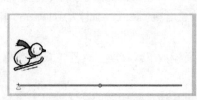
图13-30 设置组件实例的属性

7. 在【组件检查器】面板中，设置 Slider 组件实例的【maximum】参数值为"40"，如图 13-31 所示，这是为了与前面滑雪动画的 40 帧补间动画相对应。

8. 选择"图层1"的第 1 帧，在【动作】面板中输入脚本，如图 13-32 所示。

图13-31 设置 Slider 组件实例的最大值

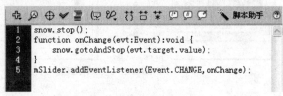

```
1  snow.stop();
2  function onChange(evt:Event):void {
3      snow.gotoAndStop(evt.target.value);
4  }
5  mSlider.addEventListener(Event.CHANGE,onChange);
```

图13-32 输入脚本

9. 测试影片，拖动滑块就可以控制雪人的运动了。

13.3.2 DataGrid 组件——表格数据

在下面的动画示例中，单击表格中的项目，能够获得其内容数据，并显示在下面的文本框中；单击标题栏，能够对内容进行升序或降序排列，效果如图 13-33 所示。

图13-33 表格数据

1. 新建一个"Flash (ActionScript 3.0)"文档。

2. 从【组件】面板中拖动 DataGrid 组件到舞台上，定义实例名称为"aDg"，适当设置其位置和大小，如图 13-34 所示。

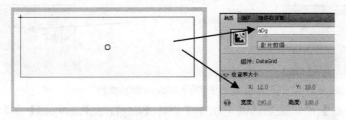

图13-34　设置组件属性

3. 再用文本工具在舞台下方绘制一个动态文本框，定义文本框的名称为"info"。

4. 选择"图层 1"的第 1 帧，在【动作】面板中输入脚本，如图 13-35 所示。

```
1  import fl.controls.dataGridClasses.DataGridColumn;
2  import fl.events.DataGridEvent;
3  import fl.data.DataProvider;
4  // Create columns to enable sorting of data.
5  var nameDGC:DataGridColumn = new DataGridColumn("name");
6  nameDGC.sortOptions = Array.CASEINSENSITIVE;
7  var urlDGC:DataGridColumn = new DataGridColumn("url");
8  urlDGC.sortOptions = Array.NUMERIC;
9  aDg.addColumn(nameDGC);
10 aDg.addColumn(urlDGC);
11 var aDP_array:Array = new Array({name:"天天课堂", url:"www.ttketang.com"},
12                                 {name:"老虎工作室", url:"www.laohu.net"},
13                                 {name:"人民邮电出版社",url:"www.ptpress.com.cn"})
14 aDg.dataProvider = new DataProvider(aDP_array);
15 aDg.rowCount = aDg.length;
16 aDg.width = 300;
17
18 aDg.addEventListener(Event.CHANGE, changeHandler);
19
20 function changeHandler(event:Event):void
21 {
22     info.text=event.target.selectedItem.name+":"+event.target.selectedItem.url;
23 }
```

图13-35　输入脚本

5. 测试影片，就可以获取表格中的数据，并对数据进行排序了。

13.3.3 TextInput 组件——密码输入

在下面的动画示例中，首先输入密码，然后输入确认密码。单击【确定】按钮后，若两次输入密码完全相同且大于 8 位，则提示密码正确，否则提示错误，效果如图 13-36 所示。

图13-36　密码输入

【操作提示】

1. 新建一个"Flash (ActionScript 3.0)"文档。

2. 从【组件】面板中拖动两个 Label 组件到舞台上，分别设置其显示内容为"输入密码"和"确认密码"。

3. 再【组件】面板中拖动两个 TextInput 组件到舞台上，分别定义实例名称为"pwdTi"和"confirmTi"，适当设置其位置和大小，如图 13-37 所示。

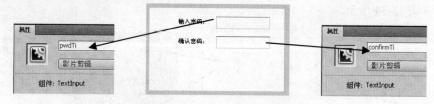

图13-37　设置两个 TextInput 组件的属性

4. 在【组件检查器】中，设置这两个组件实例的【displayAsPassword】参数为"true"，如图 13-38 所示。

5. 再从【组件】面板中拖动 Button 组件到舞台，定义实例名称为"btn"，如图 13-39 所示。

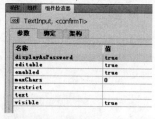

图13-38　设置组件实例的【displayAsPassword】参数为"true"

图13-39　拖动 Button 组件到舞台

6. 用文本工具绘制一个动态文本框，定义其名称为"info"。

7. 选择"图层1"的第1帧，在【动作】面板中输入脚本，如图 13-40 所示。

```
1  function tiListener(evt_obj:MouseEvent) {
2      if (confirmTi.text!=pwdTi.text||confirmTi.length<8) {
3          info.text="密码错误，请重新输入。";
4      } else {
5          info.text="正确。密码为： " + confirmTi.text;
6      }
7  }
8  btn.addEventListener(MouseEvent.CLICK, tiListener);
```

图13-40　动作脚本

8. 测试作品，动画就能够正确检测用户所输入的密码。

13.4　综合案例——综合测试

创建如图 13-41 所示的动画作品，在最左边显示的界面中选择所要进行的测试类型，然后自动跳转到相应的画面，进行测试。

图13-41　综合测试

【操作提示】

1. 新建一个 Flash 文档，将附盘中的"国画.jpg"文件导入到【库】中。

2. 选择【颜色】面板中设置渐变颜色，如图 13-42 所示。

3. 按舞台大小画一无边框的矩形，调整填充的渐变颜色，如图 13-43 所示。

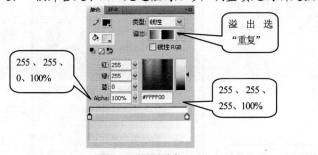

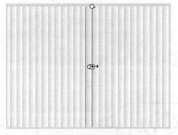

图13-42 设置渐变色　　　　　　　　　　图13-43 限制渐变颜色

4. 选择第 3 帧按 F5 键，将动画时间轴扩展到 3 帧。

5. 增加"图层 2"，在其第 1 帧的舞台上，使用文本工具创建 3 个静态文本框，分别输入相应的提示信息。

6. 从【组件】面板中拖动 TextInput 组件和 ComboBox 组件到舞台上，如图 13-44 所示。

7. 选择舞台上的 ComboBox 组件实例，打开【组件检查器】面板，单击【dataProvider】参数的数值栏，打开对应的【值】面板，设置名称与值，如图 13-45 所示。

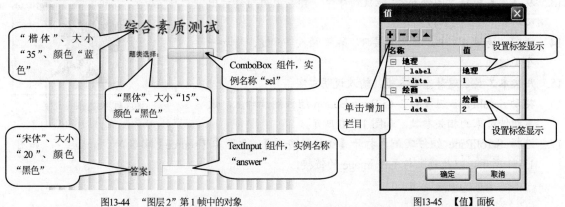

图13-44 "图层 2"第 1 帧中的对象　　　　　　　图13-45 【值】面板

8. 在【prompt】参数中输入"请选择"，如图 13-46 所示。

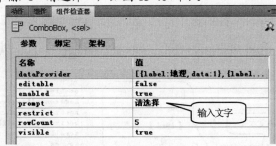

图13-46 设置参数

9. 增加"图层 3"，在其第 2 帧按 F6 键，增加一个关键帧。

10. 拖动 2 个"RadioButton"组件到舞台上，并修改组件参数，如图 13-47 所示。

11. 新建一个影片剪辑元件"image"，在【创建新元件】对话框中，勾选"为 ActionScript"选项，如图 13-48 所示。

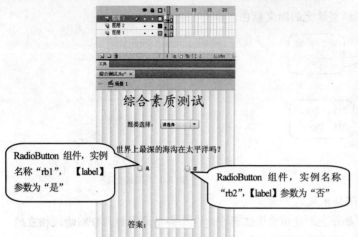

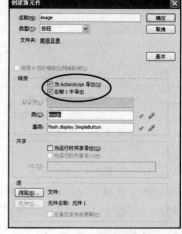

RadioButton 组件，实例名称 "rb1"，【label】参数为 "是"

RadioButton 组件，实例名称 "rb2"，【label】参数为 "否"

图13-47 "图层3" 第2帧中的对象

图13-48 设置链接

12. 单击 确定 按钮后会出现一个警告窗口，继续单击 确定 按钮即可进入元件 image 的制作界面。

13. 从【库】中将 "国画.jpg" 拖放到舞台，其左上角与舞台中心对齐，如图 13-49 所示。

14. 返回 "场景1" 中，在 "图层3" 第3帧按 F6 键，增加一个关键帧。

15. 用文本工具创建静态文本框，输入说明文字。

16. 拖动 ScrollPane 组件和2个 RadioButton 组件到舞台上，设置组件对象的相关参数，如图 13-50 所示。

图13-49 创建 image 元件

17. 选择 ScrollPane 组件实例，打开【组件检查器】，设置其【source】参数为 "image"，如图 13-51 所示，以此建立与元件 image 的链接。

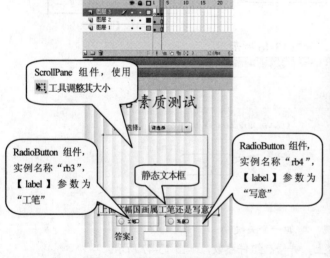

ScrollPane 组件，使用 工具调整其大小

RadioButton 组件，实例名称 "rb3"，【label】参数为 "工笔"

静态文本框

RadioButton 组件，实例名称 "rb4"，【label】参数为 "写意"

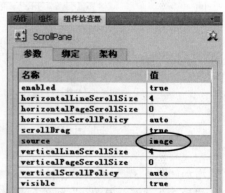

图13-50 "图层3" 第3帧中的对象

图13-51 设置参数

18. 增加 "图层4"，并选择其第1帧，在【动作】面板中输入如图 13-52 所示的脚本。

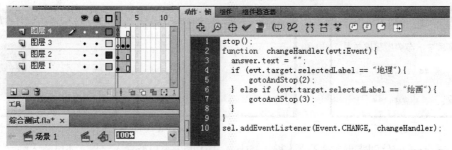

图13-52　图层4第1帧的动作脚本

这段动作脚本中，第一条语句是停在开始界面，以便进行选择；后面的语句是定义一个侦听器函数 "changeHandler"，其中为事件对象指定了相应的类名称 "Event"，这一函数首先会让答案对应的文本框清空，获取事件目标的标签进行相应的判断，依此进行跳转；最后调用 addEventListener() 将侦听器函数注册到组件实例 "sel"，"Event.CHANGE" 事件类型是指选择改变。

19. 选择第2帧按 F7 键，增加一个空白关键帧，在【动作】面板中输入如图 13-53 所示的动作脚本。

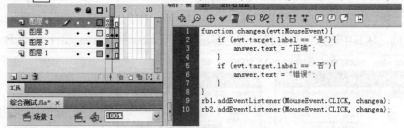

图13-53　图层4第2帧的动作脚本

这段动作脚本中和前面的类似，其中为事件对象指定了相应的类名称 "MouseEvent"，也就是鼠标事件。最后调用 addEventListener() 将侦听器函数注册到两个组件实例。

20. 选择第3帧按 F7 键，增加一个空白关键帧，然后在【动作】面板中输入如图 13-54 所示的动作脚本。

21. 使用【控制】/【测试影片】命令测试作品，就可以从组合框的下拉列表中选择相应的题目进行测试。

图13-54　图层4第3帧的动作脚本

13.5　课后作业

1. 利用组件制作如图 13-55 所示的选择判断题，选择答案后单击 "确定" 按钮，能够给出判断。
2. 使用 List 组件创建一个色彩选择列表，选择某个色彩后，动画就能够用该色彩绘制一个矩形框，并在下面提示选择的内容。如图 13-56 所示。

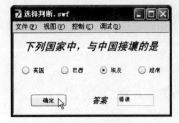
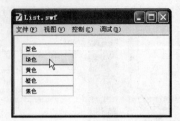
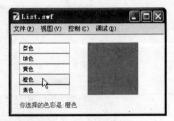

　　图13-55　选择判断　　　　　　　　　　　　　　　　　　图13-56　选色画图

3. 使用 TextArea 组件创建两个输入文本框，其中 A 框中的内容只能输入字母，不能输入数字，而且 A 框的变化会实时复制到 B 框；B 框的内容变化不会对 A 框产生影响，动画效果如图 13-57 所示。

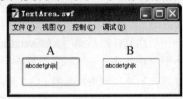
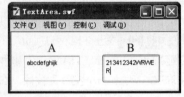

图13-57　变化的输入框

4. 单击下拉框，从其中选择一个栏目，则内容出现在下面的 TextArea 组件中。可以改变文字的颜色、大小等，动画效果如图 13-58 所示。

图13-58　动态的问候

音视频的应用

声音可以使作品变得不再单调，选择优美的声音可以深化作品内涵。在许多人心目中，动画是与精巧的画面、优美的音乐联系在一起的。当然，如果能够将动态的视频引入动画，那就更令人兴奋了。Flash CS4 具有良好的音频功能，能够非常方便地直接引用声音。对于视频，一般则需要经过编码转换，将其生成为 Flash 专用的 FLV 格式，然后就能够通过组件等进行调用。本讲课时为 3 小时。

学习目标

◆ 了解音视频基础知识。

◆ 掌握视频转换的方法。

◆ 掌握声音、视频的调用方法。

◆ 掌握使用ActionScript对音视频进行控制的方法。

14.1 功能讲解

在开始使用音视频素材资源之前，了解一些相关的专业知识，是非常有意义的。

14.1.1 音频基础知识

声音是一种连续的模拟信号——声波，它有两个基本的参数：频率和幅度。根据声波的频率不同，将其划分成声波（20Hz～20kHz）、次声波（低于 20Hz）、超声波（高于 20kHz）。通常人们说话的声波频率范围是 300Hz～3 000Hz，音乐的频率范围可达到 10Hz～20kHz。

声音的质量与音频的频率范围有关，可以分为以下几个质量等级。

- 电话语音：频率范围为 200Hz～3.4kHz。
- 调幅广播，简称 AM（Amplitude Modulation）广播：频率范围为 50Hz～7kHz。
- 调频广播，简称 FM（Frequency Modulation）广播：频率范围为 20Hz～15kHz。
- 数字激光唱盘，简称 CD-DA（Compact Disk-Digital Audio）：频率范围为 10Hz～20kHz。

从频率范围可见，数字激光唱盘的声音质量最高，电话的语音质量最低。

一般来说，音频的音质越高，文件数据量越大，但是 MP3 声音数据经过了压缩，比 WAV 或

AIFF 声音数据量小。通常，当使用 WAV 或 AIFF 文件时，最好使用 16bit 22kHz 单声，但是 Flash CS4 只能导入采样率为 11kHz、22kHz 或 44kHz，8bit 或 16bit 的声音。在导出时，Flash CS4 会把声音转换成采样比率较低的声音。

声音信号是声波振幅随时间变化的模拟信号，是以模拟电压的幅度表示声音的强弱的。模拟声音的录制是将代表声音波形的电信号转换到磁带或唱片等媒体上，播放时将记录在媒体上的信号还原为声音波形。

在计算机内，所有的信息均以数字形式表示，所以声音也必须先将模拟音频信号进行数字化处理，转换为数字音频信号，这一过程是通过模数（A/D）转换器来实现的。声音信息的数字化过程如图 14-1 所示。声音播放时再经数字到模拟的转换，将数字音频信号转换为模拟信号。数字音频的最大优点是保真度好。

图14-1　声音信息的数字化过

在音频处理技术中，采样、量化和编码技术是音频信息数字化的关键。对音频信息的采样实际上是将模拟音频信号每隔相等的时间截成一段，将在时间上连续变化的波形截取成在时间上离散的数字信号，对所得的数字信号进行量化、编码后，形成最终的数字音频信号。影响数字化声音质量及声音文件大小的主要因素是采样频率、量化比特数和声道数。

- 采样率：简单地说就是通过波形采样的方法记录 1s 长度的声音，需要多少个数据。原则上采样率越高，声音的质量越好。
- 压缩率：通常指音乐文件压缩前后的大小比值，用来简单描述数字声音的压缩效率。
- 比特率：是另一种数字音乐压缩比率的参考性指标，表示记录音频数据每秒钟所需要的平均比特值，通常使用 kbit/s 作为单位。CD 中的数字音乐比特率为 1411.2kbit/s（也就是记录 1s 的 CD 音乐，需要 1411.2×1024bit 的数据），非常接近 CD 音质的 MP3 数字音乐需要的比特率是 112～128kbit/s。
- 量化级：简单地说就是描述声音波形的数据是多少位的二进制数据，通常以 bit 为单位，如 16bit、24bit。16bit 量化级记录声音的数据是用 16bit 的二进制数，因此，量化级也是数字声音质量的重要指标。
- 声道数：是指记录声音时产生波形的个数。如果只产生一个声波数据，称为单声道；若一次产生两个声波数据，则称为立体声。立体声能更好地反映人们的听觉感受，但需要两倍于单声道的数据量。

声音信息数字化后每秒的数据量计算公式如下：

数据量＝（采样频率×量化级×声道数）÷8（字节／秒）

在实际制作过程中，用户还是要根据具体作品的需要，有选择地引用 8bit 或 16bit 的 11kHz、22kHz 或 44kHz 的音频数据。

音频数据因其用途、要求等因素的影响，拥有不同的数据格式。常见的格式主要包括 WAV、MP3、AIFF 和 AU。适合 Flash CS4 引用的 4 种音频格式如下。

- WAV 格式：Wave Audio Files（WAV）是微软公司和 IBM 公司共同开发的 PC 标准声音格式。WAV 格式直接保存对声音波形的采样数据，数据没有经过压缩，所以音质很好。但 WAV 有一个致命的缺陷，因为对数据采样时没有压缩，所以体积臃肿不堪，所占磁盘空间很大。其他很多音乐格式可以说就是在改造 WAV 格式缺陷的基础上发展起来的。

- MP3 格式: Motion Picture Experts Layer-3（MP3）是读者熟知的一种数字音频格式。相同长度的音乐文件，用 "*.mp3" 格式来储存，一般只有 "*.wav" 文件的 1/10。虽然 MP3 是一种破坏性的压缩，但是因为取样与编码的技术优异，其音质大体接近 CD 的水平。由于体积小、传输方便、拥有较好的声音质量，所以现在大量的音乐都是以 MP3 的形式出现的。
- AIF/AIFF 格式: 是苹果公司开发的一种声音文件格式，支持 MAC 平台，支持 16bit、44.1kHz 立体声。
- AU 格式: 由 SUN 公司开发的 AU 压缩声音文件格式，只支持 8bit 的声音，是互联网上常用到的声音文件格式，多由 SUN 工作站创建。

14.1.2 视频基础知识

视频是连续快速地显示在屏幕上的一系列图像，可提供连续的运动效果。每秒出现的帧数称为帧速率，是以每秒帧数（fps）为单位度量的。帧速率越高，每秒用来显示系列图像的帧数就越多，从而使得运动更加流畅。但是帧速率越高，文件就越大。要减小文件大小，需要降低帧速率或比特率。如果降低比特率，而将帧速率保持不变，图像品质将会降低。如果降低帧速率，而将比特率保持不变，视频运动的连贯性可能会达不到要求。

以数字格式录制视频和音频涉及文件大小与比特率之间的平衡问题。大多数格式在使用压缩功能时，通过选择性地降低品质来减少文件大小和比特率。压缩的本质是减小影片的大小，从而便于人们高效存储、传输和回放它们。如果不压缩，一帧的标清视频将占用接近 1 MB（兆字节）的存储容量。当 NTSC 帧速率约为 30 帧/s 时，未压缩的视频将以约 30 MB/s 的速度播放，35s 的视频将占用约 1 GB 的存储容量。与之相比，以 DV 格式压缩的 NTSC 文件可将 5min 的视频压缩至 1 GB 容量，并以约 3.6 MB/s 的比特率播放。

有两种压缩类型可应用于数字媒体：空间压缩和时间压缩。空间压缩将应用于单帧数据，与周围帧无关。空间压缩可以是没有损失（不会丢弃图像的任何数据），也可以是有损失（选择性的丢弃数据）。空间压缩帧通常称为帧内压缩。

时间压缩会识别帧与帧之间的差异，并且仅存储差异，因此所有帧将根据其与前一帧相比的差异来进行描述。不变的区域将重复前一帧。时间压缩帧通常称为帧间压缩。

常用的视频文件和动画文件的格式主要有以下几种。

(1) AVI 格式视频文件（*.avi）

AVI 是音频视频交错（Audio Video Interleaved）的英文缩写，它是 Microsoft 公司开发的一种符合 RIFF 文件规范的数字音频与视频文件格式，原先用于 Microsoft Video for Windows （简称 VFW）环境，现在已被 Windows 95/98、OS/2 等多数操作系统直接支持。AVI 格式允许视频和音频交错在一起同步播放，支持 256 色和 RLE 压缩，但 AVI 文件并未限定压缩标准。因此，该文件格式只是作为控制界面上的标准，不具有兼容性。用不同压缩方法生成的 AVI 文件，必须使用相应的解压缩方法才能播放出来。常用的 AVI 播放驱动程序主要是 Microsoft Video for Windows 或 Windows 95/98 中的 Video 1 以及 Intel 公司的 Indeo Video。AVI 文件目前主要应用在多媒体光盘上，用来保存电影、电视等各种影像信息；有时也出现在因特网上，供用户下载、欣赏新影片的精彩片断。

(2) QuickTime 格式视频文件（*.mov/*.qt）

MOV 格式是 Apple 公司的 QuickTime for Windows 视频处理软件所使用的视频文件格式。

QuickTime 是 Apple 计算机公司开发的一种音频、视频文件格式，用于保存音频和视频信息，具有先进的视频和音频功能，被包括 Apple Mac OS、Microsoft Windows 95/98/NT 在内的所有主流电脑平台支持。QuickTime 文件格式支持 24 位彩色，支持 RLE、JPEG 等领先的集成压缩技术，提供了 150 多种视频效果，并配有提供了 200 多种 MIDI 兼容音响和设备的声音装置。新版的 QuickTime 进一步扩展了原有功能，包含了基于因特网应用的关键特性，能够通过因特网提供实时的数字化信息流、工作流与文件回放功能。此外，QuickTime 还采用了一种被称为 QuickTime VR（简称 QTVR）技术的虚拟现实（Virtual Reality，VR）技术，用户通过鼠标或键盘的交互式控制，可以观察某一地点周围 360°的景像，或者从空间任何角度观察某一物体。QuickTime 以其领先的多媒体技术和跨平台特性、较小的存储空间要求、技术细节的独立性以及系统的高度开放性，得到了业界的广泛认可，目前已成为数字媒体软件技术领域的事实上的工业标准。国际标准化组织（ISO）也选择 QuickTime 文件格式作为开发 MPEG-4 规范的统一数字媒体存储格式。

(3) MPEG 格式视频文件（*.mpeg/*.mpg/*.dat）

MPEG 文件格式是运动图像压缩算法的国际标准，它采用有损压缩方法减少运动图像中的冗余信息，同时保证每秒 30 帧的图像动态刷新率，已被几乎所有的计算机平台共同支持。MPEG 标准包括 MPEG 视频、MPEG 音频和 MPEG 系统（视频、音频同步）3 个部分，MP3 音频文件就是 MPEG 音频的一个典型应用，而 Video CD（VCD）、Super VCD（SVCD）、DVD（Digital Versatile Disk）则是全面采用 MPEG 技术所产生出来的新型消费类电子产品。MPEG 压缩标准是针对运动图像而设计的，其基本方法是：在单位时间内采集并保存第 1 帧信息，然后只存储其余帧相对第 1 帧发生变化的部分，从而达到压缩的目的。它主要采用运动补偿技术（预测编码和插补码）和变换域压缩技术（离散余弦变换，DCT）来分别实现时间上和空间上的压缩。MPEG 的平均压缩比为 50∶1，最高可达 200∶1，压缩效率非常高，同时图像和音响的质量也非常好，并且在计算机上有统一的标准格式，兼容性相当好。

(4) Real Video 格式视频文件（*.rm）

Real Video 文件是 Real Networks 公司开发的一种新型流式视频文件格式，它包含在 Real Networks 公司所制定的音频视频压缩规范 Real Media 中，主要用来在低速率的广域网上实时传输活动视频影像，可以根据网络数据传输速率的不同而采用不同的压缩比率，从而实现影像数据的实时传送和实时播放。Real Video 除了可以以普通的视频文件形式播放之外，还可以与 Real Server 服务器相配合，在数据传输过程中边下载边播放视频影像，而不必像大多数视频文件那样，必须先下载然后才能播放。目前，因特网上已有不少网站利用 Real Video 技术进行重大事件的实况转播。

14.1.3 视频的转换

虽然有很多种视频格式，但是一般情况下，Flash 并不能直接使用，而是需要将视频文件进行转换。这个转换工具就是 Flash CS4 配套提供的 Adobe Media Encoder。

默认情况下，Adobe Media Encoder 会将视频编码为 F4V 格式，这个格式适合于 Flash Player 9.0 以上版本；也可以选择将视频编码 FLV 格式，以便适用于 Flash Player 8 以下的播放器版本。

下面来讲解一下如何使用 Adobe Media Encoder 实现视频的转换。

1. 打开 Adobe Media Encoder，出现如图 14-2 所示的软件界面。
2. 单击 添加... 按钮，从打开的选择文件对话框中选择一个视频文件，则该文件出现在转换队列中，如图 14-3 所示。

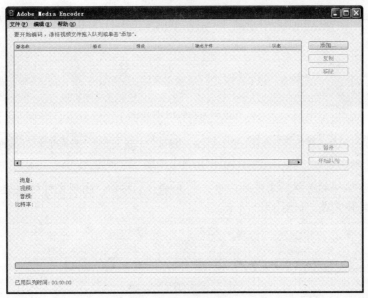

图14-2 Adobe Media Encoder

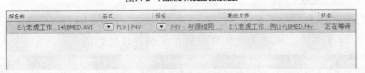

图14-3 选择的文件出现在转换队列中

3. 单击【预设】栏的下拉按钮，出现一个输出文件格式的对话框，如图 14-4 所示。用户可以根据自己作品中使用的视频文件的需要选择各种视频格式。例如，这里我们选择 FLV 格式。

4. 单击【预设】栏下的文字说明，会出现导出设置的详细说明，如图 14-5 所示。在此可以添加提示点、设置输出窗口大小等。这些内容一般较少使用，所以不需要修改。

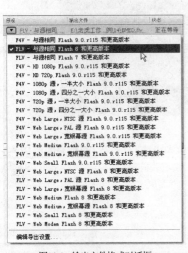

图14-4 输出文件格式对话框　　　　　　　　　　　图14-5 导出设置的详细说明

5. 单击 取消 按钮，返回 Adobe Media Encoder 软件界面。

6. 单击【输出文件】栏下的文字，可以打开输出文件对话框，利用它可以设置输出文件的名称、路径等。

7. Adobe Media Encoder 不仅可以对视频进行编码，也可以对音频文件进行编码，如图 14-6 所示。

图14-6　对音频文件进行编码

 音频编码为 FLV 后，数据量会更大。由于 Flash CS4 能够直接引用多种格式的音频，所以一般只需要将音频文件转换为 mp3 格式即可。

8. 添加完毕需要编码的音视频文件后，单击 开始队列 按钮，出现文件转换进度窗口。稍后，显示文件被转换完成，如图 14-7 所示。

图14-7　显示文件被转换完成

9. 关闭 Adobe Media Encoder 软件。

10. 在【我的电脑】中找到转换后的文件，双击某个文件，会打开 ADOBE MEDIA PLAYER 工具来播放，如图 14-8 所示。从这里我们可以观察到转换文件的效果。

图14-8　ADOBE MEDIA PLAYER

Adobe Media Encoder 软件还要不少设置和选项，这里就不再详细讨论。有兴趣的读者可以参考其帮助文档。

14.2　范例解析

下面通过几个范例来说明音视频素材的具体应用。

14.2.1　为作品配乐

为本书 11.2.1 设计的作品"飞鸟翩翩"添加音乐，以增强作品的艺术感染力。

1. 打开"飞鸟翩翩.fla"文档，将其另存为"飞鸟翩翩（音乐）.fla"。

2. 执行【文件】/【导入】/【导入到库】命令，从附盘中找到"钢琴曲.mp3"音频文件，单击 打开⑩ 按钮导入，则该音乐文件被导入到当前文件的库中。

3. 在【时间轴】面板中，选择【背景】层第 1 帧，在其【属性】面板中，单击【声音】区中的【声音】下拉列表框，在下拉列表中选择"钢琴曲.mp3"音频对象，如图 14-9 所示。

4. 这时，在【时间轴】面板中，可以看到一个声波曲线充满了全部动画帧，如图 14-10 所示，也就是说在这个动画过程中声音会始终播放的。

图14-9 选择音频对象

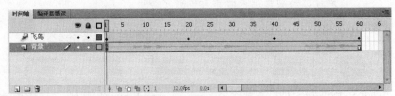

图14-10 声波曲线充满了全部动画帧

5. 执行【控制】/【测试影片】命令，就可以在动画中听到柔美的音乐了。

在图 14-9 的声音属性部分，还有其他一些设置和参数，下面简单说明一下。

【效果】下拉列表框中个选项主要用于设置不同的音频变化效果，如图 14-11 所示。

- 【无】：不选择任何效果。
- 【左声道】：只有左声道播放声音。
- 【右声道】：只有右声道播放声音。
- 【从左到右淡出】：可以产生从左声道向右声道渐变的效果。
- 【从右到左淡出】：可以产生从右声道向左声道渐变的效果。
- 【淡入】：用于制造声音开始时逐渐提升音量的效果。
- 【淡出】：用于制造声音结束时逐渐降低音量的效果。
- 【自定义】：让用户根据自己的需要来调整声音效果。

单击【效果】下拉列表框后面的 ✎ 按钮，打开【编辑封套】对话框，如图 14-12 所示。利用该对话框，可以对音频的表现效果进行编辑调整。

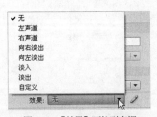

图14-11 【效果】下拉列表框

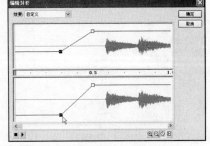

图14-12 对音频的表现效果进行编辑调整

【同步】下拉列表框中各选项用于设置不同声音的播放形式，如图 14-13 所示。

- 【事件】：这是软件默认的选项，此项的控制播放方式是当动画运行到导入声音的帧时，声音将被打开，并且不受时间轴的限制继续播放，直到单个声音播放。

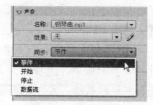

- 完毕，或是按照用户在【循环】中设定的循环播放次数反复播放。
- 【开始】：是用于声音开始位置的开关。当动画运动到该声音导入帧时，声音开始播放，但在播放过程中如果再次遇到导入同一声音的帧时，将继续播放该声音，而不播放再次导入的声音。"事件"项却可以两个声音同时播放。
- 【停止】：用于结束声音的播放。
- 【数据流】：可以根据动画播放的周期控制声音的播放，即当动画开始时导入并播放声音，当动画结束时声音也随之终止。

图14-13　【同步】选项

14.2.2 声音的播放控制

在上节的范例中，直接将视频引入作品中播放，但是无法对声音进行控制。这个问题利用ActionScript 能够方便地实现。下面我们继续在上面的范例中，利用按钮来控制声音的播放。

1. 将上例文件另存为"飞鸟翩翩（音乐控制）.fla"。
2. 在【库】面板中，选择音乐文件"钢琴曲.mp3"，单击鼠标右键，从弹出的快捷菜单中选择"属性"，如图 14-14 所示。
3. 在弹出的【声音属性】对话框中，选择"为 ActionScript 导出"项，并在【类】字段中输入一个名称，以便在 ActionScript 中引用此嵌入的声音时使用。默认情况下，它将使用此字段中声音文件的名称，但是不能使用中文和句点。所以输入类的名称为"mymusic"，如图 14-15 所示。

图14-14　快捷菜单

图14-15　输入类的名称

4. 单击 确定 按钮，会出现一个对话框，说明无法在类路径中找到该类的定义，如图 14-16 所示。
5. 单击 确定 按钮，则系统自动生成一个新类，该类是从 flash.media.Sound 继承而来，具有其各种属性。

6. 选择"背景"层的第 1 帧，在【属性】面板中设置【声音】为"元"。在【动作】面板中输入新的代码，以控制声音的播放，如图 14-17 所示。

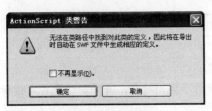

图14-16 警告对话框

图14-17 输入新的代码

代码说明：

```
var snd:mymusic = new mymusic();        //定义mymusic类的一个实例snd
var pausePosition:int;                  //定义一个变量，用于记录音乐的播放位置
var channel:SoundChannel=snd.play();    //创建一个声道对象，用于声音对象的控制

function playMovie(event:MouseEvent):void
{
    this.play();
    channel=snd.play(pausePosition);     //让snd从当前停止位置开始播放
}
playBtn.addEventListener(MouseEvent.CLICK, playMovie);

function stopMovie(event:MouseEvent):void
{
    this.stop();
    pausePosition=channel.position;      //记录声音对象当前的播放位置
    channel.stop();                      //让snd停止播放
}
stopBtn.addEventListener(MouseEvent.CLICK, stopMovie);
```

7. 选择最后 1 帧，插入关键帧，在【动作】面板中输入代码，如图 14-18 所示，停止声音对象的播放。这样做的目的，是为了防止在动画反复播放的情况下，音乐也重叠播放。

图14-18 停止声音对象的播放

8. 测试作品，可以使用播放与停止按钮来控制动画和声音，并且能够防止声音的重复播放。

14.2.3 变换音乐

很多时候，用户需要对作品中的音乐文件进行改变。利用 ActionScript，可以方便地实现这种要求，单击不同的按钮，就会播放不同的乐曲，如图 14-19 所示。

图14-19　变换音乐

1.　新建一个 Flash 文档。
2.　在舞台上用【文本】工具创建静态文本"变换音乐"。
3.　从【组件】面板中拖动"Button"组件到舞台，创建两个实例对象，并分别设置其名称和标签内容，如图 14-20 所示。

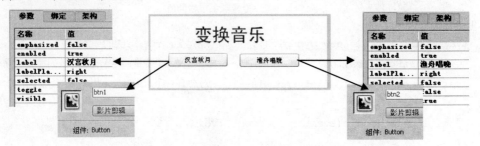

图14-20　创建两个"Button"组件实例对象

4.　选择第 1 帧，打开动作面板，输入如图 14-21 所示代码。

```
import flash.events.Event;
import flash.media.Sound;
import flash.net.URLRequest;

var check:int=0;
var channel1:SoundChannel;
var channel2:SoundChannel;

btn1.addEventListener(MouseEvent.CLICK, b1Click);
function b1Click(event:MouseEvent):void
{
    if (check==2)
    {
        channel2.stop();
    }
    var snd1:Sound = new Sound();
    var req1:URLRequest=new URLRequest("汉宫秋月.mp3");
    snd1.load(req1);
    channel1=snd1.play();
    check=1;
}
btn2.addEventListener(MouseEvent.CLICK, b2Click);
function b2Click(event:MouseEvent):void
{
    if (check==1)
    {
        channel1.stop();
    }
    var snd2:Sound = new Sound();
    var req1:URLRequest=new URLRequest("渔舟唱晚.mp3");
    snd2.load(req1);
    channel2=snd2.play();
    check=2;
}
```

图14-21　动作代码

下面把主要代码说明一下：

```
import ………              //导入事件类、声音类和地址请求类
var check:int=0;          //定义标志变量，初始值为 0
var channel1:SoundChannel;    //定义两个声道变量，每个声音对象都需要一个声道变量
var channel2:SoundChannel;
btn1.addEventListener(MouseEvent.CLICK, b1Click);  //获得鼠标单击事件
function b1Click(event:MouseEvent):void
{
```

```
    if (check==2)                //如果变量 check 等于 2
    {
        channel2.stop();         //停止声道 2 上的声音播放
    }
    var snd1:Sound = new Sound(); //定义一个声音类对象
    //定义一个声音请求类对象，并赋值
    var req1:URLRequest=new URLRequest("汉宫秋月.mp3");
    snd1.load(req1);             //为声音对象载入 req1 指定的声音文件
    channel1=snd1.play();        //声音对象开始播放，并与声道对象关联
    check=1;                     //设置标志变量的值
}
```

5.　测试作品。可以用按钮来选择播放"汉宫秋月"或"渔舟唱晚"。

14.2.4 视频的应用

在下面的范例中，我们将视频文件导入到作品中，并使其能够在舞台上运动和缩放，如图 14-22
所示。

图14-22　应用视频

1.　新建一个"Flash 文件(ActionScript 3.0)"文档。
2.　执行【文件】/【导入】/【导入到库】命令，从打开的对话框中选择在 14.1.3 中转换生成的视
　　频文件，则会弹出一个【导入视频】的对话框，如图 14-23 所示。
3.　选择【在 SWF 中嵌入 FLV 并在时间轴中播放】项，单击 下一步> 按钮，进入【嵌入】页面，
　　如图 14-24 所示。

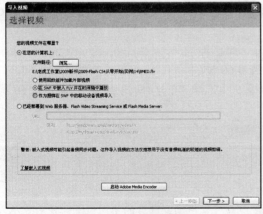

图14-23　【导入视频】对话框

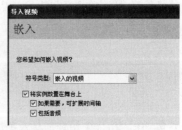

图14-24　嵌入选项

4. 这里基本不需要进行什么设置，直接单击 下一步> 按钮，出现【完成视频导入】页面，这里显示了前面设置的简单信息。

5. 单击页面上的 完成 按钮，出现一个视频导入进度条。很快，该视频就被导入到【库】面板中，如图 14-25 所示。

6. 创建一个"视频剪辑"类型的视频元件"元件 1"，然后将【库】中的视频文件拖入到"元件1"的舞台上，这时，会出现一个信息提示框，如图 14-26 所示，说明时间轴需要扩展。

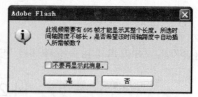

图14-25 视频就被导入到【库】中   图14-26 信息提示框

7. 单击 是 按钮，则该视频文件被导入到"元件 1"的舞台上，同时，时间轴也扩展到足够容纳视频内容的帧数，如图 14-27 所示。

图14-27 视频文件被导入元件

8. 回到"场景 1"，选择"图层 1"的第 1 帧，然后从【库】面板中把"元件 1"拖入到舞台中。

要点提示　现在我们已经可以测试并观看视频了，也可以像对待普通元件一样，对视频画面进行移动、旋转和缩放。

9. 在第 60 帧处，按下 F5 键，将"图层 1"扩展为 60 帧。

10. 选择第 1 帧，单击鼠标右键，从弹出的快捷菜单中选择"创建补间动画"，创建一个 60 帧的补间动画，如图 14-28 所示。

图14-28 创建补间

11. 在第 20、40、60 帧分别插入关键帧，然后将视频对象拖动到舞台的不同位置，使对象从左到右再到舞台中央运动，并适当设置对象的大小、旋转等属性，如图 14-29 所示。

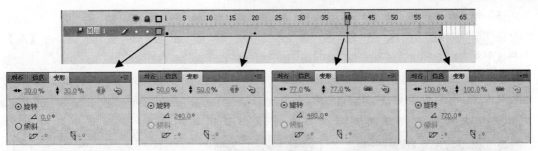

图14-29　在第20、40、60帧分别插入关键帧

要点提示　由于视频的长度远大于60帧，为防止动画到达第60帧后返回第1帧重新播放，必须使动画在第60帧停止。但是补间动画层无法添加动作脚本，所以必须添加一个新层。

12. 添加一个新的图层，在其第60帧插入一个关键帧，在【动作】面板中，输入代码，如图14-30所示。其目的是使当前主时间轴动画停止，但是不影响视频元件对象的播放。

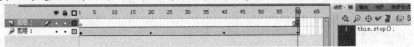

图14-30　使当前主时间轴动画停止

13. 测试作品，可以看到，视频在旋转、运动中播放，最后定格在舞台中央，非常富有动感。

14.2.5　使用视频组件播放视频

除了将视频直接导入到时间轴外，还可以利用组件来播放视频。下面来练习一下。

1. 新建一个"Flash 文件(ActionScript 3.0)"文档。

2. 执行【文件】/【导入】/【导入到库】命令，从打开的对话框中选择在14.1.3中转换生成的视频文件，则会弹出一个【导入视频】的对话框，如图14-23所示。

3. 在【导入视频】对话框中，选择"使用回放组件加载视频"项。

4. 单击 下一步> 按钮，进入【外观】页面，如图14-31所示，要求用户选择播放器的外观，其实主要是播放器控制条的样式。

5. 在【外观】下拉列表中，给出了很多种播放控件的外观形式，如图14-32所示，读者可以自己尝试一下。

图14-31　要求用户选择播放器的外观

图14-32　【外观】下拉列表

6. 选择一种外观样式后，单击 下一步> 按钮，出现【完成视频导入】页面。

7. 单击 完成 按钮，出现一个视频导入进度条。很快，舞台上出现了一个视频窗口，在【库】面板中也可以看到，这是一个 FLVPlayback 视频组件，如图 14-33 所示。

8. 测试作品。可以方便地用播放控制条来控制视频的播放、暂停、静音，拖动游标还能够改变播放进度位置，如图 14-34 所示。

图14-33　视频组件

图14-34　用播放控制条来控制视频的播放

9. 在【组件检查器】面板中，还可以对视频组件进行一些参数设置，例如定义控制条自动隐藏等，改变其透明度、颜色等，如图 14-35 所示。

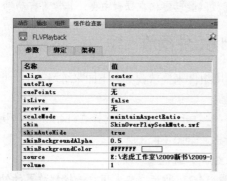

图14-35　对视频组件进行参数设置

14.3　课堂实训

下面通过几个实训练习，使大家对于音频、视频的应用有更加深刻的了解。

14.3.1　为按钮添加音效

为按钮元件添加音效，也是作品设计中常见应用。当鼠标光标经过按钮时，会出现一个音乐效果。按下按钮，会发出另外一个音乐效果。

【步骤提示】

1. 新建一个 Flash 文档。

2. 将两个音频文件导入到【库】中。

3. 执行【窗口】/【公用库】/【按钮】命令，打开按钮库。

4. 从按钮库中选择某个按钮元件，将其拖放到当前舞台中，并适当放大，如图 14-36 所示。

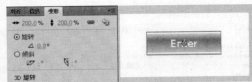

图14-36 将按钮元件拖入舞台

5. 双击舞台上的按钮元件，进入元件的编辑状态。选择【指针…】帧，在【属性】面板中选择一个声音文件；再为【按下】帧选择一个声音文件，如图 14-37 所示。

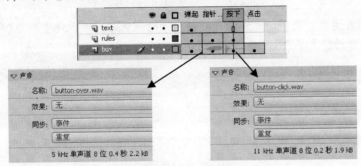

图14-37 导入音频

6. 测试影片，在舞台中单击按钮，就可以听到不同的声音效果。

14.3.2 为视频添加水印

在很多视频节目中都可以看到有一些透明的水印，如台标、标题、字幕等。利用 Flash CS4 的视频组件，我们也能够方便地为视频添加上自己的水印，如图 14-38 所示。

图14-38 视频水印

【步骤提示】

1. 新建一个 Flash 文件。
2. 从【组件】面板中将 "FLVPlayback" 组件拖动到舞台上。

3. 选择舞台上的该组件，打开【组件检查器】面板，其中【source】参数定义了组件要播放的视频文件；修改该参数，以便播放某个指定的文件，如图 14-39 所示。

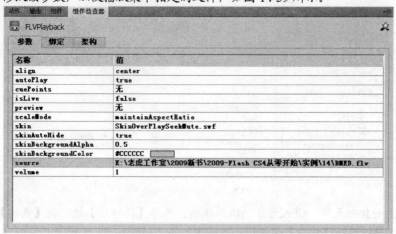

图14-39 指定组件要播放的视频文件

4. 创建一个"影片剪辑"类型的元件；在其舞台上输入文本"天天课堂"，适当设置字体、大小、色彩等，然后将文字完全分离，如图 14-40 所示。

图14-40 创建水印标志

5. 回到【场景 1】，将水印元件拖入舞台，放置在视频组件的右上角；在属性面板中，设置其【样式】为"Alpha"，数值为 50%，如图 14-41 所示。

图14-41 将水印元件拖入舞台并设置

6. 测试作品，就可以在视频画面上看到用户定义的水印了。

14.3.3 更换视频文件

通过对视频组件的属性修改，可以方便地更换视频文件，如图 14-42 所示。单击不同的按钮，组件就不放不同的视频。

图14-42　更换视频文件

1. 新建一个 Flash 文档。
2. 从【组件】面板中分别拖动 "FLVPlayback" 组件和 "Button" 组件到舞台上，并分别设置其实例名称、标签内容，如图 14-43 所示。

图14-43　设置组件属性

3. 选择第 1 帧，打开动作面板，输入如图 14-44 所示代码。通过对组件的 "source" 参数的设置，来修改组件播放的视频。

```
1   btn1.addEventListener(MouseEvent.CLICK, b1Click);
2   function b1Click(event:MouseEvent):void
3   {
4       myPlayer.source="BMED.flv";
5   }
6   btn2.addEventListener(MouseEvent.CLICK, b2Click);
7   function b2Click(event:MouseEvent):void
8   {
9       myPlayer.source="SURVIVAL.flv";
10  }
11
```

图14-44　修改组件的 source 参数

4. 测试作品，单击不同按钮，能够播放不同的视频。

14.4　综合案例——音量的调节

使用 "Slider" 组件，调节当前播放的声音的音量，效果如图 14-45 所示。

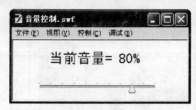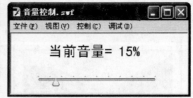

图14-45 音量的调节

1. 新建一个 Flash 文件。
2. 用文本工具绘制一个动态文本框，设置文本框名称为 info，如图 14-46 所示。

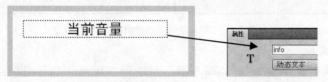

图14-46 动态文本框

3. 从【组件】面板中拖动 Slider 组件到舞台，设置其属性、参数，如图 14-47 所示。

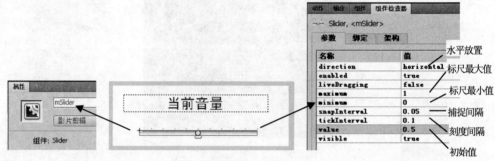

图14-47 设置 Slider 组件的参数

4. 选择第 1 帧，打开动作面板，输入如图 14-48 所示的代码。

图14-48 动作脚本

代码说明：

```
import flash.events.Event;              //导入事件类、声音类、声道类、地址请求类
import flash.media.Sound;
import flash.media.SoundChannel;
import flash.net.URLRequest;
```

```
var snd:Sound = new Sound();            //创建一个声音对象
var req:URLRequest=new URLRequest("钢琴曲.mp3");      //获得乐曲名称
snd.load(req);                          //载入乐曲

var trans:SoundTransform;               //定义一个声音变形类对象
trans=new SoundTransform(0.5,0);        //创建对象，其音量属性为50%，左右声道均衡
var channel:SoundChannel=snd.play(0,1,trans);//创建声道对象，并播放声音

mSlider.addEventListener(Event.CHANGE,onChange);//检测标尺变换的情况
function onChange(evt:Event):void {
        trans.volume=evt.target.value;      //trans 对象的值等于标尺的值
        channel.soundTransform=trans;       //按照 trans 对象的设置对声道对象变化
        info.text="当前音量= "+trans.volume*100+"%";      //在文本框中输出音量值
}
```

5. 测试作品，可见随着游标位置的变化，乐曲的音量也不断发生变化。

14.5　课后作业

1. 在 14.2.2 小节的范例中，动画每次重复播放，音乐都要从头开始播放。是否能够让音乐连续播放呢？请读者设法实现。
2. 请为作品设计一个静音按钮，单击该按钮，作品中的声音就会暂停，再次单击，声音又会继续播放。

人民邮电出版社书目（老虎工作室部分）

分类	序号	书号	书　　名	定价（元）
3ds Max 8 中文版培训教程	1	16547	3ds Max 8 中文版基础培训教程（附光盘）	36.00
	2	16592	3ds Max 8 中文版动画制作培训教程（附光盘）	36.00
	3	16641	3ds Max 8 中文版效果图制作培训教程（附光盘）	35.00
AutoCAD	4	16306	AutoCAD 2006 中文版基础教程（附光盘）	39.00
	5	16882	AutoCAD 2007 中文版三维造型基础教程（附光盘）	34.00
	6	16929	AutoCAD 2007 中文版基础教程（附光盘）	45.00
	7	19101	AutoCAD 2008 中文版三维造型基础教程（附光盘）	29.00
	8	19102	AutoCAD 2008 中文版基础教程（附光盘）	39.00
	9	19502	AutoCAD 2008 中文版机械制图实例精解（附光盘）	32.00
	10	20449	AutoCAD 2009 中文版基础教程（附光盘）	42.00
	11	20462	AutoCAD 2009 中文版机械制图快速入门（附光盘）	28.00
	12	20477	AutoCAD 中文版典型机械设计图册（附光盘）	36.00
	13	20495	AutoCAD 2009 中文版建筑设备工程制图实例精解（附光盘）	32.00
	14	20539	AutoCAD 2008 中文版建筑制图实例精解（附光盘）	35.00
	15	20581	AutoCAD 2009 中文版建筑制图快速入门（附光盘）	26.00
	16	20746	AutoCAD 中文版典型建筑设计图册（附光盘）	28.00
	17	20985	AutoCAD 2009 中文版建筑电气工程制图实例精解（附光盘）	28.00
Pro/ENGINEER	18	13663	Pro/ENGINEER Wildfire 中文版基础教程（附光盘）	58.00
	19	13698	Pro/ENGINEER Wildfire 中文版典型实例（附 2 张光盘）	58.00
	20	13734	Pro/ENGINEER Wildfire 中文版模具设计与数控加工（附光盘）	58.00
	21	13760	Pro/ENGINEER Wildfire 中文版高级应用（附光盘）	68.00
	22	20563	Pro/ENGINEER Wildfire 4.0 中文版典型实例（附光盘）	49.00
	23	20597	Pro/ENGINEER Wildfire 4.0 中文版模具设计（附光盘）	49.00
	24	20615	Pro/ENGINEER Wildfire 4.0 中文版基础教程（附光盘）	52.00
	25	21084	Pro/ENGINEER Wildfire 4.0 机构运动仿真与动力分析（附光盘）	38.00
电路设计与制板	26	10745	Protel DXP 入门与提高（附光盘）	42.00
	27	11002	Protel DXP 典型实例（附光盘）	38.00
	28	16137	Protel 99SE 入门与提高（附光盘）	38.00
	29	16138	Protel 99SE 高级应用（附光盘）	38.00
	30	12083	Protel DXP 高级应用（附光盘）	52.00
	31	12679	PowerLogic 5.0 & PowerPCB 5.0 典型实例（附光盘）	32.00
	32	17752	Protel 99 入门与提高（修订版）（附光盘）	45.00
	33	11245	Protel DXP 库元器件手册	30.00
学以致用	34	15734	AutoCAD 2006 中文版基本功能与典型实例（附光盘）	48.00
	35	15735	CorelDRAW X3 中文版基本功能与典型实例（附 2 张光盘）	45.00
	36	15736	3ds Max 8 中文版基本功能与典型实例（附 2 张光盘）	42.00
	37	15737	Photoshop CS2 中文版基本功能与典型实例（附 2 张光盘）	48.00
	38	15738	Flash 8 中文版基本功能与典型实例（附光盘）	42.00
	39	15739	UG NX 4 中文版基本功能与典型实例（附光盘）	42.00
	40	15740	Pro/ENGINEER Wildfire 3.0 中文版基本功能与典型实例（附光盘）	48.00
	41	15741	Dreamweaver 8 中文版基本功能与典型实例（附光盘）	38.00
	42	17208	AutoCAD 2007 中文版基本功能与典型实例（附光盘）	49.00

续　表

	43	13697	UG NX 中文版机械设计基础教程（附光盘）	45.00
UG	44	13732	UG NX 中文版数控加工基础教程（附光盘）	30.00
	45	13733	UG NX 中文版曲面造型基础教程（附 2 张光盘）	38.00
	46	13759	UG NX 中文版模具设计基础教程（附光盘）	30.00
	47	20436	Siemens NX 6 中文版机械设计基础教程（附光盘）	45.00
	48	20506	UG NX 5 中文版曲面造型基础教程（附光盘）	39.00
从零开始系列 培训教程	49	14207	CorelDRAW 12 中文版基础培训教程（附光盘）	30.00
	50	14209	AutoCAD 2006 中文版机械制图基础培训教程（附光盘）	32.00
	51	14210	Premiere Pro 基础培训教程（附光盘）	28.00
	52	14643	AutoCAD 2006 中文版建筑制图基础培训教程（附光盘）	32.00
	53	17765	Pro/ENGINEER Wildfire 3.0 中文版基础培训教程（附光盘）	39.00
	54	19369	Windows Vista 基础培训教程	25.00
	55	19375	Protel 99SE 基础培训教程（附光盘）	28.00
	56	19376	AutoCAD 2008 中文版建筑制图基础培训教程（附光盘）	28.00
	57	19380	Photoshop CS3 中文版基础培训教程（附光盘）	28.00
	58	19381	Flash CS3 中文版基础培训教程（附光盘）	25.00
	59	19383	AutoCAD 2008 中文版机械制图基础培训教程（附光盘）	28.00
	60	19387	计算机基础培训教程（Windows Vista+Office 2007）	25.00
	61	19417	3ds Max 9 中文版基础培训教程（附光盘）	28.00
	62	19503	Dreamweaver CS3 中文版基础培训教程	22.00
	63	21256	AutoCAD 2009 中文版建筑制图基础培训教程（附光盘）	28.00
	64	21266	计算机组装与维护基础培训教程（附光盘）	28.00
	65	21295	AutoCAD 2009 中文版机械制图基础培训教程（附光盘）	28.00
习题精解	66	13638	AutoCAD 2006 中文版建筑制图习题精解（附 2 张光盘）	28.00
	67	13700	AutoCAD 2006 中文版习题精解（附 2 张光盘）	28.00
	68	14304	Pro/ENGINEER Wildfire 中文版习题精解（附 3 张光盘）	38.00
	69	16339	AutoCAD 2006 中文版机械制图习题精解（附光盘）	28.00
	70	16691	AutoCAD 2007 中文版习题精解（附光盘）	29.00
	71	16692	Pro/ENGINEER Wildfire 3.0 中文版习题精解（附光盘）	29.00
	72	16693	AutoCAD 2007 中文版建筑制图习题精解（附光盘）	29.00
	73	16697	UG NX 4 中文版习题精解（附光盘）	29.00
	74	16698	AutoCAD 2007 中文版机械制图习题精解（附光盘）	28.00
	75	16729	UG NX 4 中文版数控加工习题精解（附光盘）	28.00
	76	18009	AutoCAD 2008 中文版建筑制图习题精解（附光盘）	28.00
	77	18012	AutoCAD 2008 中文版习题精解（附光盘）	28.00
	78	18013	AutoCAD 2008 中文版机械制图习题精解（附光盘）	28.00
机械设计院·机 械工程师	79	18038	AutoCAD 2008 中文版机械设计（附光盘）	42.00
	80	18115	CAXA 2007 中文版机械设计（附光盘）	45.00
	81	18161	UG NX 5 中文版模具设计（附光盘）	45.00
	82	18479	UG NX 5 中文版数控加工（附光盘）	45.00
	83	18482	UG NX 5 中文版机械设计（附光盘）	39.00
	84	18542	SolidWorks 中文版机械设计（附光盘）	45.00
	85	19105	Pro/ENGNEER Wildfire 中文版机械设计（附光盘）	45.00
	86	19106	Pro/ENGNEER Wildfire 中文版模具设计（附光盘）	45.00
	87	19190	Cimatron E 8 中文版数控加工（附光盘）	45.00
	88	19646	Mastercam X2 数控加工（附光盘）	45.00

	89	11669	Photoshop 中文版图像处理实战训练（附光盘）	38.00
	90	11670	CorelDRAW 平面设计实战训练（附光盘）	38.00
	91	11671	3ds max 建筑效果图制作实战训练（附光盘）	38.00
	92	11672	3ds max 三维动画制作实战训练（附光盘）	38.00
	93	11673	AutoCAD 中文版机械制图实战训练（附光盘）	34.00
	94	11674	AutoCAD 中文版建筑制图实战训练（附光盘）	34.00
	95	11675	Authorware 多媒体制作实战训练（附光盘）	34.00
	96	11676	Visual Basic 中文版快捷编程实战训练（附光盘）	34.00
	97	11677	Visual FoxPro 中文版数据库编程实战训练（附光盘）	34.00
	98	12617	Java 程序设计实战训练（附光盘）	38.00
	99	12632	Flash 中文版动画制作实战训练（附 2 张光盘）	38.00
	100	12637	Dreamweaver 中文版网站建设实战训练（附光盘）	34.00
举一反三实战	101	12638	Illustrator 平面设计实战训（附 2 张光盘）	38.00
训练系列	102	12639	Protel 电路板设计与制作实战训练（附光盘）	38.00
	103	12640	UG 中文版机械设计实战训练（附光盘）	42.00
	104	12641	Pro/ENGINEER 中文版机械设计实战训练（附 2 张光盘）	46.00
	105	12642	Mastercam 数控加工实战训练（附光盘）	38.00
	106	12643	Visual C++程序设计实战训练（附光盘）	38.00
	107	12644	Delphi 程序设计实战训练（附光盘）	38.00
	108	12645	SQL Server 中文版数据库编程实战训练（附光盘）	38.00
	109	16513	CorelDRAW X3 中文版平面设计实战训练（附光盘）	45.00
	110	16532	AutoCAD 2007 中文版建筑制图实战训练（附光盘）	36.00
	111	16537	AutoCAD 2007 中文版机械制图实战训练（附光盘）	36.00
	112	16538	Photoshop CS2 中文版图像处理实战训练（附光盘）	42.00
	113	16550	UG NX 4 中文版机械设计实战训练（附光盘）	45.00
	114	17439	Mastercam X 数控加工实战训练（附光盘）	38.00
	115	13998	CorelDRAW 12 中文版艺术经典实例制作（附光盘）	68.00
	116	17270	Photoshop CS2 中文版图像处理案例实训（附光盘）	39.00
	117	17285	CorelDRAW X3 中文版平面设计案例实训（附光盘）	39.00
	118	18021	Photoshop CS3 中文版图像处理技术精萃（附光盘）	79.80
神奇的美画师	119	18057	CorelDRAW X3 中文版平面设计技术精萃（附光盘）	69.00
	120	21596	Photoshop 图像色彩调整与合成技巧（附光盘）	68.00
	121	21597	Photoshop、CorelDRAW & Illustrator 包装设计与表现技巧（附光盘）	68.00
	122	21646	Photoshop 质感与特效表现技巧（附光盘）	68.00
	123	21648	Photoshop & Illustrator 地产广告设计与表现技巧（附光盘）	68.00
	124	17280	CorelDRAW X3 中文版应用实例详解（附光盘）	45.00
	125	20439	三菱系列 PLC 原理及应用	32.00
	126	20458	Photoshop & Illustrator 产品设计创意表达（附光盘）	49.00
其他	127	20463	Rhino & VRay 产品设计创意表达（附光盘）	49.00
	128	20502	欧姆龙系列 PLC 原理及应用	28.00
	129	20505	AliasStudio 产品设计创意表达（附光盘）	49.00
	130	20511	西门子系列 PLC 原理及应用	29.00

购书办法：请将书款及邮寄费（书款的 15%）从邮局汇至北京崇文区夕照寺街 14 号人民邮电出版社发行部收。邮编：100061。注意在汇款单附言栏内注明书名及书号。联系电话：67129213。